O homem do castelo alto

Philip K. Dick

O homem do Castelo alto

TRADUÇÃO
Fábio Fernandes

ALEPH

**Para minha esposa, Tessa,
e meu filho, Christopher, com
profundo e louco amor.**

AGRADECIMENTOS

A versão do *I Ching* ou *O Livro das Mutações* utilizada e citada neste romance é a tradução de Richard Wilhelm, transposta para o inglês por Cary F. Baynes, publicada pela Pantheon Books, Bollingen Series XIX, 1950, Fundação Bollingen, Inc., Nova York.*

O haikai da página 62 é de Yosa Buson, traduzido por Harold G. Henderson, de *Anthology of Japanese Literature*, volume I, obra compilada e editada por Donald Keene, Grove Press, 1955, Nova York.

O waka das páginas 157-158 é de Chiyo, traduzido por Daisetz T. Suzuki, de *Zen and Japanese Culture*, de Daisetz T. Suzuki, publicado pela Pantheon Books, Bollingen Series LXIV, 1959, Fundação Bollingen, Inc., Nova York.

Utilizei muito *The Rise and Fall of the Third Reich: A History of Nazi Germany*, de William L. Shirer, Simon and Schuster, 1960, Nova York**; *Hitler, a Study in Tyranny*, de Alan Bullock, Harper, 1953, Nova York; *The Goebbels Diaries, 1942-1943*, editados e traduzidos por Louis P. Lochner, Doubleday & Company, Inc., 1948, Nova York; *The Tibetan Book of the Dead*, compilado e editado por W. Y. Evans-Wentz, Oxford University Press, 1960, Nova York***; *The Foxes of the Desert*, de Paul Carell, E. P. Dutton & Company, Inc., 1961, Nova York. E devo um agradecimento especial ao eminente escritor de *westerns* Will Cook, por sua contribuição com material relacionado a acontecimentos históricos e com o período do Desbravamento das Fronteiras dos EUA.

---

* A tradução utilizada nesta edição brasileira é a do *I Ching* de Richard Wilhelm, lançado no Brasil pela Editora Pensamento, e vertido diretamente do alemão para o português por Alaíde Mutzenbecher e Gustavo Alberto Correa Pinto. [N. do T.]

** Publicado no Brasil sob o título *Ascensão e queda do Terceiro Reich* (Ed. Civilização Brasileira). [N. do E.]

*** Publicado no Brasil sob o título *O livro tibetano dos mortos* (Ed. Pensamento). [N. do E.]

O homem do castelo alto

Rastejando no chão, farejando com nosso nariz.

Não sabemos nada.

Percebi isso...

deses-
pera-
da-
mente

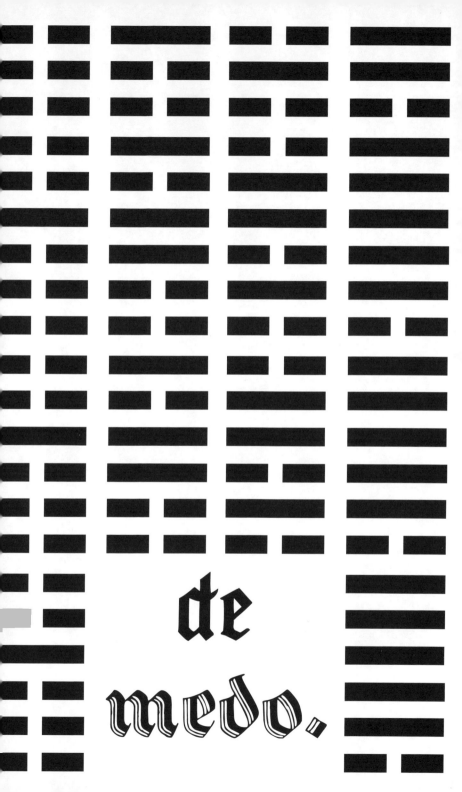

1

Fazia uma semana que o sr. R. Childan aguardava ansioso a correspondência. Mas a valiosa encomenda proveniente dos Estados das Montanhas Rochosas ainda não havia chegado. Quando ele abriu a loja na manhã de sexta e viu apenas cartas no chão, perto da fenda para a correspondência, pensou: um freguês vai ficar zangado hoje.

Depois de se servir de uma xícara de chá instantâneo da máquina automática fixada na parede, apanhou uma vassoura e começou a varrer o chão; em pouco tempo, a frente da American Artistic Handcrafts Inc. estava pronta para o dia, limpinha, com a caixa registradora cheia de troco, um vaso fresco de cravos-de-defunto e o rádio tocando música de fundo. Lá fora, na calçada, passavam homens de negócios apressados a caminho de seus escritórios na Rua Montgomery. Ao longe, um bonde passava; Childan parou para vê-lo passar com prazer. Mulheres com seus vestidos de seda longos e coloridos... isso ele também observou. Então o telefone tocou. Virou-se para atender.

– Sim – disse uma voz familiar do outro lado. O coração de Childan gelou. – É o sr. Tagomi quem está falando. O meu cartaz de alistamento da Guerra Civil Americana já chegou, senhor? Por favor, lembre-se: o senhor prometeu que ele chegaria na semana passada – a voz: exigente, rápida, com polidez mínima, que por pouco não se mantinha dentro do código. – Não lhe dei um depósito, sr. Childan, com essa especificação? É para presente, o senhor sabia? Eu havia explicado isso. Um cliente.

– Extensas investigações – Childan começou – que fiz à minha custa, sr. Tagomi, referentes à encomenda prometida que, como o senhor sabe, tem origem fora desta região e é, portanto...

Mas Tagomi cortou: – Então ainda não chegou.

– Não, sr. Tagomi.

Uma pausa gélida.

– Não posso esperar mais – disse Tagomi.

– Não, senhor. – Childan ficou olhando melancólico, pela vitrine da loja, o dia quente brilhante e os prédios comerciais de San Francisco.

– Então, um substituto. O que recomenda, sr. Chil*d*an?

Tagomi pronunciou o nome errado deliberadamente; era um insulto dentro do código que fez as orelhas de Childan pegarem fogo. Hierarquia, a terrível mortificação da situação que os relacionava. As aspirações, os medos e os tormentos de Robert Childan vieram à superfície e ficaram expostos, inundando-o, paralisando sua língua. Ele gaguejou, a mão grudando pegajosa no telefone. O ar de sua loja cheirava a cravos-de-defunto; a música continuava tocando, mas ele sentia como se estivesse afundando em algum mar distante.

– Bem... – ele conseguiu balbuciar. – Batedeira de manteiga. Sorveteira, *circa* 1900. – Sua mente se recusava a pensar. Justo quando a gente se esquece; justo quando a gente se engana. Ele tinha trinta e oito anos de idade e se lembrava dos dias anteriores à guerra, os outros tempos. Franklin D. Roosevelt e a Feira Mundial; o mundo antigo e melhor. – Será que eu poderia levar alguns objetos interessantes ao seu escritório? – murmurou.

Marcaram uma reunião para as duas da tarde. Preciso fechar a loja, pensou ao desligar. Não tinha escolha. Era preciso manter a boa vontade desse tipo de cliente; os negócios dependiam deles.

Ali em pé, ainda tremendo, percebeu que alguém – um casal – havia entrado na loja. Um rapaz e uma moça, os dois bonitos e bem vestidos. Ideais. Acalmou-se e caminhou profissionalmente, sem pressa, na direção deles, sorrindo. Estavam debruçados, examinando o mostruário no balcão e tinham escolhido um bonito cinzeiro. Casados, ele imaginou. Moram na Cidade das Neblinas Tortuosas, os novos apartamentos exclusivos no Skyline, com vista para Belmont.

– Olá – disse, e se sentiu melhor. Eles sorriram para ele sem qualquer superioridade, apenas com gentileza. Seu mostruário – que era realmente o que havia de melhor no gênero ali na Costa – tinha causado boa impressão. Ele percebeu isso e ficou grato. Eles entenderam.

– São mesmo peças excelentes, senhor – disse o jovem. Childan curvou-se espontaneamente.

Os olhos dos dois, aquecidos não só pelo contato humano, mas pelo prazer comum proporcionado pelos objetos de arte que ele vendia, por seus gostos e satisfações mútuos, não desgrudavam dos dele; agradeciam-lhe por ter coisas como aquela, que eles podiam ver, tocar, examinar, manusear talvez, mesmo sem comprar. Sim, pensou, eles sabem em que espécie de loja estão; aqui não há bugigangas para turista, placas de sequoia onde se lê *Muir Woods, Marin County,* EAP (Estados Americanos do Pacífico), coisinhas, anéis para moças ou cartões-postais com a vista da Ponte. Especialmente os olhos da moça, grandes, escuros. Como seria fácil, pensou Childan, me apaixonar por uma garota assim. Mas como seria trágica, então, minha vida; como se já não estivesse bastante ruim. Esses cabelos pretos estilosos, as unhas pintadas, as orelhas furadas para os longos brincos de metal feitos à mão.

– Seus brincos – murmurou. – Adquiridos aqui, talvez?

– Não – ela respondeu. – Na minha terra natal.

Childan balançou negativamente a cabeça. Nada de arte americana contemporânea; apenas o passado poderia estar representado ali, numa loja como a dele. – Vão ficar muito tempo aqui? – ele perguntou. – Na nossa San Francisco?

– Estou aqui por tempo indeterminado – disse o homem. – Trabalho na Comissão de Inquérito para Planejamento do Padrão de Vida das Áreas com Problemas de Desenvolvimento. – Seu orgulho era evidente. Não era militar. Não era um daqueles recrutas provincianos que viviam mascando chiclete, com suas caras gananciosas de camponeses, andando de um lado para outro na Rua Market, boquiabertos diante das casas de shows eróticos, dos cinemas pornôs, dos estandes de tiro ao alvo, das casas noturnas baratas com fotos de louras de meia-idade apertando os bicos dos seios com dedos enrugados, um sorriso debochado nos lábios... os antros de jazz, que formavam a maior parte da baixa San Francisco, frágeis barracos de zinco e de tábuas que surgiram das ruínas antes mesmo que a última bomba caísse. Não: aquele jovem era da elite. Culto, educado, ainda mais que o sr. Tagomi, que, afinal de contas, era um alto funcionário, com o cargo de Adido Comercial da Costa do Pacífico. Tagomi era um velho. Sua formação era do tempo do Gabinete de Guerra.

– Desejariam objetos de arte étnica tradicional americana para presente? – perguntou Childan. – Ou quem sabe para decorar seu novo apartamento aqui? Se fosse esta última hipótese... – Seu coração começou a bater mais rápido.

– Adivinhou – disse a moça. – Estamos começando a decorá-lo. Ainda não nos decidimos ao certo. Acha que poderia nos ajudar?

– Poderia passar em seu apartamento, sim – disse Childan. – Levarei várias malas e lá, no ambiente, posso fazer sugestões à sua conveniência. Essa é, claro, nossa especialidade. – Baixou os olhos para esconder sua expectativa. Isso poderia lhe render milhares de dólares. – Estou para receber uma mesa da Nova Inglaterra, de bordo, toda de madeira de encaixe, sem pregos. De imensa beleza e valor. E um espelho da época da Guerra de 1812. E também arte aborígene: um grupo de tapetes de pelo de cabra com tintura vegetal.

– Pessoalmente – disse o homem –, prefiro a arte das cidades.

– Pois não – Childan disse ansioso. – Escute, senhor. Tenho um mural do período dos correios WPA, original, feito de madeira, em quatro partes, retratando Horace Greeley. Item de colecionador, de valor inestimável.

– Ah! – disse o homem, seus olhos escuros reluzindo.

– E uma Victrola de 1920 transformada em bar.

– Ah!

– E, senhor, escute: *um retrato emoldurado e autografado de Jean Harlow.*

O homem arregalou os olhos.

– Vamos marcar uma hora? – perguntou Childan, aproveitando aquele instante psicológico favorável. Tirou do bolso interno do paletó a caneta e o bloco de notas. – Vou anotar seus nomes e endereço, senhor, senhora.

Depois, quando o casal saiu da loja, Childan ficou de pé, mãos nas costas, olhando a rua. Alegria. Se todos os dias fossem assim... Mas o sucesso de sua loja era mais do que negócios. Era a oportunidade de conhecer socialmente um jovem casal japonês, na base de uma aceitação dele como homem mais do que como um ianque ou, na melhor das hipóteses, como um comerciante de objetos artísticos. Sim, esses jovens da nova geração, que não se lembravam dos dias de antes da guerra, nem da própria guerra – eles eram a esperança do mundo. Diferenças de posição não significavam nada para eles.

Isso vai acabar, pensou Childan. Um dia. A própria ideia de posição. Não mais governados e governantes, mas gente.

E, no entanto, tremia de medo ao se imaginar batendo à porta deles. Examinou suas anotações. Os Kasoura. Se fosse recebido, sem dúvida lhe ofereceriam chá. Faria tudo corretamente? Saberia como agir e falar no momento exato? Ou iria se desgraçar, como um animal, com algum fora terrível?

O nome dela era Betty. Quanta compreensão em seu rosto, ele pensou. Os olhos delicados, sensíveis. Certamente, mesmo naquele pouco tempo na loja, percebera, ainda que num vislumbre, suas esperanças e derrotas.

Suas esperanças: de repente ficou tonto. Que aspirações eram essas que ele tinha, que beiravam a loucura, se não o suicídio? Mas não eram desconhecidas as relações entre japoneses e ianques, embora geralmente fossem entre homens japoneses e mulheres ianques. Isso... tremeu só de pensar. E ela era casada. Afastou da cabeça esse desfile de pensamentos involuntários e começou a abrir a correspondência matinal com toda a atenção.

Descobriu que suas mãos ainda estavam tremendo. E foi então que se lembrou do encontro com o sr. Tagomi às duas. Pensando nisso, suas mãos deixaram de tremer e seu nervosismo transformou-se em determinação. Preciso encontrar alguma coisa aceitável, disse a si próprio. Onde? E como? O quê? Um telefonema. Fontes. Habilidade comercial. Desenterrar um Ford 1929 totalmente restaurado, com capota de tecido (preto). Uma grande jogada para manter a clientela para sempre. Um avião trimotor do correio aéreo, modelo original, encontrado num celeiro no Alabama etc. Apresentar a cabeça mumificada do sr. B. Bill, incluindo os cabelos brancos esvoaçantes; sensacional objeto americano. Firmar minha reputação nos mais altos círculos de *connoisseurs* do Pacífico, incluindo o arquipélago nipônico.

Para se inspirar, acendeu um cigarro de maconha, da excelente marca Terra dos Sonhos.

Em seu quarto na Rua Hayes, Frank Frink estava na cama, pensando em como se levantar. O sol entrando pela persiana brilhava no monte de roupa caída no chão. Nos óculos também. Pisaria neles? Vou tentar chegar ao banheiro por outro caminho, pensou. Arrastar-se ou rolar? Sua cabeça doía, mas não se sentia triste. Nunca olhe para trás, resolveu. Horas? O relógio na cômoda. Onze e meia! Deus do céu. Mas continuou deitado.

Vou ser despedido, pensou.

Ontem cometera um erro na fábrica. Tivera uma conversa errada com o sr. Wyndam-Matson, um sujeito de cara amassada e nariz socrático, com anel de brilhante e zíper de ouro na braguilha. Em outras palavras, uma potência. Um colosso. Os pensamentos de Frink tropeçavam às cegas.

Sim, pensou, e agora vão me boicotar; meus conhecimentos são inúteis, não tenho profissão. Quinze anos de experiência. Perdidos.

E agora teria de aparecer diante da Comissão de Justificação dos Trabalhadores para uma revisão de sua categoria de trabalho. Como nunca tinha conseguido descobrir qual era a relação de Wyndam-Matson com os *pinocs* – o governo fantoche branco sediado em Sacramento –, não tinha ideia da influência que seu ex--patrão poderia ter junto às verdadeiras autoridades, os japoneses. A CJT era dirigida por *pinocs*. Teria de enfrentar quatro ou cinco rostos gordos e brancos de meia-idade, do mesmo tipo de Wyndam-Matson. Se não conseguisse sua justificação ali, iria às Missões Comerciais de Importação-Exportação que operavam fora de Tóquio, com escritórios na Califórnia, Oregon, Washington e nas regiões de Nevada incluídas nos Estados Americanos do Pacífico (EAP). Mas se sua apelação também fracassasse ali...

Sua cabeça fervilhava de planos; deitado, ele olhava fixo para a antiga luminária no teto. Poderia, por exemplo, entrar discretamente nos Estados das Montanhas Rochosas. Mas esses Estados tinham uma certa ligação com os EAP e talvez o extraditassem. E o Sul? Sentiu um arrepio. Argh. Isso não. Como homem branco teria bastante posição, na verdade mais do que tinha aqui nos EAP. Mas... não queria aquele tipo de posição.

E, pior ainda, o Sul tinha um emaranhado de ligações econômicas, ideológicas e Deus sabe o que mais, com o Reich. E Frank Frink era judeu.

Seu nome original era Frank Fink. Nascera na Costa Leste, em Nova York, e em 1941 fora convocado pelo Exército dos EUA logo após a derrota da Rússia. Depois que os japoneses tomaram o Havaí, foi enviado para a Costa Oeste. Quando a guerra terminou, lá estava ele, do lado japonês da linha divisória. E ali continuava, quinze anos mais tarde.

Em 1947, no Dia da Capitulação, ele tivera uma espécie de surto. Odiava tanto os japas que jurou vingança; tinha enterrado suas armas do exército a três metros de profundidade, num porão, bem embrulhadas e lubrificadas, para o dia em que ele e seus companheiros se rebelassem. No entanto, o tempo curou as feridas, um fato que ele não havia levado em conta. Agora, quando pensava naquela ideia, no grande banho de sangue, na erradicação dos *pinocs* e seus senhores, era como se estivesse revendo um daqueles anuários de seus dias de segundo grau, envelhecidos pelo tempo, e dando de cara com uma lista de suas aspirações de mocidade. Frank "Peixinho Dourado" Fink será paleontólogo e jura se casar com Norma Prout. Norma Prout era a *schönes Mädchen* da classe e ele havia realmente jurado se casar com ela. Diabos, aquilo tudo acontecera há tanto tempo que era como ouvir um programa de rádio de Fred Allen ou ver um filme de W. C. Fields. Desde 1947 ele devia ter visto ou falado com uns seiscentos mil japoneses, e o desejo de agredir um ou todos eles simplesmente nunca se concretizou depois dos primeiros meses. Simplesmente passou a não ter mais qualquer importância.

Mas espere um pouco. Havia um, um certo sr. Omuro, que adquirira o controle de uma grande área de imóveis para aluguel no centro de San Francisco e que, por determinado tempo, havia sido senhorio de Frank. Aquele ali era um calhorda, pensou. Um tubarão que nunca fazia consertos, que dividira os quartos em unidades cada vez menores, que aumentara os aluguéis... Omuro explorava os pobres, sobretudo ex-soldados à beira da miséria, durante a depressão, no início dos anos 50. Contudo, fora uma das missões comerciais japonesas que cortara a cabeça de Omuro por sua ganância. E hoje uma tal violação da dura, rígida porém justa lei civil japonesa era inimaginável. Era um ponto a favor da incorruptibilidade dos oficiais japoneses de ocupação, sobretudo os que entraram depois da queda do Gabinete de Guerra.

Lembrando-se da honestidade máscula e estoica das Missões Comerciais, Frank sentiu-se reconfortado. Até Wyndam-Matson seria afastado como uma mosca barulhenta. Fosse ou não dono da W-M Corporation. Pelo menos, assim ele esperava. Acho que eu tenho mesmo fé nesse negócio de Aliança de CoProsperidade do Pacífico, disse para si mesmo. Estranho. Lembrando os primeiros dias... parecia tão obviamente falso, então. Propaganda política sem nenhum significado. Mas agora...

Levantou-se da cama e foi trançando as pernas até o banheiro. Enquanto se lavava e se barbeava, ouviu as notícias do meio-dia no rádio.

"Não depreciemos esse esforço", dizia o rádio quando ele momentaneamente fechou a água quente.

Não, não vamos fazer isso, Frank pensou com amargura. Sabia a que esforço particular o rádio se referia. Mas havia algo de cômico na situação, a imagem de alemães fortes e carrancudos marchando por Marte, na areia vermelha onde nenhum humano jamais havia pisado. Frink passava espuma no queixo e cantarolava uma sátira a si próprio. *Gott, Herr Kreisleiter. Ist dies vielleicht der Ort wo man das Konzentrationslager bilder kann? Das Wetter ist so schon. Heiss, aber doch schon...*

O rádio dizia: "A Civilização da CoProsperidade precisa parar e pensar se, no desejo de fornecer uma igualdade de responsabilidade e deveres mútuos juntamente com remunerações...". Jargão típico da hierarquia dominante, notou Frink. "... não deixamos de levar em consideração a futura arena em que se desenrolarão os negócios dos homens, sejam eles nórdicos, japoneses, negroides...". E continuava, continuava.

Enquanto se vestia, repassava com prazer a sua sátira. *O tempo está schön, tão schön. Mas não há o que respirar...*

No entanto, era um fato; o Pacífico não fizera nada para a colonização dos planetas. Estava envolvido – ou melhor, atolado – na América do Sul. Enquanto os alemães estavam ocupados em lançar no espaço enormes sistemas robotizados, os japoneses queimavam as florestas do interior do Brasil, erguendo edifícios de apartamentos de oito andares, de barro, para ex-caçadores de cabeças.

Até os japoneses lançarem seu primeiro foguete, os alemães teriam posto o sistema solar no bolso. Segundo os pitorescos e antigos livros de história, os alemães ficaram para trás enquanto o resto da Europa consolidava seus impérios coloniais. Mas, refletiu Frink, desta vez não iam chegar por último; aprenderam.

E isso o levou a pensar na África e na experiência nazista lá. E seu sangue congelou nas veias, hesitou, e finalmente continuou seu fluxo.

Aquela imensa ruína vazia.

O rádio dizia: "... devemos contudo considerar com orgulho nossa ênfase nas necessidades físicas fundamentais dos povos de todos os lugares, suas aspirações subespirituais que devem ser..."

Frink desligou o rádio. Então, mais calmo, tornou a ligá-lo.

Cacete, pensou. África. Para os fantasmas de tribos mortas. Varridas para fazer uma terra de... do quê? Quem sabia? Talvez nem mesmo os grandes arquitetos de Berlim soubessem. Bando de autômatos, construindo e trabalhando. Construindo? Esmagando. Ogros saídos de alguma exposição de paleontologia, atarefados em fazer um copo com o crânio do inimigo, a família inteira empenhada em pescar primeiro o conteúdo – os miolos crus – para comer. Depois, fazer utensílios dos ossos das pernas dos homens. Era econômica essa ideia de não só comer quem não se gosta, mas comê-los dentro do seu próprio crânio. Os primeiros técnicos! O homem pré-histórico de jaleco branco esterilizado num laboratório de alguma universidade de Berlim, pesquisando como aproveitar crânios, pele, orelhas e gordura de outras pessoas. Ja, Herr Doktor. Uma nova utilidade para o dedão do pé; veja, pode-se adaptar a junta para funcionar como isqueiro. Agora, se Herr Krupp conseguir produzir isso em quantidade...

Aquela ideia horrorizava-o: o antigo e gigantesco canibal quase-homem florescendo agora, dominando o mundo mais uma vez. Passamos um milhão de anos fugindo dele, pensou Frink, e agora ele está de volta. E não apenas como adversário... Mas como senhor.

"... podemos deplorar", o rádio, a voz dos pequenos barrigas-amarelas de Tóquio estava falando. Meu Deus, pensou Frink; e nós os chamamos de macacos, esses pigmeus civilizados de pernas tortas aos quais seria tão impossível instalar câmaras de gás quanto derreter suas esposas para transformá-las em cera de selar. "... e deploramos no passado o terrível desperdício de seres humanos nesta ansiedade fanática que coloca a maioria dos homens totalmente fora da comunidade legal." Eles, os japas, levavam a lei a sério. "... Para citar um santo ocidental conhecido de todos nós: 'De que adianta a um homem ganhar o mundo inteiro se perder a alma?'" O rádio fez uma pausa. Frink, dando o nó na gravata, também fez sua pausa. Era a ablução matinal.

Tenho de entrar em algum acordo com eles aqui, decidiu. Boicotado ou não, seria a morte para mim deixar o território controlado pelos japoneses e aparecer no Sul ou na Europa – em qualquer parte do Reich.

Vou ter de entrar num acordo com o velho Wyndam-Matson.

Sentado na cama, com uma xícara de chá morno ao lado, Frink tirou o *I Ching* da prateleira. Do tubo de couro, tirou as quarenta e nove varetas de milefólio. Refletiu até ter os pensamentos sob controle e as perguntas formuladas.

Perguntou em voz alta: "Como deverei abordar Wyndam-Matson de modo a entrar num acordo decente com ele?" Escreveu a pergunta na pequena lousa e começou a passar as varetas de uma mão para a outra até obter a primeira linha, o início. Um oito. Metade dos sessenta e quatro hexagramas eliminados de saída. Dividiu as varetas e obteve a segunda linha. Como tinha prática, logo conseguiu todas as seis linhas; o hexagrama estava formado e nem era preciso consultar o quadro. Reconheceu-o: o Hexagrama Quinze. Ch'ien. Modéstia. Ah. Os que estão embaixo serão exaltados, os que estão no alto serão rebaixados, famílias poderosas serão humilhadas; ele não precisava consultar o texto: conhecia-o de cor e salteado. Um bom augúrio. O oráculo estava dando conselhos favoráveis.

Apesar disso, sentiu-se um pouco decepcionado. Havia uma certa infantilidade no Hexagrama Quinze; muito ingênuo. Claro que tinha de ser modesto. Talvez fosse esse o negócio. Afinal, ele não tinha nenhum poder sobre o velho W-M. A única coisa que podia fazer era adotar o ponto de vista do texto do Hexagrama Quinze; o momento era daqueles em que é preciso solicitar, ter esperança, aguardar com fé. O céu na hora certa faria com que fosse readmitido ou, talvez, até promovido.

Não havia nenhuma linha para ler, nenhum seis ou nove; era um hexagrama estático. Então era só aquilo e pronto. Não se desdobrou num segundo hexagrama.

Uma nova pergunta, então. Preparando-se, disse alto: "Voltarei a ver Juliana algum dia?"

Era sua mulher. Ou melhor, sua ex-mulher. Juliana divorciara-se dele há um ano, e não se viam há meses; ele nem sabia onde ela estava morando. Obviamente, deixara San Francisco. Talvez até os EAP. Os amigos comuns ou não tinham recebido notícias ou não lhe contavam o que sabiam.

Dividiu as varetas de milefólio com atenção, os olhos fixos nas combinações. Quantas vezes não havia perguntado sobre Juliana, sobre vários assuntos? Lá vinha o hexagrama, surgido através da configuração passiva e casual das varetas vegetais. Aleatório, mas ainda assim enraizado no momento que ele vivia, em que sua vida estava ligada a todas as outras vidas e partículas do universo. O hexagrama necessário, retratando, com seu padrão de linhas inteiras e partidas, a *situação*. Ele, Juliana, a fábrica da Rua Gough, as Missões Comerciais dominantes, os bilhões de elementos químicos amontoados na África, que agora nem eram mais cadáveres, as aspirações de milhares de criaturas vivendo ao seu redor nos barracos de San Francisco, os dementes de Berlim, com seus rostos calmos e planos maníacos – todos ligados a este momento de jogar as varetas para selecionar a sabedoria apropriada num livro iniciado no século 30 a.C. Um livro criado pelos sábios da China ao longo de um período de cinco mil anos, burilado, aperfeiçoado, aquela soberba cosmologia – e ciência – codificada antes mesmo que a Europa tivesse aprendido a fazer contas de divisão.

O hexagrama. Seu coração parou. Quarenta e Quatro. Kou. Vir ao Encontro. Julgamento ponderado. *A jovem é poderosa. Não se deve desposá-la.* Mais uma vez ele recebia isso em relação a Juliana.

Oy vey, ele pensou, tornando a se deitar. Então ela era a mulher errada para mim; disso eu sei. Não foi o que perguntei. Por que é que o oráculo tem de ficar me lembrando disso? Que azar para mim tê-la encontrado e me apaixonado – e ainda estar apaixonado – por ela.

Juliana – a mulher mais bonita com quem já havia se casado. Sobrancelhas e cabelos retintos: leves traços de sangue espanhol distribuídos em pura cor, até em seus lábios. Seu andar leve e silencioso; ela usava sapatos bicolores do tempo do segundo grau. Mesmo suas roupas tinham todas um ar meio gasto, visivelmente usadas e muito lavadas. Eles passaram tanto tempo sem dinheiro que, apesar de sua beleza, ela tivera de usar suéter de algodão, jaqueta de pano com zíper na frente, saia castanha de tweed e meias curtas de colegial; e ela odiava a ele e à roupa porque, dizia, ficava parecendo uma daquelas mulheres que jogam tênis ou (pior ainda) recolhem cogumelos nos bosques.

Mas, acima e além de tudo, ele fora atraído de início por seu ar alucinado; sem a menor razão, Juliana cumprimentava gente totalmente estranha com um portentoso sorriso à Mona Lisa. As pessoas ficavam surpresas e paravam antes de responder, fosse para dizer alô ou não. E ela era tão atraente que, na maioria das vezes, diziam mesmo alô, diante do que Juliana passava reto. No início, chegou a pensar que ela fosse míope, mas depois decidiu que era mesmo uma profunda estupidez cuidadosamente escondida. E assim, finalmente, começou a irritar-se com seu cumprimento de relance a estranhos e com a maneira vegetal, silenciosa, que tinha de ir e vir, como se estivesse em alguma missão secreta. Mas, mesmo assim, já no fim, quando brigavam muito, ele nunca deixou de vê-la como uma invenção direta, literal, de Deus, que fora jogada em sua vida por motivos que ele jamais conheceria. E por isso – uma espécie de intuição religiosa ou fé em relação a ela – ele não superava o fato de que a havia perdido.

Ela parecia tão próxima agora... como se ainda fosse sua. Aquele espírito, ainda ativo em sua vida, percorrendo silencioso o quarto em busca do que quer que Juliana procurasse. E também na sua cabeça, cada vez que ele pegava os livros do oráculo.

Sentado na cama, cercado por sua desordem solitária, preparando-se para sair e começar o dia, Frank Frink ficou imaginando: quem mais na vasta e complicada San Francisco estaria naquele exato momento consultando o oráculo? Teriam recebido conselhos tão sombrios quanto ele? O tom do Momento seria tão adverso para essas pessoas quanto para ele?

2

O sr. Nobusuke Tagomi estava sentado, consultando o divino Quinto Livro da Sabedoria Confuciana, o oráculo taoísta conhecido há séculos pelo nome de *I Ching* ou *O Livro das Mutações*. Naquele dia, ao meio-dia, começara a se sentir apreensivo quanto ao seu encontro com o sr. Childan, que aconteceria dali a duas horas.

Seus escritórios no vigésimo andar do edifício Nippon Times, na Rua Taylor, davam para a baía. Através da parede de vidro ele podia observar os navios passando sob a ponte Golden Gate. Naquele instante, um navio de carga podia ser avistado além de Alcatraz, mas o sr. Tagomi não estava interessado. Indo até a parede, soltou o cordão e abaixou as cortinas de bambu, encobrindo a vista. O grande escritório central ficou mais escuro; não precisava apertar os olhos para se proteger do brilho do sol. Agora conseguia pensar com maior clareza.

Não estava ao seu alcance, pensou, agradar seu cliente. Não importava o que sr. Childan trouxesse: o cliente não ficaria impressionado. Encaremos os fatos, disse a si próprio. Mas podemos ao menos evitar desagradá-lo.

Podemos evitar insultá-lo com um presente vagabundo.

O cliente logo chegaria ao aeroporto de San Francisco por intermédio do novo foguete alemão executivo, o Messerschmitt 9-E. O sr. Tagomi nunca viajara numa nave daquelas; quando encontrasse o sr. Baynes, teria de cuidar para causar uma impressão blasé, por maior que fosse o foguete. Ensaiar, pois. Ficou de pé diante do espelho na parede do escritório, criando uma expressão estudada, levemente entediada, um ar glacial e impenetrável. Sim, eles são muito barulhentos, sr. Baynes. Não se pode ler. Mas, em compensação, o voo de Estocolmo a San Francisco é de apenas quarenta e cinco minutos. Poderia talvez mencionar falhas mecânicas dos alemães? Imagino que tenha ouvido pelo rádio. Aquele desastre em Madagascar. Francamente, os velhos aviões a pistão eram melhores.

Essencial evitar política. Pois não conhecia as opiniões do sr. Baynes a respeito dos principais temas do dia. Entretanto, esses temas poderiam surgir, e o sr. Baynes, como sueco, seria neutro. Mas escolhera a Lufthansa em vez da SAS. Uma jogada cautelosa... Sr. Baynes, dizem que Herr Bormann está bastante doente. Que um novo chanceler do Reich será escolhido pelo *Partei* neste outono. Apenas boatos? Infelizmente, há tantos segredos entre o Pacífico e o Reich.

Na pasta em sua mesa havia um recorte do *New York Times* contendo um recente discurso do sr. Baynes. O sr. Tagomi passou a estudá-lo com atenção, inclinando-se devido à ligeira incorreção de suas lentes de contato. O discurso era a respeito da necessidade de procurar mais uma vez – a nonagésima oitava vez? – fontes de água na Lua. "Ainda podemos resolver esse dilema constrangedor", afirmava o sr. Baynes. "Nosso vizinho mais próximo e até agora o menos compensador, a não ser para fins militares." *Sic!*, pensou o sr. Tagomi, empregando uma palavra em latim de posição elevada. Um dado concernente ao sr. Baynes. Ele olha sem complacência tudo o que é exclusivamente militar. O sr. Tagomi fez uma anotação mental.

Apertando o botão do interfone, o sr. Tagomi disse: – Srta. Ephreikian, gostaria que trouxesse seu gravador, por gentileza.

A porta externa do escritório deslizou na lateral e a srta. Ephreikian surgiu, naquele dia agradavelmente enfeitada com flores azuis nos cabelos.

– Um toque de lilás – observou o sr. Tagomi. Ele já havia cultivado flores profissionalmente, em sua casa em Hokkaido.

A srta. Ephreikian, uma armênia alta e morena, curvou-se.

– O Zip-Track Speed Master está pronto? – perguntou o sr. Tagomi.

– Sim, sr. Tagomi. – A srta. Ephreikian sentou-se, com o gravador portátil de pilha pronto.

O sr. Tagomi começou: – Perguntei ao oráculo: "Minha reunião com o sr. Childan será lucrativa?" e, para minha consternação, obtive o pouco auspicioso hexagrama Preponderância do Grande. A viga mestra cede a ponto de quebrar. Peso demais no meio; tudo está em desequilíbrio. Claramente em desarmonia com o Tao. – O gravador zumbia.

O sr. Tagomi fez uma pausa para reflexão.

A srta. Ephreikian observou-o, esperando. O zumbido cessou.

– Peça ao sr. Ramsey que venha aqui um momento, por favor – disse o sr. Tagomi.

– Sim, sr. Tagomi. – Ela se levantou, pôs o gravador sobre a mesa e saiu do escritório; o único som presente era o dos saltos de seus sapatos.

O sr. Ramsey apareceu, com uma enorme pasta cheia de recibos, faturas e duplicatas. Jovem, sorridente, aproximou-se, usando uma elegante gravata fina, tipo Planícies do Meio-Oeste Americano, camisa quadriculada e jeans apertado, sem cinto, considerados de alta posição pelos que seguiam a moda.

– Olá, sr. Tagomi – disse ele. – Um dia e tanto, não é?

O sr. Tagomi se curvou.

Diante disso, o sr. Ramsey empertigou-se abruptamente e também se curvou.

– Estive consultando o oráculo – disse o sr. Tagomi, enquanto a srta. Ephreikian tornava a se sentar com o gravador. – Você compreende que o sr. Baynes, que, como sabe, deve chegar daqui a pouco, adota a ideologia nórdica com relação à chamada cultura oriental. Eu poderia fazer o esforço de deslumbrá-lo e levá-lo a uma melhor compreensão com obras autênticas da pintura chinesa em pergaminho ou da cerâmica de nosso Período Tokugawa... mas não é nosso trabalho convertê-lo.

– Compreendo – disse o sr. Ramsey; seu rosto caucasiano se contorcia numa dolorosa tentativa de concentração.

– Devemos, portanto, aceitar o preconceito dele e lhe oferecer um objeto americano de valor inestimável.

– Sim.

– O senhor é de origem americana. Embora se tenha dado o trabalho de escurecer a pele.

Ele examinou o sr. Ramsey com atenção.

– Bronzeado adquirido com lâmpada ultravioleta – murmurou o sr. Ramsey. – Apenas para a obtenção de vitamina D – mas sua expressão de humilhação o entregava. – Garanto ao senhor que conservo autênticas raízes... – o sr. Ramsey tropeçava nas palavras. – Não cortei todos os laços com... os padrões étnicos nativos.

O sr. Tagomi disse à srta. Ephreikian: – Continue, por gentileza. – O gravador voltou a rodar. – Ao consultar o oráculo e obter o Hexagrama Ta Kuo, Vinte e Oito, recebi, além disso, a linha desfavorável nove no quinto lugar, assim expressa:

Um álamo seco floresce.
Uma mulher idosa encontra um marido.
Nenhuma culpa. Nenhum elogio.

– Isso indica claramente que às duas horas o sr. Childan não terá nada de valor a nos oferecer. – O sr. Tagomi fez uma pausa. – Sejamos francos – continuou –, não posso confiar em minha própria opinião sobre objetos de arte americanos. Por isso... – deteve-se na escolha das palavras. – Por isso o senhor, sr. Ramsey, que é, como direi, nativo, é necessário. Naturalmente temos que nos esforçar ao máximo.

O sr. Ramsey ficou sem resposta. Mas, apesar do esforço para se controlar, seu rosto exprimia mágoa, raiva, uma reação muda e frustrada.

– Agora – disse o sr. Tagomi –, consultei o oráculo uma segunda vez. Por motivos de política interna não posso lhe dizer, sr. Ramsey, qual a pergunta. – Em outras palavras, seu tom significava: isso não interessa a você e aos *pinocs* aos quais pertence; vocês não têm nada que se meter nas questões importantes com as quais lidamos.

– Basta dizer, entretanto, que recebi uma resposta estimulante. Levou-me a meditar longamente.

Tanto o sr. Ramsey quanto a srta. Ephreikian o observavam com atenção.

– Tem a ver com o sr. Baynes – disse o sr. Tagomi.

Ambos assentiram.

– Minha pergunta com relação ao sr. Baynes produziu, através das maquinações ocultas do Tao, o Hexagrama Sheng, Quarenta e Seis. Um bom julgamento. E as linhas seis no início e nove em segundo lugar. – Sua pergunta tinha sido: "Terei sucesso com o sr. Baynes?" E o nove no segundo lugar dizia que sim.

Quando se é sincero,
É favorável trazer mesmo uma pequena oferenda.
Nenhuma culpa.

Obviamente, o sr. Baynes ficaria satisfeito com qualquer presente que a Missão Comercial lhe desse através dos bons ofícios do sr. Tagomi. Mas o sr. Tagomi, ao formular a pergunta, tinha uma indagação mais profunda em mente, da qual mal tinha consciência. Como costuma acontecer, o oráculo percebera aquela indagação mais fundamental e, enquanto respondia à outra, encarregara-se de responder também à subliminar.

– Como sabemos – disse o sr. Tagomi –, o sr. Baynes está nos trazendo um relatório detalhado dos novos moldes injetáveis fabricados na Suécia. Se conseguirmos fechar negócio com a empresa dele, poderemos certamente substituir muitos metais atualmente em uso, e que estão se tornando escassos, por plástico.

Há anos, o Pacífico estava tentando conseguir do Reich assistência básica no campo dos sintéticos. Mas os grandes cartéis químicos alemães, sobretudo a I. G. Farben, haviam recolhido suas patentes; chegaram mesmo a criar um monopólio mundial de plástico, sobretudo no ramo do poliéster. Dessa forma, o comércio do Reich estava sempre à frente do comércio do Pacífico e, em matéria de tecnologia, o Reich estava pelo menos dez anos adiantado. Os foguetes interplanetários partindo de Festung Europa eram feitos principalmente de plásticos termorresistentes, muito leves, tão fortes que resistiam até a grandes impactos de meteoros. O Pacífico não tinha nada assim; fibras naturais, como as de madeira, ainda eram usadas, e naturalmente os onipresentes metais fundidos. O sr. Tagomi estremeceu com essa lembrança; tinha visto, nas feiras comerciais, algumas das criações mais avançadas da Alemanha, inclusive um automóvel totalmente sintético, o DSS – Der Schnelle Spuk –, que custava, em moeda EAP, uns seiscentos dólares.

Mas sua pergunta oculta, aquela que jamais revelaria aos *pinocs* que andavam pelos escritórios das missões comerciais, era ligada a um aspecto das atividades do sr. Baynes, sugerido pelo cabograma original em código enviado por Tóquio. Para começar, mensagens em código não eram comuns, e tratavam geralmente de questões de segurança, não de negócios. E o código era do tipo metafórico, empregando alusões poéticas, que fora adotado para confundir os monitores do Reich – que decifravam qualquer código literal, por mais elaborado que fosse. Obviamente, era com o Reich que as autoridades de Tóquio estavam preocupadas, não com as quase desleais camarilhas nas Ilhas Nipônicas. A frase-chave: "Leite desnatado em sua dieta", fazia referência a *Pinafore*, a lúgubre canção que dizia "... As coisas quase nunca são o que parecem/O leite desnatado se disfarça de creme"*. E o *I Ching*, quando consultado pelo sr. Tagomi, confirmou seu insight. Seu comentário era:

> Aqui se pressupõe a presença de um homem forte. Há uma certa incompatibilidade entre ele e seu meio ambiente, por ser rude e pouco afeito aos formalismos. Mas como é sincero e íntegro, encontra apoio...

O insight queria dizer, simplesmente, que o sr. Baynes não era o que parecia; que o verdadeiro motivo de sua visita a San Francisco não era assinar um contrato referente a moldes injetáveis. Que, na verdade, o sr. Baynes era um espião.

Mas por nada deste mundo o sr. Tagomi conseguia descobrir que tipo de espião, para quem ou para quê.

A uma e quarenta daquela tarde, Robert Childan, com grande relutância, trancou a porta da American Artistic Handcrafts Inc. Arrastou suas pesadas maletas até o meio-fio, fez sinal a um bicitáxi e disse ao china que o levasse ao edifício Nippon Times.

O china, magro, curvado e suado, assentiu e começou a arrumar as malas do sr. Childan no veículo. Então, depois de ajudar o próprio sr. Childan a sentar-se no banco acolchoado, ligou o taxímetro, sentou no seu lugar e saiu pedalando pela Rua Montgomery, entre carros e ônibus.

O dia inteiro havia sido consumido à procura da peça para o sr. Tagomi, e a amargura e a ansiedade que Childan sentia quase o sufocaram durante seu percurso. E, no entanto... triunfara. Uma habilidade especial, independentemente dele próprio: isso fizera com que ele encontrasse a coisa exata, e o sr. Tagomi ficaria grato e seu cliente, fosse lá quem fosse, radiante. Sempre forneço satisfação, Childan pensou. Para os meus clientes.

---

* No original: "... Things are seldom what they seem – Skim milk masquerades as cream". Da opereta *H. M. S. Pinafore*, da dupla de compositores britânicos Gilbert e Sullivan, que estreou na Inglaterra em 1878. [N. do T.]

Ele havia conseguido, por um milagre, um exemplar quase intacto do Volume Um, Número Um, da *Tip Top Comics*. Datando dos anos 30, ela era uma valiosa peça da arte americana, uma das primeiras revistas em quadrinhos, item muito procurado pelos colecionadores. Naturalmente, tinha outras coisas também para mostrar primeiro. Iria pouco a pouco, até chegar à revista em quadrinhos, que estava bem protegida num estojo de couro embrulhado em papel de seda no centro da maleta maior.

O rádio do bicitáxi berrava melodias populares, disputando com os rádios de outros táxis, carros e ônibus. Childan não ouvia; estava acostumado. Nem prestava atenção aos enormes luminosos em néon com seus anúncios que obliteravam a fachada de quase todos os edifícios maiores. Afinal, ele também tinha o seu; à noite, ele acendia e apagava junto com os outros luminosos da cidade. Que outra forma havia de fazer propaganda? Era preciso ser realista.

Na verdade, a barulheira dos rádios, do trânsito, os letreiros e as pessoas embalavam-no. Apagavam suas preocupações interiores. E era agradável ser carregado por outro ser humano, que pedalava no lugar dele, sentir o esforço muscular do china transmitido sob a forma de vibrações regulares; uma espécie de máquina de relaxar, refletiu Childan. Ser puxado em vez de precisar puxar. E ocupar, mesmo que por um momento, uma posição mais elevada.

Despertou com um sentimento de culpa. Havia muito o que planejar; não havia tempo para a sesta do meio-dia. Estaria vestido de forma absolutamente adequada para entrar no edifício Nippon Times? Possivelmente desmaiaria no elevador de alta velocidade. Mas estava levando tabletes contra enjoo, uma fórmula alemã. As várias formas de tratamento... ele as conhecia. A quem tratar com polidez, a quem tratar com rudeza. Seja brusco com o porteiro, com o ascensorista, recepcionista, guia, qualquer espécie de servente. Curve-se diante de qualquer japonês, claro, mesmo que seja obrigado a fazer centenas de reverências. Mas os *pinocs*. Área nebulosa. Curve-se, mas olhe direto através deles, como se não existissem. Isso englobaria todas as situações, então? E quanto a algum visitante estrangeiro? Nas Missões Comerciais era comum encontrar alemães, assim como neutros.

E havia a possibilidade de ver um escravo.

Navios alemães ou sulistas atracavam no porto de San Francisco a toda hora, e às vezes os negros tinham permissão de descer por um breve período. Sempre em grupos de menos de três. E não podiam ficar na rua depois do anoitecer; mesmo sob a lei do Pacífico, tinham de respeitar o toque de recolher. Mas havia também escravos que descarregavam mercadorias no porto, e estes viviam permanentemente em terra, em barracos sob o cais, logo acima da linha da água. Não haveria nenhum deles nos escritórios da Missão Comercial, mas se fosse preciso carregar algo... por exemplo, será que ele próprio teria de carregar suas maletas até a sala do sr. Tagomi? Certamente que não. Seria preciso encontrar um escravo, mesmo que ele tivesse de esperar uma hora de pé. Mesmo que perdesse o encontro. Era inconcebível deixar que um escravo o visse carregando alguma coisa; tinha de tomar cuidado com isso. Um erro desse tipo lhe custaria caro; nunca mais teria posição de espécie alguma entre os que o vissem.

No fundo, pensou Childan, até que eu acharia divertido carregar minhas próprias malas dentro do Nippon Times, em plena luz do dia. Mas que grande gesto seria. Não seria exatamente ilegal, não me poriam na prisão. E eu revelaria meus sentimentos reais, o lado de um homem que nunca aparece na vida pública. Mas...

Eu poderia fazer isso, pensou, se não fossem aqueles malditos escravos negros espiando por todos os lados; suportaria os olhares dos que estão acima de mim, seu desprezo... Afinal, eles me desprezam e humilham todos os dias. Mas sentir o desprezo dos que estão abaixo de mim? Como esse china pedalando aqui à minha frente. Se eu não tivesse tomado um bicitáxi, e ele me tivesse visto tentando ir a pé a um encontro de trabalho...

Os alemães eram os culpados por essa situação. Essa tendência a ter o olho maior que a barriga. Afinal, eles quase não conseguiram ganhar a guerra e, em seguida, já partiram para conquistar o sistema solar, enquanto em casa aprovavam leis que... Bom, ao menos a ideia era boa. E, afinal, foram bem-sucedidos com os judeus, os ciganos e os protestantes. E os eslavos foram enviados de volta à sua terra natal no coração da Ásia, para mais de dois mil anos de atraso. Estavam totalmente fora da Europa, para alívio geral. Voltaram a montar seus iaques e a caçar de arco-e-flecha. E aquelas revistas impressas em Munique, em papel cuchê, distribuídas por tudo quanto era biblioteca e jornaleiro... cada um podia ver por si as ilustrações coloridas de página inteira: os colonos arianos de olhos azuis e cabelos louros, cuidadosamente plantando, selecionando, cultivando o vasto celeiro do mundo, a Ucrânia. Aqueles sujeitos pareciam mesmo felizes. E suas fazendas e casas eram limpas. Não se viam mais fotos de poloneses burros e bêbados, caídos nas varandas em ruínas ou oferecendo alguns nabos murchos no mercado da aldeia. Tudo coisas do passado, como as estradas de terra esburacadas que ficavam intransitáveis na época das chuvas, atolando as carroças.

Mas a África. Lá, eles simplesmente se deixaram levar pelo entusiasmo, e não era possível não admirar isso, embora uma opinião mais ponderada os tivesse aconselhado a aguardar um pouco mais até, por exemplo, que o Projeto Agrário fosse finalizado. *Aí sim*, os nazistas revelaram sua genialidade; os artistas que havia neles emergiram. O Mar Mediterrâneo engarrafado, drenado, transformado em terra arável graças ao emprego da energia atômica... que audácia! Aqueles que não acreditaram tiveram de calar a boca, como certos comerciantes debochados da Rua Montgomery. E, na verdade, a África foi quase um sucesso... mas, num projeto daquela envergadura, a palavra *quase* era agourenta. O conhecido e poderoso panfleto de Rosenberg fora publicado em 1958; foi quando a palavra primeiro apareceu. *Quanto à Solução Final do Problema Africano, estamos quase alcançando nossos objetivos. Infelizmente, entretanto...*

Mesmo assim, foram necessários duzentos anos para resolver o problema dos aborígenes americanos, e a Alemanha quase completara o serviço na África em quinze anos. Portanto, não era possível fazer nenhuma crítica legítima. Childan havia, na verdade, discutido o assunto recentemente num almoço com alguns desses comerciantes. Os outros esperavam milagres, evidentemente, como se os nazistas pudessem remodelar o mundo por magia. Não, aquilo era ciência, tecnologia e aquele fabuloso talento para trabalho duro; os alemães nunca deixavam de se esforçar. E quando executavam alguma tarefa, executavam-na *direito*.

De qualquer maneira, os voos para Marte haviam distraído a atenção mundial das dificuldades na África. E, portanto, tudo voltava ao que ele havia dito a seus companheiros comerciantes: o que os nazistas têm e que nós não temos... é nobreza. Podemos admirá-los pelo seu amor ao trabalho ou por sua eficiência... mas é o sonho o grande motivador. Os voos espaciais à Lua, depois a Marte; o desejo mais antigo da humanidade, nossa maior esperança de glória. Agora, os japoneses, por outro lado. Conheço-os muito bem. Afinal, faço negócios com eles praticamente todos os dias. São – vamos encarar os fatos – orientais. Amarelos. Nós, brancos, temos de nos curvar diante deles porque eles têm o poder nas mãos. Mas nós estamos vendo a Alemanha; estamos vendo o que pode ser feito nas regiões conquistadas pelos brancos, e é muito diferente.

– Estamos chegando perto do edifício Nippon Times, senhor – disse o china, ofegante por causa da subida. Reduziu a velocidade.

Childan tentou visualizar o cliente do sr. Tagomi. Obviamente era alguém de importância excepcional, como o tom do sr. Tagomi ao telefone e sua imensa agitação revelaram. Veio à sua mente a imagem de um de seus mais importantes clientes, ou melhor, compradores, homem que muito fizera para ajudá-lo a criar uma reputação entre os personagens de posição elevada que moravam na Região da Baía.

Há quatro anos Childan não negociava objetos raros e desejáveis como agora; tinha um pequeno e escuro sebo de livros em Geary. Seus vizinhos vendiam móveis usados ou ferragens, quando não eram lavanderias. Não era uma vizinhança agradável. De noite havia assaltos e algumas vezes estupros nas calçadas, apesar dos esforços do Departamento de Polícia de San Francisco e até dos Kempeitai, altos funcionários japoneses. Todas as vitrines eram cobertas por grades de metal no fim do dia, para evitar arrombamentos. Mesmo assim, naquela parte da cidade foi morar um ex-militar japonês, já idoso, o major Ito Humo. Alto, magro, de cabelos brancos, de andar e porte marciais, foi o major Humo quem levou Childan a descobrir o que mais lhe convinha para negociar.

– Sou colecionador – o major Humo havia explicado. Tinha passado a tarde inteira vasculhando as pilhas de revistas velhas da loja. Com sua voz suave, explicou algo que Childan não compreendeu imediatamente: para muitos japoneses ricos, cultos, os objetos históricos da civilização popular americana tinham tanto interesse quanto as antiguidades mais formais. *Por que* isso, o próprio major não sabia; ele se interessava, sobretudo, por velhas revistas que tratassem de botões de latão americanos, bem como pelos botões em si. Era como colecionar moedas ou selos; não havia explicação racional. E os colecionadores ricos pagavam altos preços.

– Vou lhe dar um exemplo – dissera o major. – Você conhece os cartões "Os Horrores da Guerra"? – Olhou para Childan com avidez.

Childan vasculhou a memória e, por fim, se lembrou. Em sua infância, esses cartões vinham nas embalagens de chicletes. Um centavo cada. Era uma série, e cada cartão exibia um tipo diferente de horror.

– Um caro amigo meu – continuou o major – coleciona "Os Horrores da Guerra". Só lhe falta um agora. *O Afundamento do Panay.* Ele ofereceu uma soma considerável de dinheiro por aquele cartão.

– Jogo de bafo – disse Childan, de repente.

– Como?

– Nós jogávamos bafo com eles. Cada cartão tinha um lado cara e outro coroa. – Ele devia ter cerca de oito anos. – Cada um de nós tinha um baralho. A gente ficava em pé, um em frente ao outro. Cada um jogava seu cartão de modo que ele virasse no ar. O garoto de quem o cartão caísse com o lado da figura para cima ganhava os dois cartões. – Como era bom recordar aqueles tempos, aqueles primeiros dias felizes de sua infância.

Pensando nisso, o major Humo disse: – Ouvi muitas vezes meu amigo falar de seus cartões "Os Horrores da Guerra" e ele nunca mencionou isso. *Na minha opinião, ele não sabe como esses cartões eram realmente utilizados.*

Um dia, o amigo do major apareceu na loja para ouvir o relato histórico de Childan. E aquele homem, também um oficial reformado do Exército Imperial, ficou fascinado.

– Tampinhas de garrafa! – Childan havia exclamado de repente.

O japonês piscou os olhos, sem compreender.

– Nós costumávamos colecionar as tampas das garrafas de leite. Quando garotos. As tampas redondas que traziam o nome da leiteria escrito. Devia haver milhares de leiterias nos Estados Unidos. Cada uma imprimia uma tampa diferente

Os olhos do oficial faiscaram instintivamente. – O senhor ainda guarda alguma parte de sua antiga coleção?

Naturalmente, Childan não guardava mais. Mas... provavelmente ainda seria possível obter as antigas e há muito esquecidas tampas dos dias anteriores à guerra, quando o leite vinha em garrafas e não em embalagens de papelão descartáveis.

E assim, gradualmente, ele foi entrando no negócio. Outros abriram lojas semelhantes, aproveitando a mania cada vez maior dos japoneses pela arte americana... mas Childan estava sempre à frente da concorrência.

– O preço – disse o china, interrompendo seus pensamentos – é um dólar, senhor. – Ele havia descarregado as maletas e estava esperando.

Distraído, Childan pagou. Sim, era provável que o cliente do sr. Tagomi lembrasse o major Humo; ao menos, pensou Childan causticamente, do meu ponto de vista. Tratara com muitos japoneses... mas ainda tinha dificuldades em distinguir uns dos outros. Havia os baixos, atarracados, com a constituição física de lutadores. Havia os do tipo farmacêutico. Os do tipo jardineiro... Ele tinha suas categorias. E os jovens, que para ele não pareciam nem um pouco japoneses. O cliente do sr. Tagomi seria, provavelmente, um corpulento homem de negócios, fumando um charuto filipino.

E então, de pé em frente ao edifício Nippon Times, ao lado de suas maletas na calçada, Childan de repente pensou, sentindo um frio na espinha: e se o cliente não for japonês? Tudo o que havia nas malas fora escolhido com eles em mente, levando em conta os gostos deles...

Mas o homem tinha de ser japonês. O pedido original do sr. Tagomi havia sido um cartaz de alistamento da Guerra de Secessão; é claro que só um japonês poderia se interessar por esse tipo de relíquia. Típico da mania que eles tinham pelo vulgar, do fascínio jurídico que tinham por documentos, proclamações, anúncios. Conhecera um que dedicava seu tempo livre a colecionar anúncios de remédios americanos patenteados por volta de 1900.

Havia outros problemas a levar em conta. Problemas imediatos. Pelas portas altas do edifício Nippon Times passavam homens e mulheres apressados, todos bem vestidos; suas vozes chegaram aos ouvidos de Childan, que se pôs a caminhar. Uma olhada para o alto do edifício gigantesco, o maior de San Francisco. Uma parede de salas, janelas, a fabulosa concepção dos arquitetos japoneses – e os jardins do entorno com suas coníferas anãs, pedras, a paisagem karesansui, areia imitando um riacho seco que passa tortuoso entre raízes em meio a pedras achatadas, simples e irregulares...

Viu um carregador negro disponível. Chamou-o na hora: – Carregador!

O negro trotou em sua direção, sorridente.

– Vigésimo andar – disse Childan, com sua voz mais dura. – Suíte B. Imediatamente. – Indicou as maletas e caminhou em largas passadas para a entrada do prédio. Obviamente, não olhou para trás.

Um momento depois, estava enfiado num dos elevadores expressos; a maioria das pessoas ao seu redor era japonesa, cujos rostos bem lavados brilhavam ligeiramente sob a forte luz do elevador. A seguir, o nauseante impulso ascensional do elevador, o rápido clique dos andares passando; ele fechou os olhos, firmou os pés no chão e rezou para que a viagem terminasse logo. O negro, naturalmente, levara as maletas pelo elevador de serviço. Seria totalmente fora de cogitação permitir que entrasse ali. Na verdade – Childan abriu os olhos e deu uma rápida olhadela ao redor –, ele era um dos poucos brancos no elevador.

Quando o elevador o deixou no vigésimo andar, Childan já estava se curvando mentalmente, preparando-se para a reunião nos escritórios do sr. Tagomi.

3

Ao pôr-do-sol, olhando para o alto, Juliana Frink viu o ponto de luz no céu subir num arco e desaparecer a oeste. Um daqueles foguetes nazistas, disse a si mesma. Rumo à Costa. Cheio de figurões. E eu estou aqui embaixo. Acenou, embora o foguete, claro, já tivesse passado.

As sombras avançavam vindas das Montanhas Rochosas. Picos azuis sumindo na noite. Um bando de pássaros lentos, migratórios, voava em paralelo com as montanhas. Aqui e ali um carro acendia os faróis; ela via os pontos gêmeos ao longo da estrada. Luzes, também, de um posto de gasolina. Casas.

Ela já estava vivendo ali, em Canon City, Colorado, há alguns meses. Era instrutora de judô.

Seu dia de trabalho terminara e preparava-se para tomar uma ducha. Sentia-se cansada. Todos os chuveiros estavam ocupados pelos clientes da Academia do Ray, de modo que ela ficara em pé, esperando lá fora no frio, saboreando o ar fresco e o silêncio da montanha. Tudo o que ouvia agora era o som abafado da lanchonete no fim da rua, à beira da estrada. Dois enormes caminhões a diesel haviam estacionado e ela podia ver os motoristas, na penumbra, vestindo suas jaquetas de couro antes de entrar na lanchonete.

Ela pensou: não foi Diesel quem se atirou pela escotilha do camarote? Cometera suicídio numa viagem marítima? Talvez eu também devesse fazer isso. Mas ali não havia oceano. Mas sempre há um jeito. Como em Shakespeare. O alfinete de um broche espetado no peito e adeus Frink. A garota que não tem medo de nenhum vagabundo do deserto. Que anda de cabeça erguida, consciente das diversas possibilidades de pressionar o nervo do adversário que viesse para cima dela babando e ofegando. Em vez disso, poderia morrer, digamos, aspirando o gás do escapamento de um carro na estação rodoviária, talvez com um canudo comprido.

Ela aprendera aquilo, pensou, com os japoneses. Incorporara ao seu ser uma atitude tranquila diante da morte; fizera o mesmo com o judô, assumindo-o como forma de ganhar dinheiro. Como matar, como morrer. Yang e yin. Mas isso ficou para trás; aqui é terra protestante.

Era bom ver os foguetes nazistas passarem sem parar, sem o menor interesse por Canon City, Colorado. Nem por Utah, Wyoming, nem pela região leste de Nevada, nem por nenhum dos Estados cobertos de desertos ou de pastagens. Não valemos nada, pensou. Podemos viver nossas vidinhas. Se quisermos. Se for importante para nós.

Vindo de um dos chuveiros, um ruído de porta se abrindo. Uma forma, a enorme srta. Davis, banho tomado, vestida, bolsa debaixo do braço. – Ah, a senhora estava esperando, sra. Frink? Desculpe.

– Tudo bem – disse Juliana.

– Sabe, sra. Frink, tenho aprendido tanto com o judô. Mais ainda que com o Zen. Queria dizer isso para a senhora.

– Afine os quadris pelo método Zen – disse Juliana. – Perca peso sem dor com o satori. Desculpe, srta. Davis. Estou derivando.

A srta. Davis perguntou:

– Machucaram muito a senhora?

– Quem?

– Os japas. Antes de a senhora aprender a se defender.

– Foi terrível – disse Juliana. – Você nunca esteve lá, na Costa, onde eles estão.

– Nunca saí do Colorado – disse a srta. Davis, com a voz trêmula de timidez.

– Podia acontecer aqui – disse Juliana. – Eles poderiam decidir ocupar esta região também.

– Não depois de tanto tempo!

– A gente nunca sabe realmente o que eles vão fazer – disse Juliana. – Eles escondem seus verdadeiros pensamentos.

– O que... O que a senhora foi forçada a fazer? – A srta. Davis, apertando a bolsa contra o peito com os dois braços, aproximou-se, no crepúsculo, para ouvir.

– Tudo – disse Juliana.

– Meu Deus. Eu teria reagido – disse a srta. Davis.

Juliana pediu licença e entrou no chuveiro; outra mulher estava se aproximando de toalha no braço.

Mais tarde, sentada numa cabine do Tasty Charley's Broiled Hamburgers, passou os olhos pela lista dos sanduíches. A jukebox tocava uma música caipira qualquer, violão com cordas de aço e uma cantiga com voz emocionada... O ar estava carregado com fumaça gordurosa. Apesar disso, o local estava quente e alegre, e isso a animou. Ela gostava da presença dos motoristas de caminhão ali no balcão, da garçonete, do enorme cozinheiro irlandês, com seu casaco branco, dando troco no caixa.

Ao vê-la, Charley aproximou-se para servi-la pessoalmente. Sorrindo com os dentes arreganhados, falou num tom arrastado:

– Sinhazinha quer chá agora?

– Café – disse Juliana, aturando o humor implacável do cozinheiro.

– Sim, senhora – disse Charley, fazendo que sim com a cabeça.

– E aquele sanduíche quente de filé com molho.

– Não vai sopa ninho-de-rato? Ou quem sabe miolos de cabra fritos em azeite de oliva?

Dois dos motoristas de caminhão se voltaram nas banquetas, rindo também da piada. Além do mais, ambos perceberam como ela era interessante. Mesmo sem a brincadeira do cozinheiro, ela teria sido olhada pelos motoristas. Aqueles meses de judô haviam lhe dado um físico excepcional; ela sabia como estava bem de saúde e o que o exercício fizera pela sua silhueta.

Tudo a ver com os músculos do ombro, pensou quando seu olhar encontrou os deles. Bailarinas também fazem isso. Não tem nada a ver com tamanho. Mandem suas esposas para a academia e nós vamos ensiná-las. E vocês ficarão muito mais felizes.

– Fiquem longe dela – o cozinheiro avisou aos motoristas com uma piscadela. – Ela derruba vocês fácil, fácil.

Ela perguntou ao motorista mais jovem: – Você está vindo de onde?

– Missouri – os dois responderam juntos.

– Vocês são dos Estados Unidos? – perguntou.

– Eu sou – disse o mais velho. – Filadélfia. Tenho três filhos lá. O mais velho com onze anos.

– Escutem – disse Juliana –, é... fácil conseguir um bom emprego lá?

O mais moço respondeu: – Claro. Se você tiver a cor de pele certa. – Ele tinha o rosto escuro, os cabelos negros crespos. O rosto ficou mais sério, a expressão amarga.

– Ele é carcamano – disse o mais velho.

– Ué – disse Juliana –, a Itália não ganhou a guerra? – Ela sorriu para o jovem motorista, mas ele não retribuiu. Em vez disso, seus olhos sombrios brilharam com ainda mais intensidade, e de repente ele lhe deu as costas.

Sinto muito, ela pensou. Mas não disse nada. Não posso evitar que você nem ninguém sejam morenos. Pensou em Frank. Será que ele já morreu? Só dizia bobagens; falava sem pensar. Não, pensou. De uma certa forma, ele gosta dos japas. Talvez se identifique com eles porque são feios. Ela sempre dissera a Frank que ele era feio. Poros grandes. Nariz enorme. A pele dela era fina, um tanto incomum. Será que, sem mim, ele morreu?

– Vai voltar pra estrada hoje à noite? – ela perguntou ao jovem motorista italiano.

– Amanhã.

– Se você não se sente feliz nos Estados Unidos, por que não fica aqui de uma vez? – perguntou. – Eu vivo nas Rochosas há muito tempo e não é tão ruim. Morei na Costa, em San Francisco. Eles também têm esse problema com cor de pele por lá.

Olhando-a de relance, curvado sobre o balcão, o italiano disse:

– Moça, já é ruim demais ter que passar um dia ou uma noite numa cidade destas. Morar aqui? Meu Deus! Se eu pudesse conseguir qualquer outro tipo de emprego e não precisasse viver na estrada comendo em lugares como este... – Reparando que o cozinheiro ficou vermelho, parou de falar e começou a tomar o seu café.

O motorista mais velho disse: – Joe, você é um esnobe.

– Você podia viver em Denver – disse Juliana. – É mais agradável que aqui.

Conheço vocês, americanos do Leste, pensou ela. Vocês gostam de uma boa vida. Ficam só fantasiando grandes esquemas. Aqui, as Rochosas, são o fim do mundo para vocês. Aqui não acontece nada desde antes mesmo da guerra. Gente velha, aposentada, fazendeiros burros, retardados, pobres... e todos os rapazes espertos partiram para o Leste, para Nova York, atravessando a fronteira, legalmente ou não. Porque, ela pensou, é lá que está a grana, a grana preta da grande indústria. A expansão. Os investimentos alemães ajudaram muito... Não levaram muito tempo para reconstruir os Estados Unidos.

O cozinheiro disse numa voz rouca e zangada: – Meu camarada, eu não gosto de judeus, mas vi alguns refugiados judeus fugindo dos seus Estados Unidos em 49 e vocês podem, pela parte que me toca, ficar com os seus Estados Unidos. Se existem muitas construções sendo feitas por lá e um bocado de dinheiro fácil é porque roubaram tudo daqueles judeus quando botaram eles pra correr de Nova York, com aquela maldita Lei Nazista de Nuremberg. Morei em Boston quando era menino e não morria de amores pelos judeus, mas nunca pensei que chegaria a ver aquela lei racial nazista aplicada nos Estados Unidos, mesmo depois de perdermos a guerra. Estou besta de você não estar nas Forças Armadas dos EUA, se preparando para invadir uma republiqueta sul-americana, abrindo uma nova frente para os alemães, para que eles possam fazer os japoneses recuar um pouquinho mais...

Os dois motoristas se levantaram na hora, de cara amarrada. O mais velho pegou um vidro de ketchup do balcão pelo gargalo. Sem dar as costas para os dois, o cozinheiro estendeu a mão para trás até tocar um dos espetos de carne. Pegou-o e o estendeu na direção dos dois.

Juliana disse: – Denver vai ter uma daquelas pistas com grande resistência ao calor para que os foguetes da Lufthansa possam pousar.

Nenhum dos três homens se mexeu ou disse uma palavra sequer. Os outros fregueses ficaram sentados em silêncio.

Finalmente, o cozinheiro disse: – Passou um hoje de tarde.

– Não estava indo para Denver – disse Juliana. – Estava indo para o Oeste, para a Costa.

Aos poucos, os dois motoristas acabaram voltando a se sentar. O mais velho resmungava: – Sempre me esqueço; por aqui, eles são meio amarelos.

O cozinheiro disse: – Os japas não mataram judeus, nem durante nem depois da guerra. Os japas não construíram fornos.

– Que pena que não – disse o mais velho. Mas, segurando a xícara de café, recomeçou a comer. Amarelos, pensou Juliana. É, acho que é verdade, sim. Nós gostamos dos japoneses aqui.

– Onde você está hospedado? – perguntou a Joe, o motorista mais moço.

– Não sei – respondeu. – Acabei de sair do caminhão para entrar aqui. Detesto este Estado inteiro. Talvez durma no caminhão.

– O Motel Honey Bee não é mau – disse o cozinheiro.
– Ok – disse o jovem. – Talvez eu vá pra lá. Se não se incomodarem por eu ser italiano. – Tinha o sotaque carregado, embora tentasse disfarçá-lo.

Olhando para ele, Juliana pensou: é o idealismo que o faz tão amargo. Pedir demais da vida. Sempre em movimento, inquieto e aflito. Eu também sou assim; não aguentava mais ficar na Costa Oeste e daqui a pouco não vou mais aguentar ficar aqui. Os antigos não eram assim? Mas, pensou, agora a fronteira não fica mais aqui; fica nos outros planetas.

Ela pensou: eu e ele podíamos nos candidatar para viajar num foguete colonizador. Mas os alemães não o aceitariam por causa de sua pele morena – e não me aceitariam por causa do meu cabelo escuro. Aquelas bichinhas SS nórdicas, magrelas e pálidas, nos seus castelos de treinamento na Baviera. Esse sujeito – Joe sei-lá-o-quê – não tem nem mesmo a expressão correta no rosto; devia ter aquela expressão fria mas, ao mesmo tempo, entusiasmada de quem não crê em nada e, mesmo assim, tem uma fé absoluta. Sim, é assim que eles são. Não são idealistas feito Joe e eu; são cínicos dotados de uma profunda fé. É uma espécie de deficiência cerebral, como uma lobotomia – aquela mutilação que os psiquiatras alemães fazem e que é um miserável substituto para a psicoterapia.

O problema deles, concluiu, é o sexo; nos anos 30 já praticavam coisas infames e a situação tem ficado pior. Hitler foi o iniciador com sua – o que era? Sua irmã? Tia? Sobrinha? E a família já sofria de consanguinidade; seus pais eram primos. Estão todos praticando incesto, voltando ao pecado original de desejar as próprias mães. É por isso que eles, as bichinhas da elite da SS, têm aquele sorrisinho afetado angelical, aquela inocência loura de bebê: estão se guardando para a mamãe. Ou uns para os outros.

E quem é a mamãe para eles?, pensou ela. O líder, Herr Bormann, que, dizem, está à beira da morte? Ou... o Doente.

O velho Adolf, que, dizem, está em um sanatório em alguma parte, em estado de demência senil. Sífilis cerebral, datando de seus dias de miséria em Viena... casacão preto comprido, cuecas sujas, casas de cômodos vagabundos.

Obviamente, era a vingança sardônica de Deus, do tipo das que aconteciam nos filmes mudos. Aquele homem horrível derrubado por uma sujeira interna, o castigo histórico para a maldade humana.

E o pior era que o Império Alemão atual era um produto daquele cérebro. No início um partido político, depois uma nação, depois metade do mundo. E os próprios nazistas haviam diagnosticado, haviam reconhecido; aquele curandeiro que cuidou de Hitler com plantas, aquele dr. Morell que tratou Hitler com um remédio chamado Pílulas Antigas do Dr. Koester – fora inicialmente especialista em doenças venéreas. O mundo inteiro sabia e, mesmo assim, as baboseiras que o Líder falava ainda eram sagradas, ainda eram o Evangelho. Suas ideias já tinham agora contaminado uma civilização inteira e, como esporos do mal, as bichas louras cegas voavam da Terra para os outros planetas, espalhando a infecção.

É o que você ganha com o incesto: loucura, cegueira, morte.

Brr. Ela estremeceu.

– Charley – Juliana chamou o cozinheiro. – Meu prato já está pronto? – Ela se sentia totalmente só. Levantou-se, foi até o balcão e sentou-se ao lado da caixa registradora.

Ninguém reparou nela a não ser o jovem motorista italiano; seus olhos negros a contemplavam. Chamava-se Joe. Joe de quê?, ela se perguntou.

Mais próxima dele agora, ela viu que não era tão moço assim. Difícil dizer: a energia que irradiava dele perturbava-lhe o julgamento. A toda hora passava a mão pelos cabelos, penteando-os para trás com dedos curvos e rígidos. Há algo de especial nesse homem, pensou. Ele respira... morte. Isso a perturbava, mas, ao mesmo tempo, a atraía. Agora o motorista mais velho inclinou a cabeça e sussurrou algo no ouvido dele. Então os dois a examinaram, dessa vez com um olhar que não era de interesse masculino comum.

– Senhorita – disse o mais velho. Os dois estavam tensos, agora. – Sabe o que é isto? – Mostrou uma caixa branca, chata, não muito grande.

– Sei – disse Juliana. – Meias de nylon. Fibra sintética feita unicamente por aquele grande cartel de Nova York, a I. G. Farben. Muito raras e caríssimas.

– É preciso dar crédito aos alemães; monopólio não é má ideia.

– O mais velho passou a caixa ao companheiro, que a empurrou com o cotovelo em direção a ela.

– Tem carro? – perguntou o jovem italiano, tomando seu café.

Charley saiu da cozinha, trazendo o prato dela.

– Você podia me levar àquele lugar. – Os olhos fortes, selvagens, ainda a estudavam, e ela ficou cada vez mais nervosa e ainda mais fascinada. – Aquele motel, ou não sei o quê, onde eu deveria passar a noite, não é?

– Sim – disse ela. – Eu tenho um carro. Um velho Studebaker.

O cozinheiro olhou para ela, depois para o motorista jovem, e colocou o prato diante dela no balcão.

O alto-falante no final do corredor disse: *Achtung, meine Damen und Herren.* Em sua poltrona, o sr. Baynes teve um sobressalto e abriu os olhos. Através da janela à sua direita podia ver, muito abaixo, o castanho e verde da terra, e depois o azul. O Pacífico. O foguete, percebeu, começara sua longa e vagarosa descida.

Primeiro em alemão, depois em japonês e, por fim, em inglês, o alto-falante explicou que não era permitido fumar nem se desprender do assento acolchoado. A descida, explicou, levaria oito minutos.

Então os retrojatos foram ativados, tão de repente e com tamanha violência, sacudindo a nave de tal forma, que diversos passageiros gritaram. O sr. Baynes sorriu e, na poltrona do outro lado do corredor, um homem mais jovem, com cabelos louros cortados rente, também sorriu.

– *Sie furchten dass* – começou o jovem, mas o sr. Baynes disse imediatamente, em inglês:

– Desculpe; não falo alemão. – O jovem alemão o encarou com uma interrogação nos olhos, o que fez com que o homem repetisse a frase em alemão.

– Não fala alemão? – disse o jovem surpreso, num inglês com sotaque.

– Sou sueco – disse Baynes.

– O senhor embarcou em Tempelhof.

– Sim, eu estava a serviço na Alemanha. Meus negócios me levam a muitos países.

Obviamente, o jovem alemão não podia acreditar que alguém no mundo moderno, alguém que tinha negócios internacionais e viajava – podia dar-se ao luxo de viajar – no mais recente foguete da Lufthansa, não soubesse ou não quisesse falar alemão. Virou-se para Baynes: – Qual o seu ramo de negócios, mein Herr?

– Plásticos. Poliéster. Resinas. Sucedâneos... matéria para uso industrial. Compreende? Não são bens de consumo.

– A Suécia tem uma indústria de *plásticos*? – Incrédulo.

– Sim, uma indústria muito boa. Se o senhor me der seu nome, posso lhe enviar um folheto da empresa. – O sr. Baynes pegou bloco e caneta.

– Não se preocupe. Seria inútil. Sou artista, não homem de negócios. Não se ofenda. Talvez tenha visto meus trabalhos quando esteve no Continente. Alex Lotze.

Esperou.

– Desculpe, mas não me interesso por arte moderna – disse o sr. Baynes. – Gosto dos cubistas e abstracionistas de antes da guerra. Gosto de um quadro que signifique alguma coisa, não apenas a representação de um ideal. – Virou-se para o lado.

– Mas essa é a função da arte – disse Lotze. – Fazer com que a espiritualidade do homem evolua para além do sensual. Sua arte abstrata representava um período de decadência espiritual, de caos espiritual, devido à desintegração da sociedade, da velha plutocracia. Os milionários judeus e capitalistas, o *jet set* internacional que sustentava a arte decadente. Aqueles tempos passaram; a arte tem que continuar: não pode ficar parada.

Baynes assentiu, olhando para fora da janela.

– Já esteve no Pacífico? – perguntou Lotze.

– Diversas vezes.

– Eu não. Está acontecendo uma exposição de meus trabalhos em San Francisco, organizada pelo escritório do dr. Goebbels em colaboração com as autoridades japonesas. Um intercâmbio cultural para promover compreensão e boa vontade. Precisamos aliviar as tensões entre o Oriente e o Ocidente, não acha? Precisamos de mais comunicação, e a arte pode fazer isso.

Baynes assentiu. Abaixo, além do anel de fogo do foguete, ele podia ver agora a baía e a cidade de San Francisco.

– Onde se come em San Francisco? – perguntou Lotze. – Eu tenho reserva no Palace Hotel, mas ouvi falar que se come bem no setor internacional, como em Chinatown.

– É verdade – disse Baynes.

– E os preços são altos em San Francisco? Estou meio sem dinheiro nesta viagem. O Ministério é muito econômico. – Lotze riu.

– Depende do câmbio que você conseguir. Imagino que esteja trazendo cheques de viagem do Reichsbank. Sugiro que vá ao Banco de Tóquio, na Rua Samson, e os troque lá.

– *Danke sehr* – disse Lotze. – Eu teria trocado no hotel.

O foguete estava quase no chão. Agora Baynes podia ver a própria pista, os galpões, os estacionamentos, a *autobahn* para a cidade, as casas... que bela vista, ele pensou. Montanhas e água, e fragmentos de neblina passando pela Golden Gate.

– O que é aquela enorme estrutura ali embaixo? – perguntou Lotze. – Está semiacabada, aberta de um lado. Um espaçoporto? Pensei que os nipônicos não possuíssem espaçonaves.

Com um sorriso, Baynes disse:

– Aquele é o Golden Poppy Stadium. Campo de beisebol.

Lotze riu.

– Sim, eles adoram beisebol. Incrível. Começaram a construir aquela estrutura para um passatempo, um esporte inútil, uma perda de tempo...

Interrompendo, Baynes disse:

– Está pronta. Aquela é a forma permanente. Aberta de um lado. Um novo desenho arquitetônico. Orgulham-se dele.

– Parece – disse Lotze olhando para baixo – ter sido desenhado por um judeu.

Baynes fitou o sujeito durante alguns segundos. Sentiu intensamente, por um momento, o desequilíbrio, o traço psicótico da mente germânica. Será que Lotze queria mesmo dizer aquilo? Seria um comentário realmente espontâneo?

– Espero que nos encontremos depois em San Francisco – disse Lotze, enquanto o foguete tocava o chão. – Ficarei perdido sem um compatriota com quem conversar.

– Não sou seu compatriota – disse Baynes.

– Ah, sim; é verdade. Mas, racialmente, chega perto. Para todos os efeitos, é a mesma coisa. – Lotze começou a se mover na poltrona, preparando-se para desamarrar os complicados cinturões.

Terei mesmo algum parentesco racial com esse homem?, Baynes se perguntou. Tão próximo que, para todos os efeitos, é a mesma coisa? Então esse traço psicótico também está em mim. Um mundo psicótico, este em que vivemos. Os loucos estão no poder. Há quanto tempo sabemos disso? Encaramos isso? E... quantos de nós sabem? Lotze, não. Talvez, se soubermos que somos loucos, então não sejamos loucos. Ou estamos, finalmente, deixando de ser loucos. Despertando. Suponho que apenas poucas pessoas tenham consciência disso. Pessoas isoladas, aqui e ali. Mas as grandes massas... o que será que elas pensam? As centenas de milhares de pessoas aqui nesta cidade. Será que imaginam que vivem num mundo são? Ou adivinham, vislumbram, a verdade...?

Mas, pensou, o que significa ser *louco*? Uma definição jurídica. O que quero dizer com isso? Eu sinto, vejo, mas o que é?

Pensou: é alguma coisa que eles fazem, alguma coisa que são. É o inconsciente deles. Sua falta de conhecimento dos outros. Não sabem o que fazem aos outros, desconhecem a destruição que causaram e estão causando. Não, pensou. Não é isso. Eu não sei; sinto, tenho a intuição. Mas... são deliberadamente cruéis... será isso? Não. Meu Deus, pensou. Não consigo descobrir o que é, não consigo esclarecer isso. Será que eles ignoram partes da realidade? Sim. Mas é mais do que isso. São seus planos. Sim, seus planos. A conquista dos planetas. Alguma coisa frenética, demente, como a conquista da África e, antes disso, Europa e Ásia.

A visão deles é cósmica. Não um homem aqui, uma criança ali, mas uma abstração: raça, terra. *Volk. Land. Blut. Ehre.* Não homens honrados, mas *Ehre* propriamente dita, honra: o abstrato é real, o real é invisível para eles. *Die Gute,* mas não homens bons, não este homem bom. É o sentido de espaço e tempo que eles possuem. Eles enxergam além do aqui, do agora, no vasto, negro e profundo além, o imutável. E isso é fatal à vida. Porque um dia não haverá mais vida; houve um dia em que o espaço era só partículas de poeira, gases quentes de hidrogênio, mais nada, e assim será outra vez. Isto é um intervalo, *ein Augenblick.* O processo cósmico está se acelerando, fazendo a vida retroceder ao granito e ao metano; a roda gira para toda vida. Tudo é temporário. E eles – esses loucos – obedecem ao granito, ao pó, ao apelo do inanimado; querem auxiliar a *Natur.*

E, pensou, eu sei por quê. Querem ser os agentes da história, não as vítimas. Identificam-se com o poder de Deus e acreditam ser divinos. É essa sua loucura básica. Foram dominados por algum arquétipo; seus egos expandiram-se psicoticamente ao ponto de não saber onde eles começam e onde para a essência divina. Não é hubris, não é orgulho; é uma hipertrofia do ego levada às últimas consequências – confusão entre quem venera e aquilo que é venerado. O homem não devorou Deus; Deus devorou o homem.

O que não compreendem é a *impotência* do homem. Eu sou fraco, pequeno, sem a menor importância diante do universo. Não sou notado dentro dele; vivo sem ser visto. Mas por que isso é ruim? Não é melhor assim? Os deuses destroem quem atrai a atenção deles. Seja pequeno... e escape à inveja dos grandes.

Enquanto soltava seu cinto de segurança, Baynes disse: – Sr. Lotze, eu nunca disse isso a ninguém. Eu sou judeu. Entendeu?

Lotze fitou-o com uma expressão de dar pena.

– O senhor jamais descobriria – disse Baynes – porque não pareço judeu de modo nenhum fisicamente; alterei meu nariz, diminuí meus grandes poros gordurosos, clareei minha pele quimicamente, modifiquei a forma de meu crânio. Em suma, fisicamente não posso ser descoberto. Posso frequentar e tenho frequentado as rodas mais altas da sociedade nazista. Ninguém me descobrirá. E...

Parou, chegando perto, bem perto de Lotze, e falando numa voz baixa que só Lotze podia ouvir:

– Há outros de nós. Está ouvindo? Nós não morremos. Ainda existimos. Vivemos invisíveis.

Após um momento Lotze balbuciou: – A Polícia de Segurança...

– A SD pode examinar minha ficha – disse Baynes. – Você pode me denunciar. Tenho relações nos altos círculos. Alguns são arianos, outros são judeus em posições importantes em Berlim. Sua denúncia não será levada a sério e depois eu o denunciarei. E através destas mesmas relações, o senhor acabará em Custódia Preventiva. – Sorriu, inclinou a cabeça e seguiu pelo corredor da nave, afastando-se de Lotze para se juntar aos outros passageiros.

Todos desceram a rampa para a pista fria e batida de vento. Embaixo, Baynes momentaneamente viu-se outra vez perto de Lotze.

– Na verdade – disse Baynes, andando ao lado dele –, eu não gostei da sua cara, sr. Lotze, por isso acho que o denunciarei de qualquer maneira. – E se afastou então, deixando Lotze para trás.

Na extremidade da pista, no portão de entrada, havia um grande número de pessoas esperando. Parentes, amigos dos passageiros, alguns acenando, buscando, sorrindo, ansiosos, perscrutando rostos. Um japonês corpulento, de meia-idade, bem vestido num sobretudo inglês, sapatos pontudos Oxford, chapéu-coco, estava um pouco à frente dos outros, com um japonês mais jovem ao seu lado. Usava na lapela o distintivo da Missão Comercial do Pacífico do Governo Imperial. Lá está ele, percebeu Baynes. O sr. N. Tagomi, vindo pessoalmente para me receber.

Adiantando-se, o japonês disse: – Herr Baynes... Boa noite. – Curvou hesitante a cabeça.

– Boa noite, sr. Tagomi – disse Baynes, estendendo a mão.

Cumprimentaram-se, depois se curvaram. O japonês mais jovem também se curvou, sorrindo de orelha a orelha.

– Faz um pouco de frio, senhor, nesta pista aberta – disse o sr. Tagomi. – Vamos começar a viagem de volta ao centro da cidade no helicóptero da Missão. Parece-lhe adequado? O senhor precisa ir ao toalete ou fazer alguma outra coisa? – Examinou o rosto de sr. Baynes com ansiedade.

– Podemos partir já – disse Baynes. – Quero chegar ao meu hotel. Minha bagagem, entretanto...

– O sr. Katomichi cuidará disso – disse o sr. Tagomi. – Ele virá depois. Sabe, senhor, nesta estação terminal é preciso quase uma hora de fila para retirar a bagagem. Leva mais tempo que a sua viagem.

O sr. Katomichi sorriu com simpatia.

– Está bem – disse Baynes.

O sr. Tagomi disse: – Senhor, tenho um presente para fins de propina.

– Perdão? – perguntou Baynes.

– Para propiciar suas boas graças. – O sr. Tagomi colocou a mão no bolso do sobretudo e retirou uma pequena caixa. – Selecionado entre os mais finos *objets d'art* da América. – Ofereceu a caixa.

– Ora – disse Baynes. – Obrigado. – Aceitou a caixa.

– Durante uma tarde inteira, funcionários selecionados examinaram todas as alternativas – disse o sr. Tagomi. – Esse é o mais autêntico objeto da velha e moribunda cultura americana, artigo raro conservando o sabor de passados dias tranquilos.

O sr. Baynes abriu a caixa. Na almofada de veludo preto repousava um relógio de pulso Mickey Mouse.

Será que o sr. Tagomi estava brincando com ele? Levantou os olhos e viu a fisionomia tensa, preocupada, do sr. Tagomi. Não, não era brincadeira.

– Muito obrigado – disse Baynes. – Isso é realmente incrível.

– Existem apenas alguns poucos, talvez uns dez autênticos relógios Mickey Mouse 1938 no mundo inteiro hoje – disse o sr. Tagomi, estudando seu rosto, absorvendo sua reação, sua apreciação. – Nenhum colecionador que conheço possui um desses, senhor.

Entraram na estação terminal e subiram juntos a rampa.

Atrás deles, o sr. Katomichi dizia: – *Harusame ni nuretsutsu yane no temari kana...*

– O que ele disse? – o sr. Baynes perguntou ao sr. Tagomi.

– Poema antigo – o sr. Tagomi respondeu. – Período Médio Tokugawa.

O sr. Katomichi disse: *"Caem as chuvas da primavera/no telhado, encharcada com as águas/uma bola de trapos de criança".*

4

Enquanto Frank Frink via seu ex-patrão descer o corredor balançando o corpanzil em direção à área de serviço principal da W-M Corporation, pensava: o gozado é que Wyndam-Matson não tem a menor pinta de dono de fábrica. Parece um vagabundo, um bêbado que recebeu um banho, roupa nova, barba, cabelo e bigode, uma injeção de vitaminas e foi solto no mundo com cinco dólares para tentar uma vida nova. O velho tinha uma atitude fraca, incerta, nervosa, até aduladora, como se considerasse todo mundo um inimigo em potencial mais forte do que ele, a quem precisasse bajular e apaziguar. "Eles vão me pegar", era o que seu jeito parecia dizer.

E, no entanto, o velho W-M, na verdade, era muito poderoso. Controlava uma variedade de empresas, financeiras, imobiliárias. Bem como a fábrica da W-M Corporation.

Seguindo o velho, Frank empurrou a grande porta de metal que dava para a área de serviço central. O rumor das máquinas, que ele ouvira à sua volta todo dia por tanto tempo – a visão dos homens nas máquinas, o ar abundantemente iluminado, poeira, movimento. E lá ia o velho. Frank acelerou o passo.

– Ei, sr. W-M! – chamou.

O velho parou ao lado de Ed McCarthy, o capataz de braços cabeludos. Os dois levantaram os olhos quando Frink chegou perto. Umedecendo os lábios nervosos, Wyndam-Matson disse: – Lamento, Frank; não posso fazer nada por você. Pensei que não fosse voltar e já contratei outra pessoa. Depois do que você disse... – Seus olhinhos redondos piscaram nervosos com o jeito evasivo que Frink sabia ser quase hereditário. Estava no sangue do velho.

Frink disse: – Vim buscar minhas ferramentas. Mais nada. – Sua própria voz, felizmente, estava firme, até rude.

– Bom, vejamos – murmurou W-M, evidentemente desconhecendo a situação das ferramentas de Frink. Disse para Ed McCarthy: – Acho que esse é seu departamento, Ed. Quem sabe você não pode ajudar o Frank nisso? Tenho outras coisas a fazer. – Examinou seu relógio de bolso: – Escute, Ed. Mais tarde discutimos aquele recibo; preciso ir andando. – Deu um tapinha no braço de Ed e saiu apressado, sem olhar para trás.

Ed McCarthy e Frink ficaram ali, parados.

– Você veio para conseguir seu emprego de volta – disse McCarthy, depois de um instante.

– Isso mesmo – disse Frink.

– Fiquei orgulhoso do que você disse ontem.

– Eu também – disse Frink. – Mas... Meu Deus, não arranjei trabalho em nenhum outro lugar. – Ele se sentia derrotado, desesperado. – Você sabe disso.

Os dois tinham, no passado, discutido seus problemas. McCarthy disse: – Não sei não. Na máquina de cabo flexível você é melhor que muita gente na Costa. Já vi você finalizar uma peça em cinco minutos, incluindo o polimento. Partindo do Cratex bruto. E, a não ser pela solda...

– Eu nunca disse que sabia soldar – disse Frink.

– Já pensou em montar um negócio próprio?

Frink, surpreendido, balbuciou: – Pra fazer o quê?

– Joias.

– Ah, pelo amor de Deus!

– Peças originais, não comerciais – McCarthy levou-o para um canto da oficina, longe da barulheira. – Com dois mil dólares dá para montar uma loja num porão ou garagem. Eu já desenhei brincos e broches de mulher. Você lembra: estilo contemporâneo, moderno. – Apanhando um papel de rascunho, começou a desenhar, lentamente, com seriedade.

Espiando sobre o ombro dele, Frink viu o desenho de uma pulseira, uma abstração de linhas fluidas. – Mas existe mercado? – A única coisa que ele conhecia eram os tradicionais – até mesmo antigos – objetos do passado. – Ninguém quer objetos americanos contemporâneos; isso não existe, não depois da guerra.

– Crie um mercado – disse McCarthy, com uma careta zangada.

– Quer dizer, eu mesmo vender?

– Leve às lojas. Como aquele... como é o nome mesmo? Na Rua Montgomery, aquela loja chique de objetos artísticos.

– American Artistic Handcrafts – disse Frink. Ele nunca havia entrado em lojas elegantes e caras como aquela. Poucos americanos entravam; só japoneses tinham dinheiro para comprar nesses lugares.

– Você sabe o que aqueles sujeitos estão vendendo? – disse McCarthy. – E por uma fortuna? Aquelas malditas fivelas de prata do Novo México que os índios fazem. Aquelas malditas peças de lixo turístico, todas iguais. Que dizem que é arte nativa.

Por um longo momento, Frink encarou McCarthy. – Eu sei o que mais eles vendem – disse finalmente. – E você também.

– Pois é – disse McCarthy.

Ambos sabiam, porque ambos estiveram diretamente envolvidos e por muito tempo.

O negócio legal, oficial da W-M Corporation, era produzir escadarias, grades, lareiras e enfeites de ferro forjado para os novos apartamentos, em larga escala, partindo de desenhos padrão. Para um prédio de quarenta unidades, a mesma peça era produzida quarenta vezes seguidas. Ostensivamente, a W-M Corporation era uma fundição. Mas, além disso, tinha outros negócios, dos quais tirava seus verdadeiros lucros.

Utilizando uma grande variedade de ferramentas, materiais e máquinas, a W-M Corporation produzia um fluxo constante de imitações de objetos americanos de antes da guerra. Essas imitações eram cautelosa e eficientemente introduzidas no mercado atacadista de objetos de arte, para juntar-se aos objetos genuínos colecionados por todo o continente. Como no comércio de selos e moedas, seria impossível calcular o número de imitações em circulação. E ninguém – especialmente os comerciantes e os próprios colecionadores – queria fazer isso.

Quando Frink pediu demissão, havia em sua bancada de trabalho um revólver Colt da época das Fronteiras, semiacabado; ele havia feito pessoalmente os moldes, enformado as armas e estava polindo as peças com as mãos. Havia um enorme mercado para armas pequenas da Guerra de Secessão americana e da época das Fronteiras; a W-M Corporation vendia tudo o que Frink produzia. Era sua especialidade.

Encaminhando-se lentamente para a bancada, Frink apanhou a ainda não polida vareta de carregamento do revólver. Mais três dias e a arma estaria pronta. Sim, pensou, era um bom trabalho. Um especialista saberia ver a diferença... mas os colecionadores japoneses não eram autoridades no sentido estrito da palavra, não tinham padrões nem testes para julgar.

Na verdade, até onde ele sabia, nunca lhes ocorrera perguntar a si mesmos se os pretensos objetos de arte históricos à venda nas lojas da Costa Oeste eram genuínos. Talvez um dia eles fizessem isso... e então a bolha estouraria e o mercado entraria em colapso até para as peças autênticas. Uma espécie de Lei de Gresham: os falsos reduziriam o valor dos verdadeiros. E era por isso, com certeza, que não investigavam; afinal, estava todo mundo satisfeito. As fábricas, aqui e ali nas várias cidades, que produziam as peças, tinham seu lucro. Os atacadistas as passavam adiante e os vendedores expunham e anunciavam. Os colecionadores tiravam dinheiro do bolso e levavam suas compras para casa felizes da vida, para impressionar seus sócios, amigos ou amantes.

Assim como o papel-moeda do pós-guerra, o negócio era ótimo, até ser investigado. Ninguém saía ferido... até o dia da prestação de contas. E então todos, igualmente, ficariam arruinados. Mas, enquanto isso, ninguém falava no assunto, nem mesmo aqueles que ganhavam a vida produzindo imitações; fingiam não ver o que estavam fazendo, fixando sua atenção nos problemas puramente técnicos.

– Há quanto tempo você não faz um desenho original? – perguntou McCarthy.

Frink deu de ombros. – Anos. Posso copiar com uma precisão infernal. Mas...

– Você sabe o que eu acho? Acho que você assimilou a ideia nazista de que os judeus não podem criar. Que só sabem imitar e vender. Intermediários.

Seus olhos fixavam Frink sem piedade.

– Talvez – disse Frink.

– Experimente. Faça alguns desenhos originais. Ou trabalhe direto no metal. Brinque. Como uma criança brincaria.

– Não – disse Frink.

– Você não tem fé – disse McCarthy. – Você perdeu completamente a fé em si mesmo... certo? É pena. Porque eu sei que você seria capaz. – Afastou-se da bancada de trabalho.

É uma pena, pensou Frink. Mas é verdade. É um fato. Não posso adquirir fé nem entusiasmo apenas querendo. Apenas resolvendo ter.

Esse McCarthy, pensou, é um ótimo capataz. Tem o dom de atiçar um sujeito, de fazer com que ele se esforce ao máximo, querendo ou não. É um líder nato; quase me inspirou, por um momento. Mas... mas agora McCarthy tinha se afastado; o esforço havia fracassado.

Pena que eu não tenha meu exemplar do oráculo aqui, pensou Frink. Podia consultá-lo sobre isso; apresentar o problema aos seus cinco mil anos de sabedoria. Então se lembrou de que havia uma cópia do *I Ching* na sala de espera dos escritórios da W-M Corporation. Atravessou a área de trabalho, desceu o corredor, apressando-se pelos escritórios até a sala.

Sentado numa das cadeiras de cromo e plástico da sala de espera, escreveu a pergunta no verso de um envelope: "Devo tentar entrar no negócio particular de criação que me foi sugerido agora?" E começou a lançar as moedas.

A linha inferior era um sete, e a segunda e a terceira também. O trigrama inferior era Ch'ien, percebeu. Bom sinal; Ch'ien era o criativo. Depois a linha quatro, um oito. Yin. A linha cinco, também oito, yin. Meu Deus, pensou animado; mais uma linha yin e tiro o Hexagrama Onze, T'ai, Paz. Julgamento muito favorável. Ou... suas mãos tremiam enquanto sacudia as moedas. Uma linha yang e daí o Hexagrama Vinte e Seis, Ta Ch'u, o Poder de Domar do Grande. Ambos têm julgamentos favoráveis, e tem de ser um ou outro. Jogou as três moedas.

Yin. Um seis. Era Paz.

Abrindo o livro, leu o julgamento.

PAZ. O pequeno parte, o grande se aproxima.
Boa fortuna. Sucesso.

Então devo fazer o que diz Ed McCarthy. Abrir meu negócio. Agora, o seis no alto, minha única linha em movimento. Virou a página. Qual era o texto? Não se lembrava; provavelmente favorável porque o hexagrama em si era muito favorável. União do céu e da terra... mas a primeira e a última linhas eram sempre do lado de fora do hexagrama, de maneira que talvez o seis no alto...

Seus olhos localizaram a linha, e a leram num relance.

A muralha cai novamente no fosso.
Não use o exército agora.
Proclame suas ordens em sua própria cidade.
A perseverança traz humilhação.

– Pela madrugada! – exclamou, horrorizado. E o comentário:

Começou a ocorrer a mudança mencionada no meio do hexagrama. A muralha da cidade cai novamente no fosso do qual tinha sido erguida. Sobrevém o desastre...

Era, sem qualquer dúvida, uma das piores linhas do livro inteiro, das mais de três mil linhas que o compunham. E, contudo, o julgamento do hexagrama era bom.
Qual conselho deveria seguir?
E como podiam ser tão diferentes? Nunca lhe acontecera sorte e maldição misturadas na profecia do oráculo; era um destino curioso, como se o oráculo tivesse raspado o fundo do tonel e tirado do escuro pedaços de trapos, ossos, estrume e depois misturado tudo à luz do dia como um cozinheiro enlouquecido. Devo ter apertado dois botões ao mesmo tempo, ele pensou; estraguei o mecanismo e obtive esta visão *schlimazl* da realidade. Só por um segundo... felizmente. Não durou.
Que inferno, pensou, ou é um ou é outro; não podem ser os dois. Não se pode ter sorte e catástrofe simultaneamente.
Ou... será que se pode?
O negócio de joias dará sorte; o julgamento se refere a isso. Mas a linha, a maldita linha; ela se refere a algo mais profundo, alguma catástrofe futura provavelmente relacionada com o negócio de joias. Algum mal que me está destinado *de qualquer maneira*...
Guerra! pensou. A Terceira Guerra Mundial. Nós todos, dois bilhões, mortos, nossa civilização aniquilada. Bombas de hidrogênio caindo como granizo.
Oy gewalt!, ele pensou. O que está acontecendo? Fui eu que acionei o mecanismo? Ou há mais alguém mexendo nele, alguém que nem conheço? Ou... todos nós. A culpa é daqueles físicos e da teoria da sincronicidade, cada partícula ligada a todas as outras; não se pode peidar sem alterar o equilíbrio do universo. Isso faz da vida uma piada sem ninguém por perto para dar risada. Abro um

livro e obtenho um relatório sobre acontecimentos futuros que até Deus gostaria de arquivar e esquecer. E quem sou eu? A pessoa errada; isso eu posso dizer.

Eu devia apanhar minhas ferramentas, pegar meus motores com McCarthy, abrir minha loja, começar meu negocinho humilde e seguir em frente, apesar dessa linha horrível. Estar trabalhando, criando do meu jeito até o fim, vivendo da melhor maneira possível, da forma mais ativa possível, até a muralha cair no fosso para todos nós, para toda a humanidade. É isto que o oráculo está dizendo. O destino acaba nos alcançando de qualquer forma, mas enquanto isso, tenho meu trabalho; preciso usar minha cabeça, minhas mãos.

O julgamento era só para mim, para meu trabalho. Mas a linha... ela era para todos nós.

Sou pequeno demais, pensou. Posso apenas ler o que está escrito, levantar os olhos e então abaixar a cabeça e seguir em frente de onde parei como se nada tivesse visto; o oráculo não espera que eu saia correndo pelas ruas berrando para chamar a atenção do público.

Será que *alguém* pode alterá-lo?, ele se perguntou. Todos nós juntos... ou uma grande figura... ou alguém posicionado estrategicamente, que por acaso se encontre no lugar certo. Oportunidade. Acaso. E nossas vidas, nosso mundo, dependendo disso.

Fechando o livro, deixou a sala e foi até a área de trabalho. Quando avistou McCarthy, chamou-o para um canto onde podiam continuar a conversa.

– Quanto mais penso – disse Frink –, mais gosto da sua ideia.

– Ótimo – disse McCarthy. – Agora, escute. Você precisa fazer o seguinte: precisa conseguir dinheiro de Wyndam-Matson. – Piscou, sua pálpebra tremendo com uma intensidade lenta, amedrontada. – Já dei tratos à bola aqui. Vou me demitir e me juntar a você. Sabe meus desenhos? O que é que eles têm de errado? Eu sei que eles são bons.

– Claro – disse Frink, meio atordoado.

– Vamos nos encontrar depois do trabalho, hoje à noite – disse McCarthy. – No meu apartamento. Venha às sete jantar comigo e Jean... se você conseguir aguentar a criançada.

– Certo – disse Frink.

McCarthy lhe deu um tapinha no ombro e partiu.

Estou progredindo, Frink disse consigo mesmo. Andei muito nos últimos dez minutos. Mas ele não se sentia apreensivo; agora se sentia empolgado.

Foi muito rápido, pensou, enquanto se encaminhava para a bancada e recolhia suas ferramentas. Deve ser assim que esse tipo de coisas acontece. A oportunidade, quando aparece...

Por toda a minha vida esperei algo assim acontecer. Quando o oráculo diz "alguma coisa deve ser realizada"... refere-se a isso. O momento é verdadeiramente de grandeza. Qual o momento agora? O que é este momento? Seis no alto no Hexagrama Onze transforma tudo em Vinte e Seis, o Poder de Domar do Grande. O yin se torna yang; a linha se move e um novo Momento surge. E eu estava tão fora de mim que nem reparei!

Aposto que foi por isso que tirei aquela linha horrível; é a única forma de o Hexagrama Onze se transformar no Hexagrama Vinte e Seis, movendo o seis no alto. De modo que eu não deveria me agoniar tanto.

Mas, apesar da empolgação e do otimismo, não conseguia esquecer totalmente a linha.

Em todo caso, pensou com ironia, estou fazendo um grande esforço; talvez até as sete de hoje à noite tenha conseguido apagá-la da memória.

Pensou: acho bom! Porque esta reunião com Ed vai ser das boas. Ele tem uma ideia cem por cento; já senti. E não pretendo ficar por fora.

No momento não sou nada, mas se isso der certo, talvez consiga Juliana de volta. Eu sei o que ela quer... merece ser casada com alguém de nome, uma pessoa importante na comunidade, não um *meshuggener* qualquer. Antigamente, os homens eram homens; antes da guerra, por exemplo. Mas isso acabou agora.

Não é de se espantar que ela viva zanzando de um lugar para outro, de um homem para outro, procurando. E sem sequer saber o que há com ela, o que sua biologia precisa. Mas eu sei, e, através desta grande jogada com McCarthy – seja lá o que for – vou realizar isso para ela.

Na hora do almoço, Robert Childan fechou a American Artistic Handcrafts Inc. Geralmente atravessava a rua e comia no café. De qualquer forma, nunca se afastava por mais de meia hora e hoje levou só vinte minutos. A lembrança da provação pela qual passara com o sr. Tagomi e o pessoal da Missão Comercial ainda deixava seu estômago embrulhado.

Enquanto voltava à loja, disse com seus botões: Talvez nova política de não fazer visitas. Negócios apenas na loja.

Duas horas mostrando. Tempo demais. Quase quatro horas no total; tarde demais para reabrir a loja. Uma tarde inteira para vender um artigo, um relógio Mickey Mouse; um tesouro caro, mas... Destrancou a porta da loja, deixou-a aberta e foi pendurar o casaco no fundo.

Quando reapareceu, viu que tinha um freguês. Um homem branco. Ora, ora, pensou, mas que surpresa!

– Bom dia, senhor – disse Childan, curvando-se ligeiramente. Provavelmente um *pinoc*. Magro, de pele um pouco escura. Bem vestido, na moda. Mas não à vontade. Tinha um leve brilho de transpiração na pele.

– Bom dia – murmurou o homem, andando pela loja para olhar os mostruários. Então, subitamente, aproximou-se do balcão. Pôs a mão no bolso, tirou um pequeno estojo de couro e estendeu um cartão, com um desenho complicado, impresso em muitas cores.

No cartão, o emblema imperial. E a insígnia militar. Marinha. Almirante Harusha. Robert Childan examinou-o, impressionado.

– O navio do almirante – explicou o cliente – está ancorado neste momento na baía de San Francisco. O porta-aviões *Syokaku*.

– Ah! – disse Childan.

– O almirante Harusha nunca visitou a Costa Oeste – explicou o homem. – Ele deseja fazer muitas coisas enquanto estiver aqui e uma delas é visitar pessoalmente sua famosa loja. Nas Ilhas Nipônicas, ouviu falar o tempo todo na American Artistic Handcrafts Inc.

Childan curvou-se, encantado.

– Entretanto – continuou o homem –, devido às exigências de seus compromissos, o almirante não poderá visitar sua estimada loja em pessoa. Enviou-me como representante; sou seu assistente pessoal.

– O almirante é colecionador? – perguntou Childan, com a cabeça funcionando a todo vapor.

– Ele é amante das artes. Um *connoisseur*. Mas não um colecionador. O que ele deseja é para presente; ou seja, ele quer presentear cada oficial de seu navio com um objeto histórico de valor, uma arma pessoal épica da Guerra Civil Americana – o homem fez uma pausa. – São doze oficiais ao todo.

Childan pensou: doze armas pessoais da Guerra Civil Americana. Custo para o comprador: quase dez mil dólares. Estremeceu.

– É de conhecimento público – continuou o homem – que sua loja vende esses valiosos objetos antigos, saídos das páginas da história americana. Mas que, infelizmente, vão desaparecendo rapidamente no limbo do tempo.

Escolhendo as palavras com a maior cautela – não podia perder aquele negócio, não podia cometer o menor deslize –, Childan disse:

– Sim, é verdade, de todas as lojas dos EAP sou eu quem tem o maior e melhor estoque de armas da Guerra Civil. Terei o maior prazer em atender o almirante Harusha. Poderia reunir uma excelente coleção de tais peças e levá-las ao *Syokaku*? Hoje à tarde, possivelmente?

O homem disse:

– Não, vou examiná-las aqui.

Doze, Childan computou. Não tinha doze. Na realidade, tinha apenas três. Mas podia conseguir doze, se tivesse sorte, por vários meios durante a semana. Por via aérea, do leste, por exemplo. E através de alguns atacadistas locais.

– O senhor – disse Childan – é entendido em tais armas?

– Até certo ponto – disse o homem. – Tenho uma pequena coleção de armas individuais, incluindo uma minúscula pistola secreta que parece uma peça de dominó, *circa* 1840.

– É uma peça especial – disse Childan, enquanto se dirigia ao cofre onde apanhou diversas armas para o ajudante do almirante Harusha examinar.

Quando voltou, viu que o homem estava preenchendo um cheque. Interrompeu a escrita e disse:

– O almirante quer pagar adiantado. Um depósito de quinze mil dólares EAP.

As paredes dançaram diante dos olhos de Childan. Mas conseguiu manter a voz calma; até um pouco entediada.

– Como queira. Não é necessário. Mera formalidade de negócios. – Mostrando uma caixa de couro e feltro, disse: – Eis um excepcional Colt 44, de 1860. – Abriu a caixa. – Pólvora negra e bala. Usado pelo exército dos Estados Unidos. Os rapazes de azul usaram estas na Second Bull Run*, por exemplo.

Durante algum tempo, o homem examinou o Colt 44. Então, levantando os olhos, disse calmamente: – Senhor, esta é uma imitação.

– Como? – disse Childan, sem compreender.

– Esta peça não tem mais de seis meses de idade. Senhor, sua oferta é uma falsificação. Estou desolado. Mas veja. A madeira, aqui. Envelhecida artificialmente com ácido. Vergonhoso.

---

* Também conhecida como a Segunda Batalha de Manassas (28-30 de agosto de 1862), uma das maiores batalhas da Guerra Civil Americana. [N. do T.]

Largou a arma no balcão.

Childan apanhou o revólver e ficou com ele na mão. Não sabia o que dizer. Revirando a arma, repetidamente, disse, afinal:

– Não é possível.

– Uma imitação da autêntica arma histórica. Mais nada. Receio que o senhor tenha sido enganado. Talvez por algum indivíduo sem escrúpulos. Precisa avisar a polícia de San Francisco. – O homem se curvou: – Lamento. Talvez tenha outras imitações em sua loja. Será possível que o senhor, o dono, que lida com tais artigos, *não saiba distinguir o falso do verdadeiro?*

Silêncio.

Estendendo a mão, apanhou o cheque que estivera a ponto de assinar. Colocou-o no bolso, guardou a caneta e se curvou.

– Lamento muito, senhor, mas é claro que, infelizmente, não posso fazer negócio com a American Artistic Handcrafts Inc. O almirante Harusha vai ficar desapontado. Contudo, compreenda minha posição.

Childan mantinha os olhos fixos no revólver.

– Bom dia, senhor – disse o homem. – Imploro para que aceite meu humilde, bem-intencionado conselho: contrate um especialista para examinar suas compras. Sua reputação... Estou certo de que me compreende.

Childan murmurou:

– Senhor, se pudesse, por favor...

– Fique tranquilo, senhor. Não mencionarei isto a ninguém. Eu... direi ao almirante que infelizmente sua loja estava fechada hoje. Afinal... – o homem parou na soleira. – Somos ambos, afinal, homens brancos. – Curvando-se uma vez mais, partiu.

Sozinho, Childan ficou com a arma nas mãos.

Não pode ser, pensou.

Mas era. Meu Deus do céu. Estou arruinado. Perdi uma venda de quinze mil dólares. E minha reputação, se alguém vier a saber. Se aquele homem, o ajudante do almirante Harusha, não for discreto.

Vou me matar, resolveu. Perdi a honra. Não posso continuar; é um fato.

Por outro lado, talvez o homem estivesse enganado.

Talvez tivesse mentido.

Ele foi enviado pela United States Historic Objects para me arruinar. Ou pela West Coast Art Exclusives.

Em todo caso, por um dos meus concorrentes.

O revólver é sem dúvida autêntico.

Como posso descobrir? Childan quebrou a cabeça. Ah! Vou mandar analisar a arma pelo Departamento de Criminologia da Universidade da Califórnia. Conheço ou conheci alguém lá. Já surgiu um caso parecido. Contestação da autenticidade de uma antiga culatra.

Na mesma hora, telefonou a um dos serviços de mensagens e entregas da cidade, e pediu que lhe mandassem alguém, imediatamente. A seguir, embrulhou o revólver e escreveu ao laboratório da Universidade, pedindo que fizessem uma estimativa profissional da idade da arma e imediatamente lhe dessem uma resposta por telefone. O mensageiro chegou; Childan confiou-lhe o bilhete e o pacote, o endereço e mandou que fosse de helicóptero. O homem partiu e Childan começou a andar para cima e para baixo esperando... esperando.

Às três horas, a Universidade telefonou.

– Sr. Childan – disse a voz –, o senhor queria um teste de autenticidade desta arma, um Colt 44 modelo do Exército de 1860.

Uma pausa, enquanto Childan apertava o telefone, apreensivo.

– Aqui está o relatório do laboratório. É uma reprodução tirada de moldes plásticos, menos a madeira. Números de série todos falsos. A estrutura não foi colada pelo processo de cianeto. Tanto a superfície marrom quanto a azul foram terminadas por uma técnica moderna de ação rápida, e a arma inteira envelhecida artificialmente, depois de receber um tratamento para parecer velha e gasta.

Childan disse, com a voz embargada:

– A pessoa que a trouxe para ser examinada...
– Diga-lhe que foi enganada – disse o técnico da Universidade.
– E como! Foi um bom trabalho. Feito por um profissional. Entende, a arma original recebeu... sabe as partes de metal azul? Estas eram postas numa caixa de tiras de couro, selada, com cianeto, e aquecida. Muito complicado hoje em dia. Mas isso foi feito numa oficina muito bem equipada. Detectamos partículas de diversas composições de acabamento, algumas até bem fora do comum. Não podemos provar nada, mas sabemos que existe uma verdadeira indústria produzindo essas imitações. Tem de existir. Já vimos tantas.

– Não – disse Childan. – São apenas boatos. Posso lhe garantir, senhor. – Sua voz elevou-se e rachou, tornando-se estridente. – E eu estou em posição de saber. Por que pensa que lhes enviei essa? Percebi que era falsa, com meus anos de prática. Isso é muito raro, uma exceção. Na verdade, uma piada. Uma brincadeira – calou-se, ofegante. – Muito obrigado por confirmar minhas observações. Mandem-me a conta. Muito obrigado – desligou depressa.

Então, sem parar, apanhou seus arquivos. Começou a procurar a origem do revólver. Como lhe chegara às mãos? *De quem?*

Viera, descobriu, de um dos maiores atacadistas de San Francisco: Ray Calvin Associates, em Van Ness. Telefonou imediatamente.

– Quero falar com o sr. Calvin – disse.

Sua voz estava um pouco mais firme agora.

Logo ouviu uma voz rouca, muito apressada.

– Sim?

– Aqui fala Bob Childan. Da AAH Inc. Na Montgomery. Ray, tenho um problema delicado. Quero vê-lo, em particular, a qualquer hora hoje em seu escritório ou onde quiser. Creia, senhor, é de seu interesse atender-me.

Percebeu que estava berrando no telefone.

– Muito bem – disse Ray Calvin.

– Não diga nada a ninguém. É absolutamente confidencial.

– Às quatro?

– Às quatro – disse Childan. – Em seu escritório. Bom dia.

Desligou com tamanha violência que o telefone inteiro caiu no chão; ajoelhando-se, recolheu-o e recolocou-o no lugar.

Tinha meia hora antes de sair; todo esse tempo para andar, de um lado para o outro, impotente, esperando. Que fazer? Teve uma ideia. Telefonou ao escritório de San Francisco do *Tokyo Herald*, na Rua Market.

– Senhores – disse –, peço que informem se o porta-aviões *Syokaku* está no porto e, se estiver, por quanto tempo. Agradeceria esta informação de seu estimado jornal.

Uma espera angustiada. A moça voltou.

– De acordo com nosso serviço de documentação, senhor – disse, rindo –, o porta-aviões *Syokaku* está no fundo do mar das Filipinas. Foi afundado por um submarino americano em 1945. Podemos servi-lo em mais alguma coisa, senhor?

Evidentemente eles, na redação, tinham apreciado a peça que lhe fora pregada. Desligou. O porta-aviões *Syokaku* desaparecera há dezessete anos. Provavelmente não havia nenhum almirante Harusha. O homem era um impostor. E contudo...

O homem tinha razão. O Colt 44 era falso.

Não fazia sentido.

Talvez o sujeito fosse um especulador; talvez estivesse tentando controlar o mercado de armas pessoais da Guerra Civil. Um especialista. E tinha reconhecido a imitação. Era o profissional dos profissionais.

Seria preciso um profissional para saber. Alguém do ramo. Não um mero colecionador.

Childan sentiu um certo alívio. Então seria difícil outros perceberem. Talvez mais ninguém. Segredo garantido.

Deixar o assunto de lado?

Refletiu. Não. Precisava investigar. Antes de mais nada, conseguir de volta o dinheiro que empregara; fazer-se reembolsar por

Ray Calvin. E ter todos os outros objetos examinados pelo laboratório da Universidade.

Mas... e se muitos não forem autênticos?

Problema delicado.

A única maneira é essa, decidiu. Sentiu-se infeliz, desesperado mesmo. Tinha de ver Ray Calvin. Interrogá-lo. Insistir que investigue até o fundo. Talvez ele também seja inocente. Talvez não. Em todo caso, dizer-lhe: *chega de imitações, ou nunca mais comprarei nada com ele.*

Ele terá de arcar com a perda, resolveu Childan. Não eu. Se não concordar, então procurarei os outros comerciantes e contarei tudo. Acabarei com sua reputação. Por que devo me arruinar sozinho? O negócio é transmitir o caso aos responsáveis, passar a batata quente adiante.

Mas deve ser feito no maior segredo. Manter o assunto estritamente entre nós.

5

A ligação de Ray Calvin deixou Wyndam-Matson perplexo. Ele não havia entendido nada, em parte por causa da maneira apressada de Calvin falar e em parte porque na hora da ligação – onze e meia da noite – Wyndam-Matson estava recebendo uma visita em seu apartamento no Hotel Muromachi.

Calvin disse: – Escute aqui, meu camarada, estamos devolvendo toda aquela última remessa de vocês. E devolveria mais, só que já pagamos tudo menos aquela. Sua fatura de dezoito de maio.

Naturalmente, Wyndam-Matson quis saber por quê.

– São imitações baratas – disse Calvin.

– Mas você sabia disso – ele ficou bestificado. – Quero dizer, Ray, você sempre esteve a par da situação. – Deu uma olhada em volta; a garota não estava à vista; com certeza estava retocando a maquiagem.

Calvin disse: – Que eram imitações eu sabia. Não é disso que eu estou falando. Estou falando na qualidade. Olha, estou pouco me lixando se os revólveres foram usados *mesmo* na Guerra Civil ou não; o que eu quero é que seja um Colt 44 satisfatório, item sei-lá--das-quantas do seu catálogo. Tem que preencher as especificações. Olhe, você sabe quem é Robert Childan?

– Sei. – Tinha uma vaga lembrança, embora no momento não ligasse o nome à pessoa. Alguém importante.

– Ele esteve aqui hoje. No meu escritório. Estou ligando do trabalho, não de casa; ainda estamos estudando a questão. Em todo caso, ele veio aqui e contou uma longa história. Estava furioso. Agitadíssimo. Bom, o caso é que um cliente importante dele, um almirante japonês, foi à loja ou mandou alguém. Childan mencionou uma encomenda de vinte mil dólares, mas provavelmente é exagero. Em todo caso, o que aconteceu – e não tenho motivos para duvidar desta parte – foi que o japonês entrou, quis comprar, deu uma olhada num daqueles Colt 44 que vocês fazem, viu que era falso, pôs o dinheiro de volta no bolso e foi embora. Agora. O que é que você diz?

Wyndam-Matson não conseguia pensar em nada para dizer. Mas pensou na hora: foram Frink e McCarthy. Disseram que iam fazer alguma coisa, e era aquilo. Mas... não conseguia entender o que tinham feito; não estava entendendo a história de Calvin.

Uma espécie de terror supersticioso apoderou-se dele. Aqueles dois... como foi que conseguiram retocar um artigo feito em fevereiro passado? Supusera que fossem à polícia ou aos jornais, ou até ao governo *pinoc* em Sacramento, mas, obviamente, esse pessoal ele já tinha no bolso. Apavorante. Não sabia o que dizer a Calvin; ficou resmungando frases desconexas por alguns minutos que lhe pareceram intermináveis e finalmente conseguiu cortar a conversa e desligar.

Quando colocou o fone no gancho percebeu, com um sobressalto, que Rita saíra do quarto e ouvira a conversa toda; estava andando irritada de um lado para outro, vestindo apenas uma combinação de seda, preta, os cabelos louros caindo soltos nos ombros nus, levemente manchados de sardas.

– Informe à polícia – disse ela.

Bem, pensou ele, na certa sairia mais barato oferecer-lhes uns dois mil dólares. Aceitariam; era provavelmente o que queriam. Gente pequena como aquela, tinha ideias pequenas. Investiriam no seu novo negócio, perderiam tudo e estariam quebrados dentro de um mês.

– Não – disse.

– Por que não? Chantagem é crime.

Não era fácil explicar. Estava habituado a pagar, fazia parte das despesas gerais, como os móveis. Se o preço fosse bastante baixo... mas o que ela dissera... era uma ideia. Estudou-a.

Vou dar-lhes dois mil, mas vou também entrar em contato com aquele sujeito que conheço no Centro Cívico, aquele inspetor de polícia. Vou mandar investigar Frink e McCarthy e ver se encontram alguma coisa útil. Assim, se voltarem e tentarem de novo... saberei lidar com eles.

Por exemplo, pensou, alguém me disse que Frink é judeu. Modificou o nariz e o nome. A única coisa que preciso fazer é avisar o cônsul alemão aqui. Negócio de rotina. Solicitará a extradição dele às autoridades japonesas. Será metido na câmara de gás logo que passar pela Linha Demarcatória. Acho que eles têm um daqueles campos em Nova York, pensou. Aqueles campos com fornos.

– Estou besta – disse a garota – que alguém possa chantagear um homem de sua envergadura. – Ficou olhando para ele.

– Bom, vou lhe contar uma coisa – disse ele. – Todo esse negócio de historicidade é besteira. Os japoneses são meio malucos. Vou provar. – Levantando-se, foi ao escritório e voltou com dois isqueiros que colocou na mesa. – Olhe só para estes aqui. Parecem idênticos, não parecem? Pois ouça. Um tem historicidade. – Sorriu para ela. – Pegue os dois. Pegue. Um vale uns quarenta ou cinquenta mil dólares no mercado dos colecionadores.

A garota apanhou cuidadosamente os dois isqueiros e examinou-os.

– Não está sentindo? – brincou com ela. – A historicidade?

– O que é "historicidade"? – ela perguntou.

– É quando uma coisa contém história. Ouça. Um desses dois isqueiros estava no bolso de Franklin D. Roosevelt quando ele foi assassinado. O outro não estava. Um tem uma tremenda historidade. Tanto quanto qualquer outro objeto já teve. E o outro não tem nada. Dá para sentir? – Deu-lhe uma cutucada. – Não dá. Não dá para saber qual é qual. Não há nenhuma "presença plásmica mística", nenhuma "aura" em torno deles.

– Puxa – disse a garota, impressionada. – É mesmo verdade? Que ele estava com um desses no bolso naquele dia?

– Claro. Eu sei qual dos dois era. Você vê aonde quero chegar? É uma grande trapaça; e estão todos se enganando. Quero dizer, um revólver sobrevive a uma batalha famosa como a de Meuse--Argonne, e é a mesma coisa que nada, *a não ser que você saiba*. Está tudo aqui – bateu com a ponta do dedo na cabeça. – Está na mente, não no revólver. Eu era colecionador. Na verdade, foi assim que entrei nesse negócio. Colecionava selos. Das primeiras colônias britânicas.

A garota estava agora de pé diante da janela, de braços cruzados, olhando para as luzes do centro de San Francisco. – Minha mãe e meu pai costumavam dizer que não teríamos perdido a guerra se ele não tivesse morrido – disse ela.

– Ok – continuou Wyndam-Matson. – Agora suponhamos que no ano passado o governo do Canadá, ou alguém, qualquer pessoa, tivesse encontrado as chapas de impressão de um selo velho qualquer. E a tinta. E um estoque de...

– Não acredito que nenhum desses dois isqueiros tenha pertencido a Franklin Roosevelt – disse a garota.

Wyndam-Matson deu uma risadinha.

– Era isso o que eu queria dizer! Eu teria que provar isso para você com algum documento qualquer. Um documento de autenticidade. De maneira que é tudo falso, uma ilusão coletiva. O papel prova o valor, não o objeto em si!

– Quero ver o papel.

– Claro. – Levantando-se, ele voltou ao escritório. Tirou da parede o certificado emoldurado do Smithsonian Institute; o papel e o isqueiro tinham lhe custado uma fortuna, mas valia a pena, pois assim podia provar que tinha razão, que a palavra "falso" na verdade não queria dizer nada, já que a palavra "autêntico" na verdade não queria dizer nada.

– Um Colt 44 é um Colt 44 – ele disse para a garota em voz alta enquanto voltava à sala. – Tem a ver com projeto e execução, não com a época em que foi feito. Tem a ver é com...

Ela estendeu a mão. Ele deu-lhe o papel.

– Então é verdadeiro – disse ela finalmente.

– É. Este aqui. – Apanhou o isqueiro que tinha um comprido arranhão do lado.

– Acho que quero ir embora agora – disse a garota. – Nos veremos uma noite dessas. – Colocou o documento e o isqueiro na mesa e dirigiu-se ao quarto, onde estavam suas roupas.

– Por quê? – gritou agitado, seguindo-a. – Você sabe que estamos perfeitamente seguros; minha mulher vai passar semanas fora... já lhe expliquei a situação toda. Descolamento da retina.

– Não é por isso.

– Por que, então?

Rita disse: – Por favor, chame um bicitáxi para mim. Enquanto me visto.

– Vou levá-la em casa – disse ele mal-humorado.

Ela se vestiu e, enquanto ele apanhava o casaco no armário, ficou passeando pelo apartamento. Tornara-se pensativa, retraída, até um pouco deprimida. O passado deixa as pessoas tristes, pensou ele. Que inferno; por que fui tocar no assunto? Mas que diabo, ela é tão moça... Pensei que mal conhecesse o nome.

Diante da estante, ela se ajoelhou. – Você já leu este? – perguntou, retirando um volume.

Forçando a vista, ele olhou para o livro. Uma capa horrível. Romance. – Não – disse. – Isso é da minha mulher. Ela lê muito.

– Você deveria lê-lo.

Ainda decepcionado, ele pegou o livro e deu uma olhada no título. *O Gafanhoto Torna-se Pesado*.

– Não é um daqueles livros banidos em Boston? – perguntou.

– Banido em todos os Estados Unidos. E na Europa, é claro.

Ela encaminhara-se para a porta e estava esperando.

– Já ouvi falar desse Hawthorne Abendsen.

Mas não era verdade. A única coisa que ele lembrava do livro era... o quê? Que ele tinha uma imensa popularidade no momento. Outra moda. Outra loucura coletiva. Abaixou-se e enfiou o livro de volta na prateleira. – Não tenho tempo para ler ficção popular. Estou ocupado demais com o trabalho. – Secretárias, pensou com amargura, lêem essas porcarias, em casa, de noite na cama. Acham estimulante. Em lugar da coisa em si. Da qual têm medo. Mas que, naturalmente, desejam com ardor.

– Uma daquelas histórias de amor – disse, carrancudo, abrindo a porta do hall.

– Não – disse ela. – Uma história de guerra. – Enquanto desciam o corredor, em direção ao elevador, ela disse: – Ele diz a mesma coisa. Como meu pai e minha mãe.

– Quem? Esse Abbotson?

– Ele tem uma teoria. Se Joe Zangara não tivesse conseguido matá-lo, ele teria tirado a América da Depressão e armado o país de modo que... – ela parou de falar. Tinham chegado ao elevador e havia outras pessoas esperando.

Mais tarde, atravessando o tráfego noturno na Mercedes-Benz de Wyndam-Matson, ela continuou:

– A teoria de Abendsen é que Roosevelt teria sido um presidente de enorme força. Tão forte quanto Lincoln. Ele demonstrou isso durante o ano em que governou, aquelas medidas todas que introduziu. O livro é ficção. Quero dizer, está em forma de romance. Roosevelt não é assassinado em Miami. Ele continua e é reeleito em 1936, e aí permanece como presidente até 1940, até a guerra. Entendeu? Ele ainda é presidente quando a Alemanha ataca a Inglaterra, a França, a Polônia. E ele vê tudo. Fortalece a América. Garner era mesmo um péssimo presidente. Muito do que aconteceu foi culpa dele. E então, em 1940, em lugar de Bricker, teriam eleito um Democrata...

— Na opinião desse Abelson — interrompeu Wyndam-Matson. Lançou um olhar à garota ao seu lado. Nossa, elas lêem um livro, pensou, e falam sem parar.

— A teoria dele é que, em lugar de um isolacionista, como Bricker, depois de Roosevelt em 1940, Rexford Tugwell teria sido presidente. — Seu rosto suave, refletindo as luzes do trânsito, brilhava de animação; seus olhos estavam enormes e gesticulava enquanto falava. — E ele teria dado continuidade ativa à política antinazista de Roosevelt. De modo que a Alemanha não teria tido coragem de ajudar o Japão em 1941. Não teriam cumprido seu tratado. Entende? — Voltando-se para ele, segurou seu ombro com força, dizendo: — E assim a Alemanha e o Japão teriam perdido a guerra!

Ele deu uma gargalhada.

Examinando a fisionomia dele, procurando algo em seu rosto — ele não sabia o quê, e de qualquer forma precisava olhar os outros carros — ela disse: — Não tem graça. Teria sido assim mesmo. Os Estados Unidos teriam sido capazes de derrotar os japoneses. E...

— Como? — cortou ele.

— Ele pensou em tudo. — Ela ficou em silêncio por um instante. — É em forma de ficção — acrescentou. — Claro, tem muitas partes fictícias; quero dizer, precisava ser divertido senão ninguém leria. Tem um tema de interesse humano; dois jovens, o rapaz está no Exército Americano. A garota... bom, em todo caso, o Presidente Tugwell é muito esperto. Ele percebe o que os japoneses vão fazer. — Ansiosa, ela disse: — Não tem perigo falar sobre isso; os japoneses permitiram que o livro circulasse no Pacífico. Li que muitos deles estão lendo também. É popular no arquipélago nipônico. Tem provocado muita discussão.

Wyndam-Matson disse: — Escuta. O que é que ele diz de Pearl Harbor?

— O Presidente Tugwell é tão esperto que os navios estão todos fora, no mar. De modo que a esquadra americana não é destruída.

— Estou entendendo.

– De modo que não chega a haver Pearl Harbor. Eles atacam, mas só apanham uns barquinhos sem importância.

– O nome do livro é "O Gafanhoto qualquer coisa"?

– *O Gafanhoto Torna-se Pesado*. É uma citação da Bíblia.

– E o Japão é derrotado porque Pearl Harbor não acontece. Escute. O Japão teria ganho de qualquer forma. Mesmo sem Pearl Harbor.

– A esquadra americana – no livro – impede que eles tomem as Filipinas e a Austrália.

– Teriam tomado de qualquer jeito; a esquadra deles era melhor. Eu conheço os japoneses muito bem, e era o destino deles assumir o domínio do Pacífico. Os Estados Unidos entraram em declínio depois da Primeira Guerra Mundial. Todos os países do lado Aliado ficaram arruinados com aquela guerra, moral e espiritualmente.

Insistindo, a moça disse:

– E se os alemães não tivessem tomado Malta, Churchill teria ficado no poder e levado a Inglaterra à vitória.

– Como? Onde?

– No norte da África. Churchill teria derrotado Rommel finalmente.

Wyndam-Matson riu.

– E, depois de derrotar Rommel, os ingleses conseguiram fazer com que todo o seu exército atravessasse a Turquia para se juntar aos restos do exército russo e lutar. No livro, contam o avanço dos alemães na Rússia, numa cidade do Volga. Nunca ouvimos falar nessa cidade, mas ela existe, porque procurei no atlas.

– Qual é o nome dela?

– Stalingrado. E os ingleses mudam o rumo da guerra ali. Assim, no livro, Rommel nunca se teria reunido aos exércitos alemães que desceram da Rússia, os exércitos de Von Paulus; lembra? E os alemães nunca teriam seguido até o Oriente Médio para obter o petróleo necessário, ou até a Índia, como fizeram, para juntar-se aos japoneses. E...

– Nenhuma estratégia no mundo teria derrotado Erwin Rommel – disse Wyndam-Matson. – E nenhum acontecimento como o que esse sujeito sonhou, essa cidade russa muito heroicamente chamada Stalingrado, nenhuma ação de impedimento teria feito mais do que atrasar o inevitável; não podia modificá-lo. Escute. *Eu conheci Rommel*. Em Nova York, quando estive lá a negócios, em 1948. – Na verdade, ele havia apenas avistado de longe o governador militar dos Estados Unidos, numa recepção na Casa Branca.

– Que homem. Que dignidade. Que porte. Eu sei do que estou falando – concluiu.

– Foi terrível – disse Rita – quando o general Rommel foi demitido e nomearam aquele horroroso Lammers em seu lugar. Foi aí que os assassinatos e campos de concentração começaram de verdade.

– Eles já existiam quando Rommel era governador militar.

– Mas... – ela gesticulou. – Não era oficial. Talvez aqueles marginais da ss fizessem aquelas coisas quando... Mas ele não era como os outros; era mais parecido com os velhos prussianos. Ele era duro...

– Vou lhe contar quem foi que fez um bom trabalho nos Estados Unidos – disse Wyndam-Matson. – Quem é o responsável pelo renascimento econômico. Albert Speer. Nem Rommel nem a Todt Organization. Speer foi a melhor indicação do *Partei* para a América do Norte; ele pôs aquelas firmas, corporações e fábricas – tudo! – em funcionamento de novo, numa base eficiente. Seria bom se tivéssemos algo assim aqui. Do jeito que está, temos cinco empresas competindo em cada campo, com um desperdício enorme. Não há nada mais idiota do que a competição econômica.

Rita disse: – Eu não suportaria viver naqueles campos de trabalho, naqueles dormitórios que existem lá no Leste. Uma amiga minha morava lá; censuravam suas cartas... não pôde me contar nada até voltar para cá. Eram obrigados a acordar todos os dias às seis e meia com música de *banda*.

– Você acaba se habituando. As acomodações são limpas, a comida é decente, fornecem divertimento e atendimento médico. É mole ou quer mais?

E o enorme carro alemão deslizava em silêncio pela neblina fresca da noite de San Francisco.

O sr. Tagomi estava sentado no chão, sobre as pernas. Segurava uma xícara sem asa de chá de *oolong*, que soprava de vez em quando, sorrindo para o sr. Baynes.

– O senhor tem uma bela casa – disse Baynes. – Há uma paz aqui na Costa do Pacífico. É inteiramente diferente de... lá. – Não especificou onde era isso.

– "Deus fala ao homem sob o signo Daquele que Desperta" – murmurou o sr. Tagomi.

– Perdão?

– O oráculo. Desculpe. Reação do córtex; estou a devagar.

Divagar, pensou Baynes. Era essa a palavra que ele estava procurando. Sorriu consigo mesmo.

– Nós somos absurdos – disse o sr. Tagomi –, pois vivemos de acordo com um livro de cinco mil anos de idade. Nós fazemos perguntas a ele como se fosse vivo. E ele *está* vivo. Como a Bíblia cristã; muitos livros são realmente vivos. Não metaforicamente. Ganham vida por intermédio do espírito. O senhor entende? – Examinou o rosto do sr. Baynes para ver sua reação.

Escolhendo as palavras com cuidado. Baynes disse: – Eu... não entendo muito de religião. É fora da minha área. Prefiro me ater a assuntos dos quais tenho pelo menos alguma competência.

Na verdade, não sabia bem do que o sr. Tagomi estava falando. Devo estar cansado, pensou o sr. Baynes. Tenho sentido, desde que cheguei hoje à noite, algo de... fantasmagórico em tudo. Uma dimensão reduzida com uma pitada de humor. O que é este livro de cinco mil anos? Aquele relógio Mickey Mouse, o próprio sr. Tagomi, a frágil xícara na mão dele... e, na parede defronte ao sr. Baynes, uma enorme cabeça de búfalo, feia e ameaçadora.

– Que cabeça é aquela? – perguntou subitamente.

– Aquilo – disse o sr. Tagomi – é nada mais nada menos que o animal que servia de sustento aos nativos no passado.

– Compreendo.

– Posso lhe demonstrar a arte de matar búfalos? – O sr. Tagomi apoiou a xícara na mesa e levantou-se. Ali em sua própria casa, à noite, vestia um quimono de seda, chinelos e gravata branca. – Aqui estou, a bordo de um cavalo de ferro. – Agachou-se no ar. – Atravessada na sela, uma fiel Winchester 1866, da minha coleção. – Olhou inquisitivamente para o sr. Baynes. – O senhor está cansado da viagem.

– Acho que sim – disse Baynes. – Está tudo um pouco confuso para mim. Muitas preocupações de trabalho...

E outras também, pensou. A cabeça doía. Ficou pensando se conseguiria os ótimos analgésicos da I. G. Farben ali na Costa do Pacífico. Habituara-se a tomá-los para sua sinusite.

– Todos precisamos ter fé em alguma coisa – disse o sr. Tagomi. – Não podemos conhecer as respostas. Não podemos ver o futuro sozinhos.

O sr. Baynes assentiu.

– Talvez minha esposa tenha alguma coisa para sua cabeça – disse o sr. Tagomi, vendo-o tirar os óculos e esfregar a testa. – Dor causada pelos músculos óticos. Com licença. – Curvando-se, deixou a sala.

Eu preciso é dormir, pensou Baynes. Uma boa noite de sono. Ou será que não estou enfrentando a situação? Estou querendo fugir porque é difícil.

Quando o sr. Tagomi voltou, trazendo um copo d'água e uma espécie de pílula, o sr. Baynes disse: – Eu realmente vou ter de me despedir e voltar para o hotel. Mas queria saber uma coisa antes. Podemos continuar a discussão amanhã, se lhe for conveniente. O senhor foi informado da presença de uma terceira pessoa às nossas discussões?

A fisionomia do sr. Tagomi demonstrou surpresa por um instante: a surpresa logo sumiu dando lugar a uma expressão despreocupada. – Nada me foi dito a respeito. Contudo... é interessante, claro.

– Uma pessoa que vem das Ilhas Nipônicas.

– Ah – disse o sr. Tagomi. Desta vez a surpresa não chegou nem a se manifestar. Estava totalmente sob controle.

– Um homem de negócios, idoso, aposentado – disse o sr. Baynes. – Viajando de navio. Está a caminho há duas semanas. Não gosta de viagens aéreas.

– Os excêntricos anciãos – disse o sr. Tagomi.

– Ele conhece bem o mercado nas Ilhas Nipônicas. Poderá nos dar informações e, de qualquer forma, estava vindo passar férias em San Francisco. Não é muito importante. Mas tornará nossas conversas mais objetivas.

– Sim – disse o sr. Tagomi. – Poderá corrigir erros referentes ao mercado interno. Estou fora há dois anos.

– O senhor quer me dar esse comprimido?

Sobressaltado, o sr. Tagomi abaixou os olhos e viu que ainda segurava a pílula e a água.

– Desculpe. Isto é muito poderoso. Chama-se zaracaína. Fabricado por um laboratório farmacêutico no Distrito da China. – Oferecendo o remédio, acrescentou: – Não é viciante.

– Este senhor – disse o sr. Baynes enquanto se preparava para tomar o comprimido – provavelmente entrará diretamente em contato com sua Missão Comercial. Escreverei seu nome, para que seus funcionários o recebam bem. Ainda não tive o prazer de conhecê-lo, mas soube que é um tanto surdo e excêntrico. Queremos ter a certeza de que não será... ofendido. – O sr. Tagomi parecia compreender. – Ele adora rododendros. Ficará feliz se puder encontrar alguém com quem possa conversar sobre essas flores por uma meia hora enquanto organizamos nossa reunião. Vou escrever o nome dele.

Tomou o comprimido, e então tirou a caneta e escreveu.

– Sr. Shinjiro Yatabe – o sr. Tagomi leu ao receber o pedaço de papel.

Guardou-o com cuidado na carteira.

– Mais uma coisa.

O sr. Tagomi passou os dedos pela borda da xícara, atento.

– Um pouco delicada. Esse senhor idoso... é embaraçoso. Tem quase oitenta anos. Alguns de seus negócios, no final de sua carreira, não foram bem sucedidos. Compreende?

– Não é mais um homem de bens – disse o sr. Tagomi. – Suponho que receba uma pensão.

– Exatamente. E uma pensão mínima. Portanto, ele procura aumentá-la aqui e ali.

– Infração de alguma lei menor – disse o sr. Tagomi. – A sede do governo e sua burocracia. Compreendo a situação. O velho cavalheiro recebe um estipêndio pela consulta que nos prestará, mas não vai comunicar o fato ao Conselho de Pensões. Portanto, não devemos divulgar sua visita. Só sabem que ele está aqui em férias.

– O senhor é um homem sutil – o sr. Baynes disse. O sr. Tagomi respondeu:

– A situação não é nova. Ainda não resolvemos em nossa sociedade o problema das pessoas idosas, cujo número aumenta com os progressos da medicina. A China nos ensina a honrar os mais velhos. Contudo, os alemães fazem nossa negligência parecer até virtude. Soube que eles simplesmente matam os velhos.

– Os alemães – murmurou Baynes, esfregando novamente a testa. O comprimido estaria fazendo efeito? Sentia um pouco de sonolência.

– Vindo da Escandinávia, o senhor tem tido sem dúvida muito contato com a Festung Europa. Por exemplo, embarcou em Tempelhof. Pode-se ter uma atitude como essa? O senhor é neutro. Dê-me sua opinião, por favor.

– Não entendo a que atitude se refere – disse sr. Baynes.

– Com relação aos velhos, doentes, loucos, inúteis de toda espécie. "Para que serve um recém-nascido?", teria perguntado um famoso filósofo anglo-saxão. Aprendi esta frase de cor e tenho meditado muito sobre ela. Senhor, não há utilidade. Em geral.

Sr. Baynes emitiu um som qualquer; um som de polidez sem compromisso.

– Não é verdade – disse o sr. Tagomi – que nenhum homem deve ser o instrumento das necessidades de outro? – Inclinou-se para a frente, insistindo. – Peço sua opinião de escandinavo neutro.

– Não sei – disse sr. Baynes.

– Durante a guerra – disse o sr. Tagomi – ocupei posto menor no Distrito da China. Em Shangai. Lá, em Hongkew, havia um campo de judeus, internados pelo período da guerra pelo governo imperial. Mantidos vivos pela ajuda da Junta. O ministro nazista em Shangai solicitou o massacre dos judeus. Recordo a resposta de meus superiores. Foi: "O pedido não está de acordo com considerações humanitárias". Rejeitaram o pedido como sendo bárbaro. Isso me impressionou.

– Entendo – murmurou o sr. Baynes. Será que ele está me sondando?, ele se perguntou. Agora ele se sentia alerta. Seus pensamentos voltaram a se organizar.

– Os judeus – disse sr. Tagomi – foram sempre descritos pelos nazistas como asiáticos e não-brancos. Senhor, a insinuação não passou despercebida a certas altas personalidades no Japão, mesmo entre o Gabinete de Guerra. Nunca discuti isso com cidadãos do Reich que tenho encontrado...

O sr. Baynes o interrompeu: – Bem, eu não sou alemão. Por isso, não poderia falar pela Alemanha. – Levantou-se e foi até a porta. – Retomarei a conversa com o senhor amanhã. Por favor, me perdoe. Não consigo pensar direito. – Mas, na verdade, sua cabeça agora estava a mil. Preciso sair daqui, percebeu. Este homem está me cercando por todos os lados.

– Perdoe a estupidez do fanatismo – disse o sr. Tagomi, imediatamente se adiantando para abrir a porta. – Considerações filosóficas me cegaram para o fato humano autêntico. Aqui.

Gritou em japonês, e a porta da frente abriu-se. Apareceu um jovem japonês, que se curvou, olhando para o sr. Baynes.

Meu motorista, pensou o sr. Baynes.

Talvez meus comentários quixotescos no vôo da Lufthansa, pensou de repente. Aquele... como era o nome dele? Lotze. Talvez, de algum modo, tenham chegado aos ouvidos deste japonês aqui. Alguma ligação.

Queria não ter dito aquilo a Lotze, pensou. Estou arrependido. Mas é tarde.

Não sou a pessoa certa. De maneira alguma. Não para isto.

Mas então pensou melhor. Um sueco diria aquilo a Lotze. Está tudo bem. Não há nada de errado; estou sendo escrupuloso demais. Estou transportando os hábitos da situação anterior para a presente. Na verdade posso falar abertamente. É *este* o fato ao qual preciso me adaptar.

E contudo, seu condicionamento insistia em se rebelar. O sangue em suas veias. Seus ossos, seus órgãos se rebelavam. Abra a boca, disse a si próprio. Diga alguma coisa. Qualquer coisa. Uma opinião. Precisa fazer isso, se pretende ser bem sucedido.

Ele disse: – Talvez sejam forçados por algum desesperado arquétipo subconsciente. No sentido junguiano.

O sr. Tagomi balançou a cabeça. – Já li Jung. Compreendo.

Apertaram as mãos. – Ligo para o senhor amanhã de manhã – disse o sr. Baynes. – Boa noite, senhor. – Curvou-se. O sr. Tagomi também.

O jovem japonês, sorridente, adiantando-se, disse uma coisa incompreensível ao sr. Baynes.

– Hein? – disse o sr. Baynes, pegando o sobretudo e saindo para o terraço. O sr. Tagomi disse:

– Ele está falando em sueco, senhor. Fez um curso na Universidade de Tóquio sobre a Guerra dos Trinta Anos e se encantou por seu grande herói, Gustavo Adolfo. – O sr. Tagomi sorriu com simpatia. – Contudo, é óbvio que sua tentativa de dominar uma língua tão diferente tem sido em vão. Sem dúvida ele está fazendo um daqueles cursos em disco; é estudante, e tais cursos, sendo baratos, são muito populares entre os estudantes.

O jovem japonês, que obviamente não entendia inglês, curvou-se e sorriu.

– Compreendo – murmurou o sr. Baynes. – Bem, desejo-lhe boa sorte. – Tenho meus próprios problemas linguísticos, pensou. Evidentemente.

Meu Deus... O jovem estudante japonês, no carro a caminho do hotel, na certa ia querer conversar o tempo todo com ele em sueco. Língua que o sr. Baynes mal compreendia, e mesmo assim só falada da maneira mais formal e correta possível, certamente não quando tentada por um jovem japonês cujo professor fora uma vitrola.

Ele nunca conseguirá falar comigo, pensou o sr. Baynes. E continuará tentando, porque esta é sua grande oportunidade: na certa nunca mais verá um sueco. O sr. Baynes gemeu interiormente. Ia ser um martírio, para os dois.

6

De manhã cedinho, aproveitando o ar fresco e a luz do sol, Juliana Frink fazia as compras do dia. Passeava pela calçada, carregando as duas sacolas de papel marrom, parando de loja em loja para olhar as vitrines. Sem pressa.

Não havia alguma coisa que ela tinha de comprar na farmácia? Entrou. Seu turno na academia de judô só começava ao meio-dia; naquele momento, estava de folga. Sentando-se numa banqueta em frente ao balcão, colocou as sacolas no chão e começou a folhear as diversas revistas.

Viu que a nova *Life* trazia um artigo enorme intitulado *Televisão na Europa: Vislumbre do Amanhã*. Virando as páginas, interessada, viu a foto de uma família alemã vendo televisão em sua sala de estar. Segundo o artigo, Berlim já transmitia quatro horas de imagens por dia. Algum dia haveria estações de televisão em todas as maiores cidades da Europa. E, até 1970, uma seria construída em Nova York.

O artigo mostrava engenheiros eletrônicos do Reich no local da construção em Nova York, ajudando a equipe local a resolver seus problemas. Era fácil ver quais eram os alemães. Tinham aquele aspecto saudável, limpo, enérgico, seguro. Os americanos, por sua vez, apenas pareciam gente. Podiam ser qualquer um.

Via-se um dos técnicos alemães apontando alguma coisa e os americanos tentando ver o que era. Acho que eles enxergam melhor que nós, pensou ela. Há vinte anos que comem melhor. Eles podem ver coisas que ninguém vê; é o que nos dizem. Vitamina A, talvez?

Gostaria de saber como é ficar sentada em casa na sala e ver o mundo inteiro num pequeno tubo de vidro cinzento. Se aqueles nazistas podem ir e vir de Marte, por que não põem a televisão para funcionar logo? Acho que preferia poder assistir àqueles shows cômicos, ver como Bob Hope e Jimmy Durante são de verdade, a dar uma volta por Marte.

Talvez seja isso, pensou, recolocando a revista na prateleira. Os nazistas não têm senso de humor, então para que televisão? Em todo caso, já mataram a maioria dos grandes comediantes. Porque quase todos eram judeus. Na verdade, percebeu, mataram quase todo mundo no campo do entretenimento. Não sei como Hope escapou, dizendo tudo o que ele diz. É claro que ele precisa transmitir do Canadá. E lá em cima as coisas são um pouco mais livres. Mas Hope realmente diz as coisas. Como aquela piada com Göring... aquela em que Göring compra Roma e manda reconstruí-la no seu refúgio nas montanhas. E depois ressuscita o cristianismo, para que seus leões de estimação tenham alguma coisa para...

– Pretende comprar essa revista, senhorita? – perguntou o velhinho seco que dirigia a farmácia, com ar desconfiado.

Sentindo-se culpada, repôs no lugar o *Reader's Digest* que havia começado a folhear.

Passeando novamente pelas calçadas com suas sacolas de compra, Juliana pensou: talvez Göring seja o novo Führer quando aquele tal de Bormann morrer. Ele parece diferente dos outros. Bormann só conseguiu entrar porque aproveitou a ocasião quando Hitler estava caindo aos pedaços, e só os que estavam muito próximos de Hitler viram a rapidez com que ele se insinuou. O velho Göring estava fora de circulação, em seu palácio nas montanhas. Göring devia ter sido Führer depois de Hitler, porque foi a sua Luftwaffe que acabou com aquelas estações de radar inglesas e derrotou a RAF. Hitler teria mandado sua força aérea bombardear Londres, como fizera com Roterdam.

Mas, provavelmente, vai ser Goebbels, ela pensou. Era o que todo mundo estava dizendo. Contanto que não seja aquele terrível Heydrich. Mataria todos nós. É louco de pedra.

O único de quem eu gosto, pensou, é aquele Baldur von Schirach. Pelo menos, é o único que tem cara de normal. Mas não tem a menor chance.

Virou-se e subiu a escada que levava à porta principal do velho edifício de madeira em que morava.

Quando abriu a porta do apartamento viu Joe Cinadella ainda na mesma posição em que o deixara, no meio da cama, de barriga para baixo, braços caídos. Continuava dormindo.

Não, pensou. Não é possível que ele ainda esteja aqui; o caminhão já foi embora. Será que ele o perdeu? Obviamente.

Entrando na cozinha, colocou as sacolas de compras na mesa, em meio à louça suja do café.

Mas será que ele perdeu o caminhão *de propósito*?, ela se perguntou. É isso que eu queria saber.

Que homem estranho... ele tinha sido tão ativo com ela, praticamente a noite toda. E, no entanto, era como se não estivesse presente, como se fizesse aquilo sem consciência. Com o pensamento em outro lugar, talvez.

Como era de hábito, começou a guardar a comida na velha geladeira GE de topo em torre. Depois, começou a tirar a mesa.

Talvez ele tenha muita prática nisso, ela pensou. É como uma segunda natureza; seu corpo faz os movimentos automaticamente, como o meu agora, lavando pratos e talheres na pia. Podia fazer isso com três quintos de seu cérebro faltando, como a perna de um sapo na aula de biologia.

– Ei – chamou. – Acorda.

Joe se revirou na cama, resfolegou.

– Você ouviu o programa do Bob Hope outro dia? – ela gritou. – Contou uma piada gozadíssima, a do major alemão entrevistando uns marcianos. Os marcianos não têm como apresentar documentos provando que seus avós são arianos, sabe? Então o major alemão manda um relatório para Berlim dizendo que Marte é povoado por judeus.

Entrando na sala, onde Joe estava estendido na cama, acrescentou:

– E eles têm trinta centímetros de altura, duas cabeças... você sabe como é o Bob Hope.

Joe havia aberto os olhos. Não disse nada; olhava para ela sem piscar. Seu queixo, escurecido pela barba por fazer, seus olhos escuros, tão tristes... Então ela também se calou.

– O que foi? – disse finalmente. – Você está com medo? – Não, pensou; quem tem medo é Frank. Isto é... não sei o quê.

– O caminhão foi embora – disse Joe, sentando-se.

– E o que é que você vai fazer?

Ela se sentou na beirada da cama, enxugando os braços e as mãos com o pano de pratos.

– Pego ele na volta. Meu colega não diz nada a ninguém; sabe que eu faria a mesma coisa por ele.

– Você já fez isso antes? – perguntou.

Joe não respondeu. Você se atrasou de propósito, disse Juliana a si própria. Eu sei; de repente, eu sei.

– E se ele voltar por outro caminho? – disse ela.

– Ele sempre vai pela Cinquenta. Nunca pela Quarenta. Ele teve um desastre na Quarenta uma vez; uns cavalos atravessando a estrada e lá foi ele. Nas Rochosas.

Apanhando suas roupas na cadeira, começou a vestir-se.

– Quantos anos você tem, Joe? – perguntou, enquanto ela contemplava o corpo nu.

– Trinta e quatro.

Então, pensou, deve ter estado na guerra. Ela não viu qualquer marca física; tinha, na verdade, um bom corpo, seco, com pernas compridas. Joe, vendo que ela o observava, fechou a cara e virou de lado. – Não posso olhar? – perguntou, querendo saber por quê.

A noite inteira juntos e agora esse pudor. – Somos insetos ou o quê? – ela perguntou. – Não podemos suportar nos ver de dia... temos que nos espremer contra as paredes?

Resmungando, ele foi para o banheiro de cueca e meias, esfregando o queixo.

Essa casa é minha, pensou Juliana. Eu te deixo ficar aqui e você não me deixa te olhar. Por que quer ficar, então? Foi atrás; ele tinha ligado a água quente, para fazer a barba.

Em seu braço, ela viu uma tatuagem, a letra C em azul.

– O que é isso? – perguntou. – Sua mulher? Connie? Corinne?

Lavando o rosto, Joe respondeu: – Cairo.

Que nome exótico, pensou com inveja. E então sentiu o rosto enrubescer. – Que burra eu sou – ela disse. Um italiano, de trinta e quatro anos, da parte nazista do mundo... claro que ele tinha estado na guerra. Mas do lado do Eixo. E havia lutado no Cairo; a tatuagem era o elo entre eles, os alemães e os italianos veteranos daquela campanha – a derrota dos exércitos inglês e australiano sob o comando do general Gott, nas mãos de Rommel e seu Afrika Korps.

Ela saiu do banheiro, voltou para a sala de estar e começou a fazer a cama; suas mãos voavam.

As coisas de Joe estavam arrumadas cuidadosamente numa pilha sobre a cadeira; roupas, uma pequena mala e objetos pessoais. Entre eles, ela reparou numa caixa de veludo meio parecida com um estojo de óculos; abriu-a e examinou-a.

Você lutou mesmo no Cairo, pensou, olhando a Cruz de Ferro de Segunda Classe, tendo no alto a inscrição 10 de junho, 1945. Não foi todo mundo que ganhou uma dessas; só os valentes. O que será que você fez?... Você tinha apenas dezessete anos na época.

Joe apareceu na porta do banheiro bem na hora em que ela estava tirando a medalha da caixa; ela percebeu sua presença, sentiu-se culpada e deu um pulo. Ele, porém, não parecia zangado.

– Estava só olhando – disse Juliana. – É a primeira que vejo. Foi o próprio Rommel quem condecorou você?

– O general Bayerlein distribuiu 25 medalhas. Rommel já tinha sido transferido para a Inglaterra, para acabar o serviço lá.

Sua voz estava calma. Mas sua mão já estava na testa, dedos enfiados no cabelo, naquele movimento de pentear que parecia ser um tique nervoso crônico.

– Quer me contar como foi? – perguntou Juliana, enquanto ele voltava ao banheiro e à barba.

Enquanto fazia a barba e depois tomava um longa ducha quente, Joe Cinadella lhe contou um pouco da história; nada parecido com a espécie de relato que ela teria gostado de ouvir. Seus dois irmãos mais velhos serviram na campanha da Etiópia, enquanto ele, aos treze anos, fazia parte da juventude fascista de Milão, sua cidade natal. Mais tarde, seus irmãos entraram para uma bateria da artilharia de elite do major Ricardo Pardi e, quando começou a Segunda Guerra, Joe já tinha idade para se juntar a eles. Lutaram sob as ordens de Graziani. Seu equipamento, sobretudo os tanques, era horrível. Os ingleses os abatiam como lebres, mesmo os oficiais superiores. As portas dos tanques tinham de ser sustentadas por sacos de areia durante as batalhas, senão se abriam. O major Pardi, porém, tinha encontrado munição usada, que tratou de polir, azeitar e reaproveitar; com ela, cortou o grande avanço desesperado dos tanques do general Wavell em 43.

– Seus irmãos estão vivos? – perguntou Juliana.

Os irmãos tinham sido mortos em 44, estrangulados com arame farpado pelos comandos ingleses, o Long Range Desert Group que operava atrás das linhas do Eixo e que se tornara particularmente desesperado nas últimas etapas da guerra, quando ficara evidente que os Aliados não tinham como ganhar.

– E como você se sente com relação aos ingleses agora? – perguntou hesitante.

Joe disse:

– Gostaria que os nazistas fizessem com a Inglaterra o que fizeram com a África.

Sua voz não tinha a menor expressão.

– Mas faz... dezoito anos – disse Juliana. – Sei que os ingleses fizeram coisas especialmente terríveis, mas...

– Falam do que os alemães fizeram aos judeus – disse Joe. – Os ingleses fizeram pior. Na Batalha de Londres – calou-se. – Aquelas armas de fogo, fósforo e óleo; eu vi algumas tropas alemãs, depois. Navio após navio reduzidos a cinza. Aqueles canos submarinos transformaram o mar em fogo. E as populações civis, sob aqueles ataques aéreos que Churchill pensou que iriam salvar a guerra na última hora. Aqueles ataques de terror a Hamburgo e Essen e...

– Vamos mudar de assunto – disse Juliana. Na cozinha, começou a fritar bacon; ligou o pequeno rádio branco de plástico Emerson que Frank havia lhe dado no seu aniversário. – Vou fazer alguma coisa para você comer. – Mudou a estação, procurando um pouco de música leve, agradável.

– Vem dar uma olhada aqui – disse Joe, sentado no sofá da sala, com a mala ao lado.

A mala estava aberta e dela havia retirado um livro gasto, dobrado, bem manuseado. Sorriu para Juliana. – Vem cá. Sabe o que dizem? Este sujeito aqui... – mostrou o livro. – Isso é muito engraçado. Senta aí. – Pegou-a pelo braço e puxou-a para seu lado. – Vou ler para você. Suponha que eles tivessem ganhado. Como seria? Não precisamos nos preocupar; este sujeito aqui pensou em tudo para nós. – Abrindo o livro, Joe começou a virar as páginas devagar. – O Império Britânico controlaria a Europa inteira. O Mediterrâneo todo. A Itália desapareceria. A Alemanha, também. Só ficariam os *bobbies*, e aqueles soldadinhos gozados de chapéu alto peludo, e o rei, até o Volga.

Em voz baixa, Juliana disse: – E seria tão ruim assim?

– Você leu o livro?

– Não – ela confessou, esticando o pescoço para ver a capa. – Já tinha ouvido falar; muita gente estava lendo. Mas Frank e eu... meu ex-marido e eu... muitas vezes falamos de como seria se os Aliados tivessem ganho a guerra.

Joe não parecia estar ouvindo; olhava fixo para o exemplar de *O Gafanhoto Torna-se Pesado*. – E aqui – continuou –, você sabe como é que a Inglaterra ganha? Como derrota o Eixo?

Fez que não com a cabeça, sentindo a tensão crescente no homem ao seu lado. O queixo dele tremia; passava a língua pelos lábios, enfiava os dedos no cabelo... quando falou, sua voz estava rouca.

– Faz a Itália trair o Eixo – disse Joe.

– Ah – disse ela.

– A Itália passa para o lado dos Aliados. Junta-se aos anglo-saxões e abre o que ele chama de "o ventre vulnerável" da Europa. Mas é natural que ele pense assim. Nós todos sabemos que o covarde exército italiano fugia cada vez que encontrava os ingleses. Bebendo vinho. Boas-vidas, não foram talhados para o combate. Este sujeito... – Joe fechou o livro, examinando a contracapa. – Abendsen. Não posso culpá-lo. Ele escreveu esta fantasia, imaginou como seria se o Eixo perdesse. E de que outra maneira podia perder a não ser que a Itália resolvesse trair? – Sua voz tornou-se áspera. – O Duce: ele era um palhaço; nós todos sabemos disso.

– Preciso virar o bacon. – Ela se desvencilhou dele e voltou depressa à cozinha.

Seguindo-a, ainda com o livro na mão, Joe continuou:

– E os EUA entram. Depois, derrotam os japoneses. E, depois da guerra, os ingleses e americanos dividem o mundo. Exatamente como foi feito pela Alemanha e o Japão, na realidade.

Juliana disse: – Alemanha, Japão e Itália.

Ele ficou olhando para a cara dela, espantado.

– Você esqueceu da Itália. – Encarou-o com calma. Você também se esqueceu? perguntou-se. Como todo mundo? O pequeno império no Oriente Médio... a Nova Roma de comédia musical.

Então ela lhe serviu um prato de ovos com bacon, torradas com geleia e café. Ele comeu tudo na hora.

– O que é que vocês comiam no norte da África? – ela perguntou ao se sentar também.

Joe respondeu: – Burro morto.

– Que coisa horrível!

Com um sorriso que era mais uma careta, Joe disse: – Asino Morte. As latas de carne tinham as iniciais AM. Os alemães chamavam de Alter Mann. Homem Velho. – Voltou a comer com voracidade.

Eu gostaria de ler isso, Juliana pensou, estendendo a mão para apanhar o livro debaixo do braço de Joe. Será que ele vai ficar aqui tanto tempo assim? O livro estava engordurado e algumas páginas estavam rasgadas. Cheias de marcas de dedos. Lido por motoristas de caminhão em suas longas viagens, pensou ela. Nas lanchonetes vagabundas ao longo da estrada... aposto que você lê devagar, pensou. Aposto que você está lendo este livro há semanas, se não meses.

Abrindo o livro ao acaso, ela leu o seguinte:

... agora, em sua velhice, ele via a tranquilidade, um império que os antigos teriam ambicionado mas não compreendido, navios que iam da Crimeia a Madri, e todo o Império, todo com a mesma moeda, língua, bandeira. A grande e velha Union Jack desfraldada do nascer ao pôr do sol: a velha história do sol e da bandeira, enfim realizada.

– O único livro que eu carrego – disse Juliana –, não é exatamente um livro; é um oráculo, o *I Ching*. Frank me viciou nele, e eu o uso o tempo todo para tomar decisões. Ele jamais sai de perto de mim. Jamais. – Fechou o exemplar do *Gafanhoto*. – Quer dar uma olhada nele? Quer consultá-lo?

– Não – disse Joe.

Apoiando o queixo nos braços cruzados sobre a mesa e olhando-o de lado, ela perguntou: – Você se mudou para cá de vez?

E o que é que você quer? – Ela ainda pensava nos insultos, nas calúnias. Você me deixa petrificada, pensou, com seu ódio da vida. Mas... você tem alguma coisa. Você é igual a um bichinho, sem importância mas esperto. Estudando seu rosto escuro, estreito e inteligente, ela pensou: como é que eu pude imaginar que você fosse mais novo que eu? Mas até isso é verdade, sua infantilidade; você ainda é o irmão mais novo, que idolatra seus dois irmãos mais velhos, seu major Pardi e o general Rommel, sofrendo e suando para livrar-se dos soldados ingleses e atacá-los. Será que estrangularam mesmo seus irmãos com arame farpado? Ouvimos falar nisso, nas histórias das atrocidades, e vimos as fotos divulgadas após a guerra... Ela estremeceu. Mas os comandos ingleses foram julgados e punidos há muito tempo.

O rádio havia parado de tocar música; parecia estar começando um noticiário, uma transmissão de ondas curtas da Europa cheia de estática. A voz foi desaparecendo e se misturando à estática. Uma longa pausa, e nada. Silêncio. Então, o locutor de Denver, muito claro, muito próximo. Ela estendeu a mão para trocar de estação, mas Joe não deixou.

"... a notícia da morte do chanceler Bormann chocou a Alemanha, que ainda ontem havia recebido a garantia de que..."

Ela e Joe se levantaram de um pulo.

"... todas as estações do Reich cancelaram seus programas do dia e passaram a transmitir o hino do *Partei*, *Horst Wessel Lied*, pelo coro *Das Reich*, da Divisão SS. Mais tarde, em Dresden, onde o secretário executivo do *Partei* e os chefes da Sicherheitsdienst, a polícia de segurança nacional que substituiu a Gestapo após a..."

Joe aumentou o volume.

"... reorganização do governo incentivada pelo falecido Reichsführer Himmler, por Albert Speer e outros, foram decretadas duas semanas de luto oficial e muitas lojas e firmas já fecharam suas portas, conforme informado. Até agora, nenhuma palavra foi dita a respeito da tão aguardada reunião do Reichstag, o parlamento formal do Terceiro Reich, cuja aprovação é necessária..."

– Vai ser Heydrich – disse Joe.

– Eu queria que fosse aquele louro grandão, aquele Schirach – disse ela. – Cristo, então ele finalmente morreu. Você acha que Schirach tem alguma chance?

– Não – Joe disse bruscamente.

– Talvez aconteça uma guerra civil agora – comentou ela. – Mas aqueles sujeitos estão tão velhos, Göring e Goebbels... e todos aqueles sujeitos do Partido.

O rádio continuava: "... encontrado em seu refúgio nos Alpes perto de Brenner..."

Joe disse: – Esse deve ser o Gordo Hermann.

"... disse apenas que estava entristecido pela perda não só de um soldado, patriota e fiel Líder do *Partei*, mas também, como já havia dito muitas vezes, de um amigo pessoal, o qual, vamos nos lembrar, ele apoiou na disputa do poder logo após a guerra, quando, durante um certo tempo, parecia que elementos hostis à ascensão de Herr Bormann à autoridade suprema..."

Juliana desligou o rádio.

– Isso é tudo conversa fiada – disse ela. – Por que ficam usando palavras desse tipo? Ficam falando daqueles assassinos terríveis como se fossem iguais a nós.

– Eles são iguais a nós – disse Joe. Ele tornou a se sentar e recomeçou a comer. – Não há nada que eles tenham feito que nós não teríamos feito no lugar deles. Eles salvaram o mundo do comunismo. Estaríamos vivendo sob o domínio vermelho, agora, se não fosse a Alemanha. Seria bem pior para nós.

– Isso é só papo – disse Juliana. – Como no rádio. Papo-furado.

– Eu tenho vivido sob o domínio dos nazistas – disse Joe. – Eu sei bem como é. É papo-furado viver doze, treze anos... mais do que isso... quase quinze anos? Tenho carteira de trabalho da OT; trabalhei para a Organization Todt desde 1947, na África do Norte e nos EUA. Olhe só. – Quase a cutuca com o dedo. – Eu tenho o talento natural italiano para terraplenagem; a OT me deu uma alta qualificação, nada de cavar asfalto ou misturar cimento para as *autobahns*; eu ajudava no desenho dos projetos. Engenheiro. Um dia, o doutor Todt foi inspecionar o trabalho do nosso grupo. Disse para mim: "Você tem boas mãos". Foi um grande momento, Juliana. A dignidade do trabalho; não são só palavras. Antes dos nazistas, todo mundo desprezava o trabalho manual. Eu também. Aristocrático. A Frente de Trabalho colocou um ponto final nisso. Ali eu vi minhas próprias mãos, de verdade, pela primeira vez. – Falava tão rápido que seu sotaque começara a predominar; ela teve dificuldades para entendê-lo. – Nós todos vivíamos como irmãos lá na floresta, no norte de Nova York. Cantávamos. Marchávamos para o trabalho. O espírito da guerra, mas só para reconstruir, não para destruir. Foi a melhor época, a da reconstrução, depois da guerra: filas e mais filas de edifícios bonitos, limpos, duradouros, construídos quarteirão a quarteirão, em Nova York e Baltimore. Agora, claro, não há mais esse trabalho. Os grandes cartéis, como a Krupp und Sohnen, de Nova Jersey, dirigem tudo. Mas isso não é nazismo; isso é apenas o velho poder europeu. Pior, está ouvindo? Nazistas como Rommel e Todt são um milhão de vezes melhores do que industriais como Krupp e os banqueiros, aqueles prussianos todos; deviam todos ter sido levados para as câmaras de gás. Todos aqueles cavalheiros de colete.

Mas, pensou Juliana, os cavalheiros de colete chegaram para ficar. E seus ídolos, Rommel e o doutor Todt, vieram logo depois das hostilidades para limpar os escombros, construir as *autobahns*, pôr a indústria para funcionar. Até deixaram os judeus viverem, que feliz surpresa! Deram anistia para que os judeus pudessem cooperar. Pelo menos até 49... e aí, adeus Todt e Rommel, que se aposentaram.

E eu não sei?, pensou Juliana. Por acaso Frank não me contou tudo? Você não pode me ensinar nada a respeito da vida sob o regime nazista; meu marido era – é – judeu. Eu sei que o doutor Todt era o homem mais modesto e mais gentil da face da Terra; eu sei que ele só queria dar trabalho – trabalho honesto, decente – aos milhões de americanos desesperados, homens e mulheres, de olhos mortos, que reviravam as ruínas depois da guerra. Eu sei que ele queria planos de saúde, colônias de férias e casas adequadas para todos, independente de raça; era um construtor, não um pensador... e, na maioria das vezes, conseguiu criar o que queria – conseguiu mesmo. Mas...

Uma preocupação, bem no fundo de sua mente, agora vinha à tona com decisão. – Joe. Esse livro, esse *Gafanhoto*; ele não foi banido na Costa Leste?

Ele assentiu.

– Então como é que você está lendo? – Alguma coisa a preocupava. – Eles ainda não estão fuzilando quem lê...?

– Depende do seu grupo racial. Do que estiver escrito em sua braçadeira.

Isso era verdade. Os eslavos, os poloneses, os porto-riquenhos, eram os mais limitados quanto ao que podiam ler, fazer, ouvir. Os anglo-saxões tinham uma vida mais fácil; escola pública para os filhos, podiam frequentar bibliotecas, museus e concertos. Mas mesmo assim... O *Gafanhoto* não estava apenas classificado num índex; era proibido, e para todos.

Joe disse:

– Eu lia no banheiro. E escondia debaixo do travesseiro. Na verdade, eu li esse livro *justamente* porque era proibido.

– Você é muito corajoso – falou Juliana.

Duvidando, ele perguntou: – Você está sendo sarcástica?

– Não.

Ele relaxou um pouco. – Pra vocês aqui é fácil; vocês levam uma vida segura, sem objetivos, sem nada para fazer, sem nada com que se preocupar. Vivem fora do fluxo dos acontecimentos, vivem de sobras do passado, certo? – Seus olhos debochavam dela.

– Você vai acabar se matando de tanto cinismo – disse ela. – Você perdeu seus ídolos um a um e agora não tem o que amar. – Ela apontou-lhe o garfo; ele aceitou a crítica. Coma, pensou ela. Ou desista até mesmo dos processos biológicos. Enquanto comia, Joe olhou para o livro e disse: – Esse Abendsen mora por aqui, segundo a capa. Em Cheyenne. De um lugar tão seguro, deve ter uma boa perspectiva do mundo, você não acha? Leia o que está escrito aí; leia em voz alta.

Apanhando o livro, ela leu a contracapa. – É um veterano. Serviu no Corpo de Fuzileiros Navais dos EUA na Segunda Guerra Mundial e foi ferido na Inglaterra, por um tanque Tigre nazista. Sargento. Aqui diz que ele tem praticamente uma fortaleza na qual escreve, cercada de armas por todos os lados. – Pondo o livro de lado, ela disse: – E não diz aqui, mas ouvi falar que ele é uma espécie de paranoico; o lugar todo é cercado de arame farpado eletrificado e fica nas montanhas. Difícil chegar lá.

– Talvez ele esteja certo – disse Joe. – Viver assim, depois de escrever um livro desses. Os chefões alemães quase tiveram um troço quando leram.

– Ele já vivia assim antes; foi lá que ele escreveu o livro. O lugar se chama – olhou a capa do livro – Castelo Alto. Foi o apelido que lhe deu.

– Então não vão apanhá-lo – disse Joe, mastigando rapidamente. – Ele está de vigia. Esperto.

Ela disse: – Eu acho que ele tem muita coragem para escrever um livro desses. Se o Eixo tivesse perdido a guerra, a gente teria podido escrever e dizer tudo o que quisesse, como antigamente; seríamos um só país e teríamos um sistema legal justo, o mesmo para todos.

Para a surpresa dela, ele concordou com isso.

– Não entendo você – ela disse. – No que você acredita? O que você quer? Você defende esses monstros, esses anormais que chacinaram os judeus, e depois você... – Entrando em desespero, segurou-o pelas orelhas; ele piscou os olhos com surpresa e dor, enquanto ela se levantava e o puxava junto.

Os dois ficaram ali se encarando, ofegantes, sem conseguir falar.

– Deixe eu acabar de comer a comida que você fez para mim – Joe finalmente disse.

– Você não vai me dizer? Não vai me contar? Você sabe muito bem o que é; você entende muito bem e fica aí comendo, fingindo não saber do que eu estou falando. – Ela soltou suas orelhas; tinham sido tão torcidas que estavam de um vermelho vivo.

– Não era nada – disse Joe. – Não tem importância. Igual ao que você disse sobre o rádio. Você sabe como os camisas-pardas chamavam quem fica filosofando? *Eierkopf*. Cabeça de ovo. Porque seus cabeções vazios se quebram facilmente... nos conflitos de rua.

– Se você pensa isso de mim – disse Juliana –, por que não vai embora? Por que fica aqui?

O sorriso torto enigmático que ele lhe deu gelou sua espinha.

Gostaria de nunca tê-lo trazido para cá, pensou ela. Mas agora é tarde demais; sei que não vou conseguir me livrar dele – ele é forte demais.

Alguma coisa terrível está acontecendo, pensou. Vindo dele. E parece que estou ajudando.

– O que houve? – Estendendo a mão, ele lhe deu um soco brincalhão no queixo, afagou-lhe o pescoço, meteu os dedos embaixo de sua blusa e apertou seus ombros afetuosamente. – Quanto mau humor! Qual é o problema? Analiso você de graça.

– Vão chamar você de analista judeu – ela deu um sorriso sem graça. – Você quer acabar num forno?

– Você tem medo de homem. Certo?

– Não sei.

– Deu pra sentir isso ontem à noite. Só porque eu... – cortou a frase no meio. – Porque eu procurei satisfazer os seus desejos.

– Porque já foi para a cama com tantas mulheres – disse Juliana. – Era isso que você ia dizer.

– Mas eu sei que tenho razão. Escute; nunca vou magoar você, Juliana. Juro pela minha mãe. Serei especialmente atencioso, e se a minha experiência anterior te incomoda... isso vai acabar sendo bom para você. Você vai perder esse medo todo; eu posso fazer você relaxar e ficar mais experiente, e isso em pouco tempo. Você tem tido é azar, só isso.

Ela assentiu, mais animada. Mas ainda se sentia triste e fria, e ainda não sabia realmente por quê.

Para começar seu dia, o sr. Nobusuke Tagomi se permitiu um momento sozinho. Sentado em seu escritório, no edifício Nippon Times, meditava.

Antes de sair de casa para vir ao trabalho, recebera o relatório de Ito sobre o sr. Baynes. Não havia dúvida para o jovem estudante: o sr. Baynes não era sueco. O sr. Baynes era certamente alemão.

Mas a capacidade de Ito para lidar com os idiomas germânicos nunca impressionara nem as Missões Comerciais nem a Tokkoka, a polícia secreta japonesa. Era possível que o idiota não tivesse conseguido descobrir nada de interesse, pensou o sr. Tagomi. Um entusiasmo mal direcionado, combinado com doutrinas românticas. Detectar, mas sempre desconfiando.

Em todo caso, a reunião com o sr. Baynes e o velho senhor vindo do Japão logo teria início, na hora apropriada, qualquer que fosse a nacionalidade do sr. Baynes. E o sr. Tagomi gostara dele. Era essa, talvez, a qualidade básica de um homem de posição elevada – como ele próprio. Reconhecer um homem bom à primeira vista. Intuição quanto a pessoas. Cortar toda cerimônia e as coisas superficiais. Penetrar no íntimo.

O coração, aprisionado entre duas linhas yin de negra paixão. Estrangulado, às vezes, e contudo, mesmo assim, à luz do yang, a fagulha no centro. Gosto dele, disse o sr. Tagomi a si mesmo. Alemão ou sueco. Espero que a zaracaína tenha ajudado sua dor de cabeça. Preciso lembrar de perguntar assim que ele chegar.

O interfone em sua mesa tocou.

– Não – disse bruscamente para o aparelho. – Nada de discussão. Este é o momento da Verdade Interior. Da introversão.

Do pequeno alto-falante, saiu a voz do sr. Ramsey: – Senhor, acaba de chegar uma notícia do serviço de imprensa lá embaixo. O chanceler do Reich morreu. Martin Bormann. – A voz de Ramsey sumiu. Silêncio.

O sr. Tagomi pensou: cancele todos os compromissos de hoje. Levantou-se da mesa e começou a andar para cima e para baixo rapidamente, apertando as mãos uma contra a outra. Vamos ver. Enviar imediatamente um ofício formal para o cônsul do Reich. Tarefa secundária; um funcionário pode providenciar. Sinceras condolências etc. Todo o Japão se une ao povo alemão nesta triste hora. E depois? Ficar em estado receptivo vital. Estar em posição de receber informações de Tóquio instantaneamente.

Apertando o botão do interfone, disse: – Sr. Ramsey, verifique a comunicação para Tóquio. Avise as telefonistas; fiquem alerta. Não podemos perder contato.

– Sim, senhor – disse o sr. Ramsey.

– Estarei em minha sala de agora em diante. Corte todos os assuntos de rotina. Dispense qualquer ligação relacionada a assuntos costumeiros.

– Senhor?

– Minhas mãos precisam estar livres caso seja necessária alguma ação súbita.

– Sim, senhor.

Meia hora depois, às nove, chegou uma mensagem do mais alto funcionário do governo imperial na Costa Oeste, o embaixador japonês dos Estados Americanos do Pacífico, o honorável barão L. B. Kaelemakule. O Ministério do Exterior convocou uma sessão extraordinária no prédio da embaixada na Rua Sutter, e cada Missão Comercial deveria enviar um funcionário de posição elevada. No caso em questão, isso queria dizer o próprio sr. Tagomi.

Não havia tempo para trocar de roupa. O sr. Tagomi dirigiu-se apressado para o elevador expresso, desceu ao térreo e, um minuto mais tarde, estava a caminho no Cadillac 1940 da Missão, guiado por um experiente motorista chinês uniformizado.

No prédio da embaixada encontrou carros de outros dignitários estacionados ao redor, doze no total. Pessoas de cargos elevados, algumas das quais ele conhecia, outras que lhe eram totalmente estranhas, podiam ser vistas subindo a ampla escadaria da embaixada e entrando no prédio. O motorista do sr. Tagomi abriu a porta e ele desceu depressa, agarrado à pasta de documentos; ela estava vazia, porque ele não tinha papéis para trazer – mas era essencial evitar a aparência de mero espectador. Subiu as escadas como se fosse desempenhar um papel de importância vital no rumo dos acontecimentos, embora, na verdade, não soubesse nem o assunto que seria tratado na reunião.

Pequenos grupos haviam se formado; conversavam em voz baixa no saguão. O sr. Tagomi se juntou a alguns indivíduos que conhecia, balançando a cabeça afirmativamente e assumindo – assim como eles – um ar solene.

Um funcionário da embaixada logo apareceu e os encaminhou para um grande salão. Ali, cadeiras do tipo dobrável, já abertas e posicionadas. Todos entraram em fila e se sentaram em silêncio, a não ser por uma tosse ou um rumor de pés ocasional. As conversas se encerraram.

Na frente, um senhor com uma resma de papéis na mão se encaminhou para uma mesa ligeiramente elevada. Calças listradas: o representante do Ministério do Exterior.

Algumas pessoas ficaram agitadas. Outras começaram a cochichar, cabeças baixas e quase coladas.

– Senhores – disse o representante do Ministério em voz alta e autoritária. Todos os olhares se voltaram para ele. – Como sabem, a morte do *Reichskanzler* foi confirmada. Por uma declaração oficial de Berlim. Esta reunião, que não levará muito tempo (os senhores logo poderão voltar aos seus escritórios), tem o objetivo de informá-los de nossa avaliação das diversas facções em conflito na vida política alemã que, acreditamos, agora avançarão e entrarão numa disputa pelo lugar deixado vazio por Herr Bormann.

— Em primeiro lugar, os notáveis. O mais importante de todos, Hermann Göring. Acompanhem, por gentileza, uma recapitulação de detalhes com os quais já estão familiarizados.

— O Gordo, como é chamado, devido à sua corpulência, que foi um corajoso ás da aviação na Primeira Guerra Mundial, fundou a Gestapo e ocupou posto de grande importância e poder no governo prussiano. Um dos mais implacáveis entre os primeiros nazistas, mas excessos sibaríticos deram origem a uma aparência enganosa de amável bebedor de bons vinhos, aparência essa que nosso governo insiste que seja rejeitada. Esse homem, embora supostamente de saúde fraca, até mesmo mórbido quanto a seus apetites, assemelha-se mais aos autoindulgentes césares da Roma antiga, cujo poder crescia em vez de diminuir com o avançar da idade. O retrato sinistro que pintam desse personagem de toga com seus leões de estimação, proprietário de imenso castelo repleto de troféus e objetos de arte, é sem dúvida exato. Trens carregados de objetos roubados chegaram às suas propriedades particulares durante a guerra, com precedência sobre as necessidades militares. Nossa avaliação: esse homem ambiciona um enorme poder, e é capaz de obtê-lo. O mais autoindulgente de todos os nazistas, ele oferece um forte contraste com o falecido H. Himmler, que levava uma vida modesta com um salário mínimo. Herr Göring é o símbolo da mentalidade corrompida, usando o poder como meio de adquirir fortuna pessoal. Tem uma mentalidade primitiva, até vulgar, mas é um homem inteligente, possivelmente o mais inteligente de todos os chefes nazistas. Seu objetivo: autoglorificação, à moda dos antigos imperadores.

— Em seguida: Herr J. Goebbels. Teve poliomielite na infância. Origem católica. Orador brilhante, escritor, mentalidade flexível e fanática, humor refinado, muito educado, cosmopolita. Muito galante com as senhoras. Elegante. Culto. Altamente capaz. Grande capacidade de trabalho; necessidade compulsiva de mandar. Dizem que nunca descansa. Personagem muito respeitado. Pode ser encantador, mas tem rasgos de violência inigualados por outros nazistas. Orientação ideológica sugerindo ponto de vista medieval jesuítico exacerbado por um niilismo germânico pós-romântico. Considerado o único intelectual autêntico do *Partei*. Quando moço, ambicionava ser dramaturgo. Poucos amigos. Seus subordinados não lhe votam estima, porém é o produto bem-acabado de muitos dos melhores elementos da cultura europeia. Por trás de sua ambição não se deve ver vaidade, mas desejo do poder pelo poder. Espírito de organização no sentido prussiano clássico.

– Herr R. Heydrich.

O representante do Ministério parou, olhou ao redor e continuou.

– Muito mais moço do que os supracitados, participou da Revolução de 1932. Fez carreira na elite da SS subordinada a H. Himmler; pode ter desempenhado algum papel na morte ainda não totalmente explicada de Himmler em 1948. Oficialmente, eliminou seus rivais dentro do aparelho policial, como A. Eichmann, W. Schellenberg e outros. Dizem ser um homem temido por muitos membros do *Partei*. Responsável pelo controle de elementos da Wehrmacht após o fim das hostilidades, na famosa disputa entre a polícia e o exército, que levou à reorganização do aparelho governamental, da qual o NSDAP emergiu vitorioso. Apoiou M. Bormann até o fim. Produto de um treinamento de elite e, contudo, anterior ao chamado sistema de Castelo da SS. Dizem que é despido de mentalidade afetiva no sentido tradicional. Enigmático em termos de motivações. Talvez possamos dizer que tem uma visão da sociedade que considera a luta entre os homens uma série de jogos; tem um peculiar distanciamento quase científico encontrado também em certos círculos tecnológicos. Não se interessa por discussões ideológicas. Em suma: pode ser chamado de moderno quanto à mentalidade; do gênero posterior ao século das luzes, que dispensa as chamadas ilusões necessárias, como a crença em Deus etc. Não fora o significado desta mentalidade dita realista decifrado pelos cientistas sociais em Tóquio, este homem deveria ser considerado uma interrogação. Contudo, deve-se notar uma semelhança com a deterioração da afetividade em pacientes que sofrem de esquizofrenia patológica.

O sr. Tagomi começou a passar mal.

– Baldur von Schirach. Ex-líder da Juventude Hitlerista. Tido como idealista. De aparência pessoal atraente, não chega a ser considerado altamente experiente e competente. Acredita fielmente nas metas do *Partei*. Responsabilizou-se pela drenagem do Mediterrâneo e pela distribuição de vastas extensões agrícolas. Também suavizou a política violenta de extermínio racial em terras eslavas no início dos anos 1950. Dirigiu-se diretamente ao povo alemão para que fosse permitido aos remanescentes eslavos viver em reservas fechadas na Europa Central. Tentou exigir a abolição de certas formas de eutanásia e experiências médicas, mas não teve sucesso.

– Doutor Seyss-Inquart. Antigo nazista austríaco, agora encarregado das áreas coloniais do Reich, responsável pela política colonial. Talvez o homem mais odiado no território do Reich. Teria instigado a maioria, se não todas, das medidas de repressão contra os povos conquistados. Trabalhou com Rosenberg no sentido de obter vitórias ideológicas alarmantemente grandiosas, como uma tentativa de esterilizar a população russa sobrevivente, após o encerramento das hostilidades. Não há provas concretas, mas é considerado um dos responsáveis pelo holocausto do continente africano, criando, assim, condições de genocídio da população negra. Talvez o mais próximo, quanto ao temperamento, do primeiro Führer, A. Hitler.

O representante do Ministério cessou sua seca e lenta recitação.

O sr. Tagomi pensou: acho que estou enlouquecendo.

Preciso sair daqui; vou ter um ataque. Meu corpo está vomitando coisas ou expulsando-as para fora: estou morrendo. Levantou-se desajeitado, empurrando cadeiras e pessoas para sair. Não conseguia enxergar direito. Precisava chegar ao lavatório. Correu pela passagem lateral.

Várias cabeças se voltaram. Ele foi visto. Humilhação. Passando mal numa reunião importante. Iria perder posição. Continuou correndo, atravessando a porta aberta por um funcionário da embaixada.

Imediatamente o pânico cessou. Sua visão voltou; já conseguia distinguir os objetos. O chão e as paredes se estabilizaram.

Ataque de vertigem. Disfunção do ouvido interno, sem dúvida. Pensou: é o diencéfalo, tronco cerebral ancestral, atuando.

Um esgotamento orgânico momentâneo.

Pensar em caminhos que traduzam segurança. Lembrar a ordem do mundo. A que recorrer? Religião? Pensou: "Dance uma gaivota bem devagar. Junte os pés, junte os pés, isso, você está indo bem demais. É precisamente assim que se faz"*. Pequena forma de mundo reconhecível, Gondoliers. Gilbert e Sullivan. Fechou os olhos, imaginando a companhia D'Oyly Carte como a tinha visto em sua turnê depois da guerra. O mundo finito, finito...

Um funcionário da embaixada, ao seu lado, dizendo: – Senhor, posso ajudá-lo em algo?

O sr. Tagomi se curvou: – Já estou bem.

O rosto do outro, calmo, delicado. Nenhum ar de desprezo. Estarão todos rindo de mim?, pensou o sr. Tagomi. Bem lá no fundo?

O mal existe! E é palpável como concreto.

Não posso acreditar. Não posso suportar. O mal não é um ponto de vista. Perambulou pelo vestíbulo, ouvindo o trânsito da Rua Sutter e o porta-voz do Ministério dirigindo-se ao auditório. Nossa religião está toda errada. O que vou fazer?, perguntou a si mesmo. Foi até a porta principal da embaixada; um funcionário abriu-a e o sr. Tagomi desceu as escadas até o caminho. Os carros. Seu carro. Motoristas esperando.

---

* Tradução aproximada de *Now a gavotte perform sedately. Capital both, capital both, you´ve caught it nicely. This is the style of thing precisely*. [N. do T.]

É algum ingrediente em nós. No mundo. Derramado sobre nós, sendo absorvido pelos nossos corpos, nossas mentes, corações, pelo próprio chão.

Por quê?

Somos toupeiras cegas. Rastejando pelo chão, farejando com nossos focinhos. Não sabemos nada. Percebi isso... e agora não sei para onde ir. Só gritar desesperadamente de medo. Fugir.

Patético.

Eles riem de mim, pensou, vendo que os motoristas o observavam enquanto se dirigia ao seu carro. Esqueci minha pasta. Deixei-a lá, ao lado da cadeira. Todos os olhos estavam postos nele quando fez sinal ao seu motorista. Aberta a porta; entrou ligeiro no carro.

Leve-me para o hospital, pensou. Não, de volta ao escritório. – Edifício Nippon Times – disse em voz alta. – Vá devagar. – Olhou a cidade, os carros, as lojas, os edifícios altos, agora muito modernos. Gente. Todos esses homens, essas mulheres, cada um cuidando da sua vida.

Quando chegou ao escritório, instruiu o sr. Ramsey para que entrasse em contato com uma das outras missões comerciais, a Missão de Minérios Não-Ferrosos, e pedisse que seu representante à reunião na embaixada se comunicasse com ele logo que chegasse.

Pouco depois do meio-dia, recebeu a ligação.

– Talvez tenha notado meu mal-estar na reunião – o sr. Tagomi falou ao telefone. – Sem dúvida, ela chamou a atenção de todos, sobretudo minha partida precipitada.

– Não reparei nada – disse o homem dos Não-Ferrosos. – Mas, depois da reunião, quando não o vi, fiquei pensando o que teria acontecido.

– O senhor é muito diplomático – disse o sr. Tagomi, abatido.

– De maneira alguma. Estou certo de que estavam todos ocupados demais em ouvir a leitura para reparar em qualquer outra coisa. Quanto ao que se passou depois que o senhor partiu... O senhor chegou a ouvir o relatório sobre os aspirantes ao poder? Foi o princípio.

– Ouvi até a história do doutor Seyss-Inquart.
– Depois disso, o orador analisou a situação econômica deles. Nosso governo acha que o plano da Alemanha de reduzir as populações da Europa e norte da Ásia à condição de escravos, além de assassinar todos os intelectuais, elementos burgueses, juventude patriótica, e não sei o que mais, é uma catástrofe econômica. A única coisa que os salvou foram as incríveis realizações tecnológicas da ciência e indústria alemãs. Armas milagrosas, por assim dizer.

– Sim – disse o sr. Tagomi. Sentado à sua mesa, segurando o telefone com uma das mãos, serviu-se uma xícara de chá quente. – Como suas armas milagrosas V-1 e V-2 e seus caças a jato na guerra.

– É coisa de prestidigitador – disse o homem dos Não-Ferrosos. – É principalmente o uso que fazem da energia atômica que tem segurado as coisas. E a diversão proporcionada por suas viagens circenses de foguete a Marte e Vênus. Ele ressaltou que, apesar do impacto emocional, essas viagens não foram de nenhum real valor econômico.

– Mas são dramáticas – disse o sr. Tagomi.

– O prognóstico dele foi sombrio. Ele crê que a maioria dos nazistas em cargos elevados está se recusando a enfrentar os fatos à luz da situação econômica. Assim sendo, aceleram a tendência a aventuras cada vez maiores, e levando a uma menor previsibilidade e menor estabilidade em geral. O ciclo de entusiasmo delirante, depois o medo, depois as soluções mais desesperadas, propostas pelo *Partei*. Bem, o que ele queria dizer era que isto tudo tende a levar ao poder os aspirantes menos responsáveis e mais extravagantes.

O sr. Tagomi concordou.

– Por isso somos levados a supor que será feita a pior escolha, em lugar da melhor. Os elementos moderados e responsáveis serão derrotados no atual choque.

– Quem ele considera o pior? – perguntou o sr. Tagomi.

– R. Heydrich, o doutor Seyss-Inquart, H. Göring. Na opinião do Governo Imperial.

– E o melhor?

– Possivelmente B. von Schirach e o doutor Goebbels. Mas ele não foi muito explícito quanto a isso.

– Algo mais?

– Disse que precisamos ter fé no Imperador e no Gabinete, neste momento mais do que nunca. E que podemos confiar no Palácio.

– Houve um momento de silêncio respeitoso?

– Sim.

O sr. Tagomi agradeceu ao homem dos Minérios Não-Ferrosos e desligou.

Enquanto tomava seu chá, o interfone tocou. Era a voz da srta. Ephreikian: – O senhor queria enviar uma mensagem ao cônsul alemão. – Pausa. – Gostaria de ditá-la agora?

É mesmo, o sr. Tagomi pensou, já tinha esquecido. – Venha ao meu escritório – ele respondeu.

Ela entrou logo, com um sorriso esperançoso nos lábios. – O senhor está se sentindo melhor?

– Sim. Uma injeção de vitaminas ajudou. – Ele refletiu por um momento. – Lembre-me: qual o nome do cônsul alemão?

– Está aqui, senhor. Freiherr Hugo Reiss.

– Mein Herr – o sr. Tagomi começou. – Recebemos a notícia chocante do falecimento de seu líder Herr Martin Bormann. Meus olhos estão cheios de lágrimas ao escrever estas palavras. Quando recordo as corajosas ações de Herr Bormann pela salvação do povo alemão de seus inimigos internos e externos, bem como as medidas de admirável severidade aplicadas aos derrotistas e traidores que quiseram trair a visão cósmica da humanidade, a visão do cosmos no qual as louras raças nórdicas, com seus olhos azuis, após séculos mergulharam...

Parou. Não havia como terminar. A srta. Ephreikian desligou o gravador, esperando.

– Estes são grandes tempos – disse ele.

– Devo gravar isso, senhor? É essa a mensagem? – Sem saber o que fazer, ela ligou a máquina.

– Eu estava falando com você – disse o sr. Tagomi. Ela sorriu.

– Vamos ouvir o que gravei até agora – disse o sr. Tagomi.

A fita começou a rodar. Ouviu sua voz, aguda como o som de um inseto, saindo pelo alto-falante de duas polegadas. "... de Herr Bormann pela salvação..." Ouviu sua voz de inseto discorrendo. Reações do córtex, ele pensou.

– Achei a conclusão – disse, quando a fita parou de rodar. – Determinação de se elevar e se sacrificar para obter um lugar na história, do qual nenhum ser vivo poderá arrebatá-lo, aconteça o que acontecer. – Fez uma pausa. – Somos todos insetos – ele disse para a srta. Ephreikian. – Tateando às cegas na direção de algo terrível ou divino. Concorda? – Ele se curvou. A srta. Ephreikian, sentada ao lado do gravador, também se curvou ligeiramente.

– Envie isso – disse-lhe. – Assine etc. Aprimore as frases, se quiser, para que façam algum sentido. – Quando ela foi saindo do escritório, ele acrescentou: – Ou para que não façam nenhum sentido. Como preferir.

Abrindo a porta do escritório, ela olhou para ele com curiosidade.

Quando ela saiu, ele começou a examinar os assuntos rotineiros do dia. Mas, quase imediatamente, a voz do sr. Ramsey se fez ouvir ao interfone. – Senhor, o sr. Baynes está no telefone.

Ótimo, pensou o sr. Tagomi. Agora podemos começar a discussão importante. – Pode transferir a ligação – ele disse, pegando o fone.

– Sr. Tagomi – era a voz do sr. Baynes.

– Boa tarde. Devido à notícia da morte do chanceler Bormann, precisei me retirar inesperadamente esta manhã. Entretanto...

– O sr. Yatabe entrou em contato com o senhor?

– Ainda não.

– O senhor mandou que seus funcionários fiquem de sobreaviso? – perguntou o sr. Baynes. O som de sua voz estava agitado.

– Sim – o sr. Tagomi respondeu. – Ele será convidado a entrar assim que chegar. – Fez uma anotação mental para avisar o sr. Ramsey; ainda não tivera tempo para isso. Então não vamos começar as discussões até o velho aparecer? Sentiu-se desanimado. – Senhor – ele prosseguiu –, estou ansioso por começar. Pode nos apresentar seus moldes injetáveis? Embora tenha havido uma confusão hoje...

– Houve uma mudança de planos – disse o sr. Baynes. – Vamos esperar o sr. Yatabe. Tem certeza *absoluta* de que ele não chegou? Quero que prometa que irá me avisar assim que ele chegar aí. Por favor, esforce-se, sr. Tagomi.

A voz do sr. Baynes parecia forçada, nervosa.

– Dou-lhe a minha palavra. – Agora ele também se sentia agitado. A morte de Bormann; ela havia provocado isso. – Enquanto esperamos – ele disse rapidamente –, eu teria prazer em convidá-lo para almoçar. Até esta hora ainda não pude almoçar. – De improviso, continuou: – Embora tenhamos de esperar quanto aos detalhes, talvez pudéssemos conversar sobre a situação mundial, em particular...

– Não – disse o sr. Baynes.

Não?, pensou o sr. Tagomi. – Senhor – disse ele –, não me sinto bem hoje. Passei por um incidente lamentável; esperava poder contá-lo ao senhor.

– Sinto muito – disse o sr. Baynes. – Ligarei para o senhor mais tarde. – O telefone ficou mudo. Desligara abruptamente.

Eu o ofendi, pensou o sr. Tagomi. Ele deve ter percebido, corretamente, que esqueci de informar os funcionários da chegada do velho senhor. Mas não é grave; apertou o botão do interfone e disse: – Sr. Ramsey, venha à minha sala, por favor. – Posso corrigir isso imediatamente. Mas é mais do que isso, pensou. A morte de Bormann o abalou.

Uma coisa sem gravidade e, no entanto, indicativa de minha atitude tola e fraca. O sr. Tagomi se sentiu culpado. Não é um bom dia, pensou. Devia ter consultado o oráculo para descobrir que momento é este. Afastei-me do Tao; isto é óbvio.

Qual dos sessenta e quatro hexagramas, ele se perguntou, está me influenciando? Abrindo a gaveta da escrivaninha, retirou o *I Ching* e colocou os dois volumes sobre a mesa. Tanto para perguntar aos sábios. Tantas perguntas dentro de mim que mal posso articular...

Quando o sr. Ramsey entrou, ele já havia obtido o hexagrama.
– Veja, sr. Ramsey. – Mostrou-lhe o livro.

Era o hexagrama Quarenta e Sete. Opressão (A Exaustão).

– Costuma ser um mau presságio – disse o sr. Ramsey. – Qual foi a pergunta, senhor? Se é que não o ofendo ao perguntar.

– Indaguei quanto ao Momento – respondeu o sr. Tagomi. – O Momento para todos nós. Nenhuma linha em movimento. Um hexagrama estático.

Fechou o livro.

Às três da tarde, Frank Frink, ainda aguardando com seu sócio a decisão de Wyndam-Matson sobre o dinheiro, decidiu consultar o oráculo. Qual será o resultado dessa situação?, ele perguntou e jogou as moedas.

O hexagrama era o Quarenta e Sete. Obteve uma linha móvel. Nove na quinta posição.

Cortam seu nariz e seus pés.
A opressão vem de alguém com joelheiras púrpuras.
Lentamente chega a alegria.
É favorável oferecer sacrifícios e dádivas.

Por um longo tempo – pelo menos meia hora – ele estudou a linha e o material ligado a ela, tentando entender o que tudo aquilo significava. O hexagrama, e especialmente a linha móvel, o perturbava. Finalmente concluiu, com relutância, que o dinheiro não sairia.

– Você confia demais nesse negócio – disse Ed McCarthy.

Às quatro horas, um mensageiro da W-M Corporation apareceu e entregou a Frink e McCarthy um envelope. Ao abri-lo, encontraram um cheque visado de dois mil dólares.

– Então você estava errado – disse McCarthy.

Então, pensou Frank, o oráculo deve estar se referindo a alguma consequência futura disto. É esse o problema; mais tarde, quando tiver acontecido, pode-se olhar para trás e ver exatamente o que ele significava. Mas agora...

– Podemos começar a montar a oficina – disse McCarthy.

– Agora? Hoje? – sentia-se cansado.

– Por que não? Já fizemos os pedidos. É só colocar as cartas no correio. Quanto mais cedo, melhor. E o que conseguirmos nas redondezas poderemos buscar pessoalmente.

Vestindo o paletó, Ed dirigiu-se à porta do quarto de Frink.

Eles haviam convencido o proprietário a alugar-lhes o porão do prédio. No momento, servia de depósito. Logo que tirassem os caixotes, podiam construir a bancada de trabalho, colocar a fiação elétrica, as lâmpadas, começar a montar seus motores e correias. Já tinham esboçado os desenhos, as especificações, as listas de peças. Portanto, na verdade, eles já haviam começado.

Já estamos em funcionamento, percebeu Frank Frink. Já tinham até achado um nome:

EDFRANK JOIAS PERSONALIZADAS

– Para mim, o máximo que podemos fazer hoje – disse ele – é comprar a madeira para a bancada, e talvez algum material elétrico. Mas nada de material para as joias.

Foram, então, a uma madeireira ao sul de San Francisco. Uma hora depois estavam com a madeira.

– O que é que está incomodando você? – perguntou Ed McCarthy na entrada de um atacadista de ferragens.

– O dinheiro. Isso me deprime. Financiar as coisas desta maneira.

– O velho W-M compreende – disse McCarthy.

Eu sei, pensou Frink. É justamente isso que me deprime. Entramos no mundo dele. Somos iguais a ele. Isso é um pensamento agradável, por acaso?

– Não olhe para trás – disse McCarthy. – Olhe para a frente. Para o negócio.

Eu estou olhando para a frente, pensou Frink. Pensou no hexagrama. Que sacrifícios e dádivas posso fazer? E... para quem?

7

O belo casal de jovens japoneses que visitara a loja de Robert Childan, os Kasoura, telefonou para ele no final da semana, convidando-o a ir jantar no seu apartamento. Ele estava mesmo esperando que entrassem em contato, e ficou encantado.

Fechou a American Artistic Handcrafts Inc. um pouco mais cedo e tomou um bicitáxi para ir ao bairro elegante onde os Kasoura moravam. Conhecia bem a região, embora ali não morasse nenhum branco. Enquanto o bicitáxi rodava pelas lindas ruas com seus gramados e salgueiros, Childan observou os modernos prédios de apartamentos, admirando a beleza da sua arquitetura. Os balcões de ferro forjado, as imensas e, contudo, modernas colunas, os tons pastel, o emprego de texturas diversas... Todo o conjunto compunha uma obra de arte. Lembrava-se de quando tudo aquilo não passava de escombros da guerra.

As criancinhas japonesas brincando nas calçadas olharam-no sem nada dizer, voltando logo ao seu futebol ou beisebol. Mas os adultos não, pensou; os jovens japoneses bem vestidos, estacionando seus carros na entrada dos edifícios, o olharam com vivo interesse. Será que ele mora aqui? perguntavam-se talvez. Jovens homens de negócios japoneses voltando de seus escritórios para casa... Até mesmo os chefes das Missões Comerciais moravam ali. Reparou nos Cadillacs estacionados. À medida que o bicitáxi se aproximava do endereço, ele foi ficando cada vez mais nervoso.

Pouco depois, subindo as escadas do apartamento dos Kasoura, pensou: Aqui estou, não a negócios, mas convidado para jantar. Naturalmente tomara o maior cuidado ao se vestir; ao menos não precisava se preocupar com sua aparência. Minha aparência, pensou. Sim, é isto. O que aparento ser? Não há como enganar ninguém; meu lugar não é aqui. Nesta terra que os homens brancos desbravaram e na qual construíram uma de suas melhores cidades. Sou um estrangeiro em meu próprio país.

Chegou à porta indicada no saguão atapetado e tocou a campainha. Logo a porta se abriu. Lá estava a jovem sra. Kasoura, de quimono de seda e obi, com os longos e brilhantes cabelos negros caindo pelas costas e com um sorriso de boas-vindas nos lábios. Atrás dela, na sala, seu marido, com um drinque na mão, acenando com a cabeça.

– Sr. Childan. Entre.

Curvando-se, ele entrou.

Interior de enorme bom gosto. E... tão ascético. Poucas peças. Uma luminária aqui, mesa, estante, uma gravura na parede. O incrível sentido japonês de *wabi*. Não havia como pensar esse conceito em inglês. A habilidade de encontrar em objetos simples uma beleza muito além do elaborado ou do enfeitado. Algo a ver com o arranjo das peças.

– Um drinque? – perguntou sr. Kasoura. – Uísque com soda?

– Sr. Kasoura... – começou.

– Paul – disse o jovem japonês. Depois, indicando a esposa: – Betty. E o senhor...

Sr. Childan murmurou:

– Robert.

Sentados no tapete macio, com seus drinques, ouviram uma gravação de koto, a harpa japonesa de treze cordas. Novo lançamento da HMV japonesa, muito popular. Childan notou que todas as partes do fonógrafo estavam escondidas, até o alto-falante. Ele não sabia dizer de onde vinha o som.

– Não conhecendo seus gostos quanto à comida – disse Betty –, preferimos não arriscar. No forno elétrico da cozinha está sendo preparado um *T-bone steak*. Para acompanhar, batata assada com molho de creme azedo e cebolinha. O provérbio diz: ninguém erra servindo carne a um novo convidado.

– Fico muito feliz – disse Childan. – Gosto muito de *steak*. – E era a mais pura verdade. Ele raramente comia carne. Os matadouros do Meio-Oeste mandavam pouca carne para a Costa Oeste. Não se lembrava da última vez em que comera um bom *steak*.

Estava na hora de entregar seu presente de convidado.

Retirou do bolso do casaco um pequeno embrulho em papel de seda. Colocou-o discretamente na mesinha. Ambos imediatamente repararam, forçando-o a dizer:

– Um presentinho para vocês. Para demonstrar muito modestamente o bem-estar e a alegria que sinto de estar aqui.

Desembrulhou o pacote, mostrando o presente. Era um pedaço de marfim esculpido havia um século pelos baleeiros da Nova Inglaterra. Um minúsculo objeto artístico ornamentado, chamado *scrimshaw*. Seus rostos iluminaram-se; reconheceram o *scrimshaw* feito pelos marinheiros nas horas de folga. Nada poderia ter resumido melhor a velha cultura americana.

Silêncio.

– Obrigado – disse Paul.

Robert Childan se curvou.

Então, sentiu paz por um momento em seu coração. Esta oferta, esta – como diria o *I Ching* – dádiva. Cumprira sua obrigação. Parte da ansiedade e opressão que ultimamente o vinham sufocando começou a se dissipar.

Ele recebera uma indenização de Ray Calvin pelo Colt 44, com uma série de garantias por escrito de que aquilo não tornaria a acontecer. E, no entanto, isso não o aliviara. Só naquele instante, numa situação não relacionada ao outro fato, perdera por um momento a impressão de que as coisas estavam num processo de desequilíbrio constante. O *wabi* em torno dele, as vibrações harmoniosas... sim, é isso, pensou. A proporção. O equilíbrio. Estão tão próximos do Tao, estes dois japoneses. Foi por isso que reagi imediatamente ao vê-los. Senti o Tao através deles. Pude ver um vislumbre dele.

Como seria, perguntou-se, conhecer realmente o Tao? *O Tao é aquilo que primeiro deixa passar a claridade e depois, a escuridão.* É aquilo que leva à interpenetração de duas forças primitivas, de modo que há sempre renovação. É aquilo que impede que tudo se desgaste. O universo nunca se extinguirá porque, no momento exato em que a escuridão parece ter sufocado tudo, para ser realmente transcendental, as novas sementes de luz renascem das próprias profundezas. Este é o Caminho. Quando a semente cai, penetra na terra, no solo. E lá embaixo, escondida, germina.

– Um hors-d'oeuvre – disse Betty. – Ajoelhou-se e lhe ofereceu uma bandeja com bolachinhas de queijo etc. Ele pegou duas, agradecido.

– Os acontecimentos internacionais estão muito em evidência por esses dias – disse Paul, saboreando seu drinque. – Ao voltar para casa, hoje à noite, ouvi a transmissão direta do grande Funeral Oficial em Munique, com a participação de cinquenta mil pessoas, bandeiras e tudo o mais. Muita gente cantando "Ich hatte einen Kamerad". O corpo está agora exposto para receber as homenagens dos fiéis.

– Sim, foram terríveis as notícias inesperadas do início da semana – disse Robert Childan.

– O *Nippon Times* de hoje diz que fontes seguras afirmam que Von Schirach está em prisão domiciliar – disse Betty. – Ordens da SD.

– Isso é ruim – disse Paul, balançando a cabeça.

– É claro que as autoridades querem manter a ordem – disse Childan. – Von Schirach é conhecido como impetuoso, dado a atos irrefletidos. Como R. Hess, no passado. Lembre do insensato voo para a Inglaterra.

– O que mais dizia o *Nippon Times*? – perguntou Paul à mulher.
– Muita confusão e intriga. Deslocamento de unidades do exército de um lado para o outro. Licenças militares canceladas. Postos de fronteira fechados. O Reichstag em sessão. Todo mundo discursando.
– Isso me lembra um excelente discurso do doutor Goebbels – disse Robert Childan. – No rádio, há um ano ou mais. Violento e mordaz. Tinha a plateia na palma da mão, como de costume. Jogou com todo um leque de emoções. Sem dúvida: com o primeiro de todos, Adolf Hitler, fora do páreo, o doutor Goebbels é o melhor orador nazista.
– É verdade – concordaram Paul e Betty, balançando as cabeças.
– O doutor Goebbels também tem excelentes filhos e esposa – continuou Childan. – Pessoas da melhor qualidade.
– É verdade – reconheceram Paul e Betty. – Um pai de família, em contraste com outros mandachuvas de lá – disse Paul –, que têm costumes sexuais duvidosos.
– Não gosto de dar ouvidos a boatos – disse Childan. – Refere-se a casos como o de Roehm? História antiga. Há muito esquecida.
– Eu estava pensando principalmente em Göring – disse Paul, tomando seu drinque devagar e examinando atentamente a bebida. – Orgias romanas com toda espécie de fantasias. Provoca arrepios só de ouvir falar.
– Mentiras – disse Childan.
– Bom, o assunto não vale a pena ser discutido – disse Betty, diplomaticamente, lançando um olhar aos dois.
Haviam esvaziado os copos e ela levantou-se para tornar a enchê-los.
– As discussões políticas acabam sempre acaloradas – disse Paul. – Sempre. O essencial é não perder a cabeça.
– Sim – concordou Childan. – Calma e ordem. Assim as coisas voltam à sua estabilidade habitual.
– Na sociedade totalitária, o período logo após a morte do líder torna-se crítico – disse Paul. – A falta de tradição, associada a insti-

tuições de classe média... – Interrompeu-se. – Melhor, talvez, deixar a política de lado – sorriu. – Como nos velhos tempos de estudante.

Robert Childan sentiu o rosto corar e se inclinou sobre o copo para fugir aos olhos do anfitrião. Que início terrível. Discutira política de maneira tola e em voz alta; fora descortês ao discordar e só o tato do seu anfitrião salvara a noite. Como tenho coisas a aprender, pensou Childan. Eles são tão amáveis e delicados. E eu... o bárbaro branco. É verdade.

Por alguns minutos contentou-se em saborear seu drinque, mantendo no rosto uma expressão artificial de prazer. Devo segui-los em tudo, disse a si próprio. Concordar sempre.

Mas, em pânico, pensou: minhas ideias estão embaralhadas pela bebida. Pelo cansaço e nervosismo. Conseguirei? Na certa, nunca mais me convidarão; já é tarde demais. Sentiu-se desesperado.

Depois de voltar da cozinha, Betty tornara a se sentar no tapete. Como ela é atraente, pensou de novo Robert Childan. O corpo esbelto. Seus corpos são tão superiores; nenhuma gordura, nenhuma protuberância. Não precisam de sutiã nem de cinta. Devo esconder meu desejo a todo custo. E, no entanto, permitia-se de vez em quando um olhar de relance. As lindas cores escuras de sua pele, cabelos, olhos. Somos mal-acabados em comparação com eles. Retirados do forno antes da hora. A velha lenda aborígene; nela está a verdade.

Preciso pensar em outra coisa. Encontrar um tema social, qualquer coisa. Seus olhos vagavam, procurando um assunto. O silêncio pesava, agravando sua tensão. Insuportável. Que diabos deveria dizer? Algo que fosse seguro. Seus olhos encontraram um livro numa estante baixa de teca preta.

– Vejo que estão lendo *O Gafanhoto Torna-se Pesado* – disse. – Já ouvi falar muito, mas a pressão dos negócios tem me impedido de conferir até agora. – Levantando-se, foi até onde o livro estava e o pegou, examinando cuidadosamente as expressões deles; pareciam reconhecer este gesto de sociabilidade, de modo que prosseguiu. – Um livro de mistério? Perdoem minha profunda ignorância.

Virou as páginas.

– De mistério, não – disse Paul. – Ao contrário, uma interessante forma de ficção, talvez dentro do gênero de ficção científica.

– Oh, não – discordou Betty. – Não tem nada de científico. Não se passa no futuro. Ficção científica lida com o futuro, sobretudo o futuro em que a ciência é mais adiantada do que agora. O livro não é nada disso.

– Mas – disse Paul – trata do presente alternativo. Existem muitos livros célebres de ficção científica desse gênero. – Explicou para Robert: – Perdoe minha insistência mas, como minha mulher sabe, fui durante muito tempo fanático por ficção científica. Comecei a ler o gênero aos doze anos. Nos primeiros dias da guerra.

– Compreendo – disse Robert Childan, delicadamente.

– Gostaria de levar o *Gafanhoto*? – perguntou Paul. – Nós o terminaremos daqui a um dia ou dois, no máximo. Meu escritório fica no centro, não longe de sua estimada loja, e eu poderia facilmente deixá-lo lá na hora do almoço. – Ficou um momento em silêncio e aí – provavelmente, pensou Childan, devido a um sinal de Betty – continuou: – Você e eu, Robert, poderíamos almoçar juntos nessa ocasião.

– Obrigado – disse Robert.

Não podia dizer mais nada. Almoçar num desses elegantes restaurantes do centro, frequentados por homens de negócios. Ele e este jovem japonês moderno, fino, importante. Era demais para ele; sentiu a vista se turvar. Mas continuou examinando o livro e balançando a cabeça. – Sim – ele disse. – Parece interessante. Gostaria muito de lê-lo. Procuro estar em dia com os temas atuais. – Seria apropriado, esse comentário? Confessar seu interesse no livro por estar na moda. Talvez fosse típico de gente de posição inferior. Não sabia, mas tinha a impressão de que sim.

– Não se pode julgar um livro pelo sucesso comercial – disse. – Sabemos disso. Muitos best-sellers são um lixo. Este, contudo... – hesitou.

Betty disse:

– Muito verdadeiro. O gosto do leitor médio é realmente deplorável.

– Assim como na música – disse Paul. – Ninguém se interessa pelo autêntico folk jazz americano, por exemplo. Robert, você gosta, digamos, de Bunk Johnson, Kid Ory e outros do gênero? De jazz Dixieland? Eu tenho uma coleção dessa música antiga, com gravações originais da fábrica Genet.

Robert respondeu:

– Lamento, mas pouco conheço de música negra. – Seu comentário não pareceu agradá-los. – Prefiro os clássicos. Bach e Beethoven. – Certamente isso era aceitável. Sentia agora uma certa irritação. Queriam, então, que ele renegasse os grandes mestres da música europeia, os clássicos eternos, em favor do jazz de Nova Orleans, oriundo dos honky-tonks e dos bistrôs do bairro negro?

– Talvez se eu tocar uma seleção dos New Orleans Rhythm Kings – começou Paul, saindo da sala, mas Betty o advertiu com um olhar. Ele hesitou e deu de ombros.

– O jantar está quase pronto – disse ela.

Voltando, Paul sentou-se novamente. Murmurou com certo mau humor, pensou Robert: – O jazz de Nova Orleans é a mais autêntica música folclórica americana. Nascida neste continente. Todo o resto veio da Europa, como as baladas cafonas ao estilo inglês.

– Esta é uma discussão eterna entre nós – disse Betty sorrindo para Robert. – Eu não compartilho a paixão dele pelo jazz original.

Ainda segurando a cópia de *O Gafanhoto Torna-se Pesado*, Robert disse:

– Que espécie de presente alternativo este livro descreve?

Betty, após um momento, respondeu:

– Um no qual a Alemanha e o Japão teriam perdido a guerra.

Todos ficaram em silêncio.

– Está na hora de comer – disse Betty, ficando de pé. – Venham, por favor, famintos homens de negócios.

Levou Robert e Paul para a mesa, já posta com toalha branca, pratas, porcelanas e grandes guardanapos simples enfiados no que

Robert reconheceu como sendo argolas de osso da arte primitiva americana. A prata, também, era da melhor prata americana. As xícaras e os pires eram Royal Albert, azul-escuro e amarelo. Excepcionais; não pôde deixar de olhá-las com admiração profissional.

Os pratos não eram americanos. Pareciam japoneses; não tinha certeza, era fora de sua área.

– É porcelana Imari – disse Paul, notando seu interesse. – De Arita, no Japão. Um produto considerado de primeira qualidade.

Sentaram-se.

– Café? – perguntou Betty a Robert.

– Sim – disse ele. – Obrigado.

– No final do jantar – falou ela, saindo para apanhar o carrinho de servir.

Começaram logo a comer. Robert achou a refeição deliciosa. Ela era uma cozinheira realmente excepcional. A salada, em particular, o agradou. Abacate e coração de alcachofra, com um molho de queijo bleu para temperar... ainda bem que não lhe ofereceram uma refeição japonesa, aqueles pratos de verduras e carnes misturadas, que comera tanto desde a guerra.

E os eternos frutos do mar. Chegara a ponto de passar mal só de ver camarão ou qualquer crustáceo.

– Gostaria de saber – disse Robert – como ele imagina que seria o mundo se o Japão e a Alemanha tivessem perdido a guerra.

Nem Paul nem Betty responderam por um bom tempo. Finalmente, Paul disse: – Diferenças muito complicadas. É melhor ler o livro. Eu certamente estragaria seu prazer se lhe contasse.

– Tenho opinião formada a respeito – disse Robert. – Já pensei muito no caso. O mundo seria muito pior – ouviu a própria voz, firme, quase brusca. – Muito pior.

Eles pareceram surpresos. Talvez fosse seu tom.

– O comunismo dominaria tudo – continuou Robert.

Paul concordou.

– O autor, o sr. H. Abendsen, considera essa questão da expansão sem controle da Rússia Soviética. Mas, como na Primeira

Guerra Mundial, mesmo estando do lado vencedor, a Rússia, país camponês de segunda classe, sai perdendo do mesmo jeito. É uma grande piada, quando lembramos a guerra que o Japão moveu contra eles, quando...

– Nós tivemos que sofrer, para pagar o preço – respondeu Robert. – Mas sofremos por uma boa causa. Para impedir a inundação do mundo pelos eslavos.

Betty disse em voz baixa:

– Pessoalmente, não acredito em nenhuma dessas teorias histéricas de "inundação mundial" por povo algum, seja eslavo, chinês ou japonês.

Fitou Robert com placidez. Estava inteiramente dona de si, calma; mas queria expressar seus sentimentos. Manchas de um vermelho profundo apareceram em cada uma das faces dela.

Continuaram a comer em silêncio por algum tempo.

Cometi outra falta, constatou Robert Childan. Era impossível evitar o assunto. Porque ele está em toda parte, num livro que apanho ao acaso, numa coleção de discos, nestas argolas de osso para guardanapos – o saque arrebanhado pelos conquistadores. Pilhagem do meu povo.

Encaremos a realidade. Estou tentando fingir que estes japoneses e eu somos iguais. Mas consideremos uma coisa: quando exprimo minha gratidão por eles terem ganho a guerra que meu país perdeu... ainda aqui nada temos em comum. O que as palavras significam para mim é exatamente o oposto do que significam para eles. Seus cérebros são diferentes. Suas almas também. É só ver como bebem em xícaras inglesas de porcelana, como comem em prataria americana, como ouvem música negra. Tudo superficial. Riqueza e poder tornam essas coisas acessíveis para eles, mas isso é tão *ersatz* quanto o dia é longo.

Até o *I Ching*, que eles nos obrigaram a engolir, é chinês. Tomado por empréstimo de outras eras. A quem estão tentando enganar? A eles mesmos? Roubar hábitos aqui e ali, vestir, comer, falar, andar, como, por exemplo, devorar com prazer batatas assadas no forno, com creme e cebolinha, um velho prato típico americano incorporado ao seu cardápio trivial. Mas ninguém se deixa enganar, posso garantir. Muito menos eu.

Só as raças brancas têm a faculdade da criação, refletiu. E eu, contudo, membro sanguíneo de uma delas, sou obrigado a me curvar diante desses dois. Mas se nós tivéssemos ganho, teríamos esmagado os japoneses até sua completa obliteração. Hoje não haveria Japão, e os Estados Unidos seriam a única grande potência brilhando no mundo inteiro.

Pensou: preciso ler esse livro, o *Gafanhoto*. É um dever patriótico, ao que parece.

Betty falou baixinho:

– Robert, você não está comendo. A comida não está preparada corretamente?

Ele tratou de comer uma garfada de salada.

– Está, sim – respondeu. – Na verdade, esta é a melhor refeição que faço há anos.

– Obrigada – disse ela, visivelmente lisonjeada. – Esforcei-me para ser autêntica... Por exemplo, comprando com cuidado os ingredientes em minúsculos mercados americanos da Rua Mission. Soube que são de toda confiança.

Você prepara os pratos nativos à perfeição, pensou Robert Childan. O que dizem é verdade: a capacidade de imitação de vocês é imensa: torta de maçã, Coca-Cola, passeio depois do cinema, Glenn Miller... vocês seriam capazes de montar, só com lata e papel de arroz, uma América artificial completa. Mãe feita de papel de arroz na cozinha, pai feito de papel de arroz lendo jornal, com um cãozinho de papel de arroz aos seus pés. Tudo.

Paul observou-o em silêncio. Robert Childan, notando subitamente a atenção de que era objeto, cortou o fio de seu pensamento e concentrou-se no jantar. Será que ele lê minha mente?, perguntou a si mesmo. Vê o que estou realmente pensando? Sei que nada deixei transparecer. Mantive a expressão correta; não é possível que tenha notado.

– Robert – disse Paul –, já que você nasceu e foi criado aqui, falando o idioma americano, talvez possa me ajudar na leitura de um livro que tem me dado certo trabalho. Um romance dos anos 30, de autor americano.

Robert inclinou-se ligeiramente.

– O livro – continuou Paul –, que é muito raro, mas do qual, não obstante, possuo um exemplar, é de Nathanael West. O título é *Miss Corações Solitários*. Li-o com prazer, mas não apreendi inteiramente o que Nathanael West quis dizer.

Olhou para Robert com esperança.

Passado um instante, Robert Childan confessou:

– Eu... nunca li esse livro, sinto muito.

Nem nunca tinha ouvido falar, pensou.

A expressão de Paul revelou sua decepção.

– Que pena. É um livro pequeno. Conta a história de um homem que é colunista num jornal diário; recebe constantemente consultas sobre problemas sentimentais até que, levado à loucura pela dor, imagina ser Jesus Cristo. Não se recorda? Talvez o tenha lido há muito tempo.

– Não – disse Robert.

– Dá uma visão curiosa do sofrimento – prosseguiu Paul. – Oferece-nos uma tentativa bastante original de esclarecimento do significado da dor sem razão alguma, problema estudado por todas as religiões. Religiões como o cristianismo muitas vezes declaram que deve haver pecado para explicar o sofrimento. West parece acrescentar uma ideia mais dinâmica, passando por cima de noções mais antigas. Talvez West tenha visto que se pode sofrer sem causa pelo fato de ele ser judeu.

Robert disse:

– Se a Alemanha e o Japão tivessem perdido a guerra, os judeus estariam dominando o mundo agora. Através de Moscou e Wall Street.

Os dois japoneses, marido e mulher, pareceram se encolher. Pareceram apagar, esfriar, entrar neles mesmos. O próprio quarto ficou frio. Robert Childan sentiu-se só. Comendo sozinho, não mais na companhia deles. O que fizera agora? Qual foi o mal-entendido? Incapacidade estúpida da parte deles de aprender um idioma estrangeiro, o pensamento ocidental. Não compreendem, ofendem-se. Que tragédia, pensou, continuando a comer. E, no entanto... o que poderia fazer?

A clareza existente antes – apenas um momento atrás – precisava ser explorada até a última gota. Sua extensão total só fora percebida agora. Robert Childan não se sentia tão mal quanto antes, porque aquele sonho sem sentido começava a afastar-se de sua mente. Eu esperava tanto deste encontro quando cheguei aqui, recordou. Quando subia as escadas, estava mergulhando numa espécie de bruma romântica, como um adolescente. Mas a realidade não pode ser ignorada; precisamos crescer.

E aqui o negócio é o seguinte: *essas pessoas não são exatamente humanas.* Vestem o hábito, mas são como macacos de circo fantasiados. São espertos e capazes de aprender, mas é só.

Por que trabalho para servi-los, então? Apenas porque venceram?

Uma grande falha em meu caráter foi revelada neste encontro. É assim que as coisas acontecem. Tenho uma tendência patética a... bom, digamos, a infalivelmente escolher entre dois males o mais fácil. Como uma vaca quando avista o bebedouro; saio a galope sem premeditação.

O que tenho feito é me comportar de acordo com as conveniências, porque é mais seguro; afinal de contas, eles são os vencedores... eles mandam. E vou continuar assim, suponho. Porque não vejo razão para me tornar infeliz. Eles lêem um livro americano e querem que eu o explique; esperam que eu, um homem branco, possa lhes dar a resposta. E eu me esforço? Mas, neste caso, não posso; no entanto, se o tivesse lido, certamente poderia.

– Talvez um dia dê uma olhada nesse livro, *Miss Corações Solitários* – disse a Paul. – E depois lhe direi o que significa.

Paul curvou-se ligeiramente.

– Contudo, no momento estou ocupado demais com meu trabalho – disse Robert. – Mais tarde, talvez... Estou certo de que não levarei muito tempo.

– Não – murmurou Paul. – É um livro muito pequeno.

Tanto ele quanto Betty pareciam tristes, pensou Robert Childan. Perguntou-se se eles também haviam sentido a presença daquele fosso intransponível entre eles. Espero que sim, pensou. Eles merecem. Uma pena – que descubram a mensagem do livro sozinhos.

Comeu com mais prazer.

Nenhum outro incidente perturbou a paz da noite. Quando deixou o apartamento dos Kasoura, às dez, Robert Childan ainda sentia aquela sensação de confiança que se apossara dele durante a refeição.

Foi descendo as escadas do prédio sem nem se preocupar com os ocasionais residentes japoneses que, indo ou vindo dos banhos comunitários, pudessem notá-lo e ficar olhando. Saiu até a calçada escura, acenando para um bicitáxi. Logo estava a caminho de casa.

Eu sempre quis saber como seria encontrar certos fregueses socialmente. Nada mal, afinal de contas. E, pensou, esta experiência talvez me ajude nos negócios.

É terapêutico encontrar essa gente que já me intimidou. Descobrir como são na realidade. E assim a intimidação se dissipa.

Seguindo essa linha de pensamento, chegou ao seu bairro e finalmente à porta de casa. Pagou ao motorista china do bicitáxi e subiu as escadas familiares.

Lá, na sala de estar, encontrou um homem que não conhecia. Um homem branco, de sobretudo, sentado no sofá lendo um jornal. Enquanto Robert Childan permanecia, atônito, de pé na entrada, o homem pôs de lado o jornal, levantou-se sem a menor pressa e enfiou a mão no bolso direito. Retirou uma carteira e apresentou-a.

– Kempeitai.

Era um *pinoc*. Funcionário da Polícia Estadual instalada em Sacramento pelas autoridades japonesas de ocupação. Apavorante!

– Você é R. Childan?

– Sim, senhor – respondeu, coração batendo forte.

– Recentemente – disse o policial, consultando uma resma de documentos que retirara de uma pasta no sofá – o senhor recebeu a visita de um homem branco, que disse ser representante de um oficial da Marinha Imperial. Investigações posteriores revelaram que o tal oficial não existia, nem o navio.

Olhou para Childan.

– Correto – disse Childan.

– Temos informações – continuou o policial – de uma quadrilha que está operando na área da Baía. Esse sujeito evidentemente faz parte dela. Poderia descrevê-lo?

– Pequeno, de pele bastante escura – começou Childan.

– Judeu?

– Sim! – disse Childan. – Agora que o senhor o menciona. Mas na hora não me ocorreu.

– Veja esta foto. – O homem do Kempeitai passou-a para ele.

– É ele – disse Childan, reconhecendo-o sem sombra de dúvida. Estava um tanto surpreso com os poderes de detecção do Kempeitai. – Como foi que o encontraram? Não avisei a polícia, mas telefonei ao meu fornecedor, Ray Calvin, e disse-lhe...

O policial fez um gesto para que se calasse.

– Tenho um papel para você assinar e é só. Não terá de prestar depoimento no tribunal; esta é uma formalidade legal que encerra sua participação no caso.

Entregou o papel a Childan, junto com uma caneta.

– Aqui diz que este homem entrou em contato com você e, assumindo uma identidade que se revelou falsa, tentou ludibriá-lo etc. Leia o papel.

O policial arregaçou a manga e olhou o relógio enquanto Robert Childan lia o papel. – Está substancialmente correto?

Estava... substancialmente. Robert Childan não teve tempo de dar toda atenção ao papel e, além do mais, estava um pouco confuso depois de tudo o que acontecera naquele dia. Mas sabia que o homem dera uma identidade falsa e que havia uma quadrilha envolvida; e, como o homem do Kempeitai dissera, o sujeito era judeu. Robert Childan olhou o nome embaixo da foto. Frank Frink. Nascido Frank Fink. Sim, certamente era judeu. Qualquer um podia ver, com um nome como Fink. E ele o tinha modificado.

Childan assinou o papel.

– Obrigado – disse o policial.

Recolheu suas coisas, cumprimentou com o chapéu, desejou uma boa noite a Childan e partiu. A coisa toda não levara mais do que um momento.

Parece que o apanharam, pensou Childan. Fosse qual fosse sua história.

Era um grande alívio. Trabalham depressa, não há dúvida.

Vivemos numa sociedade onde reinam a lei e a ordem, onde os judeus não podem enganar os inocentes. Estamos protegidos.

Não sei por que não reconheci suas características raciais logo que o vi. Evidentemente, sou fácil de enganar. Simplesmente não sou capaz de enganar e isso me deixa indefeso, pensou. Sem a lei estaria à mercê deles. Ele poderia ter-me convencido de qualquer coisa. É uma espécie de hipnose. São capazes de controlar uma sociedade inteira.

Amanhã vou sair e comprar o tal livro, aquele *Gafanhoto,* disse a si mesmo. Vai ser interessante ver como o autor retrata um mundo dirigido por judeus e comunistas, com o Reich em ruínas e o Japão, sem dúvida, transformado em uma província da Rússia; na verdade, com a Rússia se estendendo do Atlântico ao Pacífico. Será que o autor – como se chama, mesmo? – descreve uma guerra entre a Rússia e os Estados Unidos? Livro interessante, pensou. Estranho que ninguém tenha pensado em escrevê-lo antes.

Devia fazer com que a gente percebesse a sorte que tem, pensou ele. Apesar das evidentes desvantagens... podia ser muito pior. Esse livro nos dá uma grande lição de moral. Sim, os japoneses estão no poder aqui e nós somos uma nação derrotada. Mas é preciso olhar além; é preciso construir. Disso tudo deverão sair coisas grandiosas, como a colonização dos planetas, por exemplo.

Está na hora do noticiário, reparou. Sentando-se, ligou o rádio. Talvez tenham escolhido o novo chanceler do Reich. Sentiu expectativa e excitação. Para mim, o mais dinâmico é o tal de Seyss-Inquart. O mais capaz de levar a cabo programas audaciosos.

Gostaria de estar lá, pensou. Talvez algum dia tenha dinheiro suficiente para viajar à Europa e ver tudo o que está sendo feito. É uma pena perder isso, ficar ilhado aqui na Costa Oeste, onde nunca acontece nada. A História nos ultrapassa.

8

Às oito horas da manhã, o Freiherr Hugo Reiss, Cônsul do Reich em San Francisco, desceu de seu Mercedes-Benz 220-E e subiu apressado as escadas do consulado. Atrás dele vinham dois jovens funcionários do Ministério do Exterior. A porta já havia sido aberta pelo pessoal de Reiss e ele entrou, erguendo a mão em saudação às duas telefonistas, ao vice-cônsul Herr Frank e, no escritório interno, a seu secretário, Herr Pferdehuf.

— Freiherr — disse Pferdehuf —, acaba de chegar um radiograma em código de Berlim. Prefácio Um.

Isso significava que ele deveria retirar o sobretudo e entregá-lo a Pferdehuf para pendurar.

— Herr Kreuz von Meere telefonou há dez minutos. Pediu que o senhor ligasse para ele.

— Obrigado — disse Reiss. Sentou-se à mesinha diante da janela da sala, retirou da bandeja a tampa metálica que protegia o café da manhã, viu no prato o pãozinho, os ovos mexidos e a salsicha, serviu-se de uma xícara de café forte e quente do bule de prata, e então abriu seu jornal matutino.

A pessoa que o procurara, Kreuz von Meere, era o chefe da Sicherheitsdienst nos EAP; seu quartel-general estava localizado, sob um nome de fachada, no terminal aéreo. As relações entre Reiss e Kreuz von Meere eram razoavelmente tensas. Suas jurisdições confundiam-se frequentemente, o que correspondia, sem dúvida, a uma política deliberada dos mandachuvas em Berlim. Reiss tinha o posto de major honorário da SS, e isso fazia com que, tecnicamente, fosse subordinado a Kreuz von Meere. O posto lhe fora concedido há vários anos e, na época, Reiss percebera qual o motivo por trás disso. Mas não havia nada que pudesse fazer a respeito. Apesar disso, ele ainda estava incomodado.

O jornal, transportado via aérea pela Lufthansa e entregue às seis da manhã, era o *Frankfurter Zeitung*. Reiss leu atentamente a primeira página. Von Schirach estava em prisão domiciliar, possivelmente até morto. Que pena. Göring estava morando numa base de treinamento da Luftwaffe, cercado por veteranos de guerra experientes, fiéis ao Gordo. Ninguém poderia chegar perto dele. Nenhum carrasco da SD. E o doutor Goebbels?

Provavelmente no coração de Berlim. Dependendo como sempre de sua própria inteligência, sua capacidade de, falando, conseguir o que quisesse. Se Heydrich mandar um pelotão para matá-lo, pensou Reiss, o doutorzinho não só vai convencê-los a mudar de ideia, como será até capaz de conquistá-los para o seu lado. Fazer deles funcionários do Ministério da Propaganda e Esclarecimento Público.

Ele podia imaginar o doutor Goebbels neste momento, no apartamento de alguma deslumbrante estrela de cinema, desprezando as unidades da Wehrmacht que abriam caminho pelas ruas abaixo. Nada assustava aquele *Kerl*. Goebbels daria seu sorriso de deboche... continuando a acariciar o seio da encantadora dama com a mão esquerda, enquanto escrevia seu artigo para o *Angriff* do mesmo dia com a...

Os pensamentos de Reiss foram interrompidos por seu secretário batendo à porta. – Desculpe. Kreuz von Meere está ao telefone novamente.

Levantando-se, Reiss foi à sua mesa e apanhou o telefone. – Reiss falando.

O forte sotaque bávaro do chefe da SD local. – Alguma notícia daquele sujeito da Abwehr?

Intrigado, Reiss procurou adivinhar a quem Kreuz von Meere se referia. – Hmmm – murmurou. – Até onde sei, existem, neste momento, três ou quatro "sujeitos" da Abwehr na Costa do Pacífico.

– O que viajou pela Lufthansa na semana passada.

– Ah – disse Reiss. Apoiando o fone no ombro, apanhou sua cigarreira. – Ele nunca esteve aqui.

– O que é que ele anda fazendo?

– Não sei, meu Deus. Pergunte a Canaris.

– Gostaria que você ligasse para o Ministério do Exterior e mandasse o pessoal de lá ligar para a Chancelaria e falar com quem estiver à disposição para colocar o Almirantado na parede e exigir que a Abwehr tire seu pessoal daqui ou nos diga o motivo de sua presença.

– E você não pode fazer isso?

– A confusão aqui é total.

Eles perderam completamente a pista do sujeito da Abwehr, Reiss deduziu. Eles – a SD local – foram avisados por alguém da equipe de Heydrich para ficar de olho nele e perderam o contato. E agora querem que eu os salve.

– Se ele vier aqui – disse Reiss – mandarei alguém ficar com ele. Pode confiar em mim. – Claro, não era muito provável que o sujeito passasse por lá. E ambos sabiam disso.

– Ele está usando, sem dúvida, um pseudônimo – continuou Kreuz von Meere com esforço. – Não sabemos qual é, claro. É um sujeito de aparência aristocrática. Por volta dos quarenta. Capitão. Nome verdadeiro: Rudolf Wegener. Pertencente a uma daquelas velhas famílias monarquistas da Prússia Oriental. Provavelmente apoiou Von Papen no Systemzeit. – Reiss acomodou-se na cadeira, enquanto Kreuz von Meere prosseguia tediosamente. – A única resposta que vejo para esses parasitas monarquistas é reduzir o orçamento da Marinha para que não tenham condições de...

Finalmente, Reiss conseguiu desligar o telefone. Quando voltou ao café da manhã, viu que o pãozinho estava frio. O café, porém, ainda estava quente; bebeu-o e retomou a leitura do jornal.

Isso não tem fim, ele pensou. Esse pessoal da SD fica de plantão dia e noite. Telefonam às três da manhã.

Seu secretário, Pferdehuf, enfiou a cabeça na sala, viu que ele não estava mais ao telefone, e disse: – Sacramento acaba de telefonar em grande agitação. Dizem que há um judeu solto nas ruas de San Francisco. – Tanto ele quanto Reiss caíram na risada.

– Está certo – respondeu Reiss. – Diga-lhes que se acalmem e enviem os documentos habituais. Alguma coisa mais?

– Você leu as mensagens de pêsames?

– Chegaram mais?

– Algumas. Vou deixá-las na minha mesa, se quiser vê-las. Já respondi.

– Vou ter de falar naquela reunião hoje – disse Reiss. – Uma da tarde. Aqueles homens de negócios.

– Não vou deixar o senhor esquecer – disse Pferdehuf.

Reiss se reclinou na cadeira. – Quer apostar?

– Não sobre as deliberações do *Partei*, se é isso que está dizendo.

– Vai ser o Carrasco.

Pferdehuf respondeu meio hesitante:

– Heydrich já deu tudo o que tinha que dar. Gente igual a ele nunca chega ao controle direto do *Partei* porque todo mundo tem medo dele. Os mandachuvas do *Partei* teriam um troço só de pensar. Formariam uma coalizão em vinte e cinco minutos, na hora que o primeiro carro da SS saísse em Prinzalbrechtstrasse. Chamariam todos os tubarões econômicos, como Krupp e Thyssen...

– Parou. Interrompeu-se. Um dos criptógrafos aproximou-se dele com um envelope na mão.

Reiss estendeu a mão. Seu secretário lhe trouxe o envelope.

Era o radiograma urgente em código, decifrado e datilografado.

Quando acabou de ler, viu que Pferdehuf estava esperando a notícia. Reiss amassou a mensagem no grande cinzeiro de cerâmica sobre a mesa, e tocou fogo nela com o isqueiro. – Aparentemente, há um general japonês viajando para cá incógnito. Tedeki. É melhor você dar um pulo à biblioteca pública e apanhar uma daquelas revistas militares japonesas oficiais que possa ter a foto dele. Seja discreto, claro. Acho que não temos nada sobre ele por aqui. – Começou a dirigir-se ao arquivo fechado a chave, mas mudou de ideia. – Arranje as informações que puder. Estatísticas. Elas deverão estar disponíveis na biblioteca. – Acrescentou: – Esse general Tedeki era chefe do Estado-Maior há alguns anos. Lembra-se de algo a respeito dele?

– Pouca coisa – disse Pferdehuf. – Um encrenqueiro. Deve ter uns oitenta anos agora. Me parece que ele propôs um tipo de programa ambicioso para colocar o Japão no espaço.

– Nisso ele fracassou – disse Reiss.

– Eu não ficaria surpreso se o motivo de sua visita a San Francisco fosse médico – disse Pferdehuf. – Não seria o primeiro velho militar japonês a vir para cá usar aquele grande Hospital da UC. Assim eles podem se valer de técnicas cirúrgicas alemãs que não têm em casa. Naturalmente, fazem tudo por baixo dos panos. Razões patrióticas, o senhor sabe. Portanto, talvez fosse bom pôr alguém de olho no Hospital da UC, se Berlim está tão interessada assim nele.

Reiss assentiu. O general também podia estar envolvido em especulações comerciais, bastante comuns em San Francisco. Antigos contatos, do seu tempo de serviço ativo, podiam ser-lhe úteis, agora que estava reformado. Estaria mesmo? A mensagem o chamava de *General*, não *General da Reserva*.

– Logo que você achar a foto – disse Reiss –, mande cópias ao nosso pessoal no aeroporto e no cais. Talvez já tenha chegado. Você sabe como demoram a informar esse tipo de coisa. – E é claro que, se o general já tivesse chegado a San Francisco, Berlim ficaria furiosa com o Consulado dos EAP. O Consulado deveria ter sido capaz de interceptá-lo mesmo antes de terem enviado a mensagem de Berlim.

– Vou carimbar a data e a hora no radiograma de Berlim – disse Pferdehuf –, de modo que, se surgir qualquer problema, podemos mostrar exatamente quando ele foi recebido. A hora exata.

– Obrigado – disse Reiss. O pessoal em Berlim era mestre em transferir responsabilidades e ele estava cansado de ficar com a batata quente nas mãos. Isso já havia acontecido vezes demais. – Só por garantia – ele disse –, acho melhor você responder àquela mensagem. Escreva assim: "Suas instruções infelizmente tardias. Pessoa já avistada na região. Possibilidade de interceptação bem-sucedida remota nesta etapa". Redija alguma coisa desse tipo e envie. Deixe tudo bom e vago. Você entende.

Pferdehuf assentiu.

– Vou mandar neste instante. E registrar data e hora de envio.
– Saiu, fechando a porta.

Você precisa ficar atento, pensou Reiss, ou, de repente, vira cônsul de um punhado de pretos numa ilha qualquer na costa da África do Sul. E quando menos perceber está com uma amante preta e dez ou onze pretinhos lhe chamando de papai.

Voltando a se sentar à mesa do café, acendeu um cigarro egípcio Simon Arzt Número 70, fechando a lata com todo cuidado.

Pelo visto, não seria interrompido por algum tempo, de modo que retirou da pasta o livro que estava lendo, abriu no lugar marcado, acomodou-se na cadeira e retomou a leitura onde fora obrigado a parar.

... Será que ele havia mesmo andado por ruas de carros silenciosos, na paz matinal de um domingo no Tiergarten, tanto tempo atrás? Uma outra vida. Sorvete, um gosto que poderia nunca ter existido. Agora eles cozinhavam urtigas e davam graças a Deus. Meu Deus, ele gritou. Eles não vão parar? Os enormes tanques britânicos avançavam. Outro prédio, podia ter sido de apartamentos ou uma loja, um colégio, um escritório; não tinha como dizer: as ruínas desmoronaram, havia deslizamentos e transformavam tudo em fragmentos. Sob os escombros, outro punhado de sobreviventes enterrados, e não se ouvia sequer o barulho da morte. A morte havia se espalhado por toda parte sem distinção, sobre os vivos, os feridos, os cadáveres empilhados e já cheirando mal. O cadáver trêmulo e fedorento de Berlim, as torres cegas ainda de pé, desaparecendo sem protesto como esta, este edifício sem nome que o homem um dia havia erguido com orgulho.

Seus braços, reparou o garoto, estavam cobertos por uma película cinzenta, cinzas, parte matéria inorgânica, parte o produto final da vida queimado e peneirado. Tudo misturado agora, constatou o menino, limpando-se. Não pensou muito além disso; tinha outro pensamento, que dominava sua mente, se era possível pensar no meio dos gritos e das explosões dos obuses. Fome. Há seis dias vinha se alimentando de urtigas, mas elas agora tinham acabado. O campo de ervas havia desaparecido numa vasta cratera de terra. Outras figuras pálidas, magras, apareceram na orla; como o menino, ficaram paradas ali em silêncio e depois foram embora. Uma velha mãe, com uma babushka amarrada na cabeça e uma cesta – vazia – debaixo do braço. Um maneta com os olhos tão vazios quanto a cesta. Uma menina. Sumiram dentro do monturo de árvores arrebentadas onde o menino Eric se escondia.

E a serpente continuava a se aproximar.

Será que isso acabaria algum dia?, perguntou o menino, falando para ninguém. E se acabasse, o que aconteceria então? Será que encheriam suas barrigas, aqueles...

– Freiherr – era a voz de Pferdehuf. – Desculpe interrompê-lo. Uma palavrinha só.

Reiss deu um pulo e fechou o livro. – Claro.

Como este homem escreve bem, ele pensou. Fiquei completamente enlevado. Real. A queda de Berlim para os ingleses, tão vívida como se tivesse acontecido. Brrr. Estremeceu.

Incrível, o poder que a ficção, até mesmo a ficção popular, barata, tem de evocar coisas. Não é de estranhar que este livro tenha sido proibido no território do Reich; eu mesmo o proibiria. Arrependo-me de ter começado a ler. Mas é tarde demais; agora, preciso terminá-lo.

– Alguns marinheiros de um navio alemão – seu secretário disse. – Foi solicitado que se apresentassem ao senhor.

– Sim – disse Reiss. Foi até a porta e passou para a antessala. Encontrou três marinheiros vestindo pesados suéteres cinzentos, todos de cabelos louros, rostos enérgicos, um pouco nervosos. Reiss levantou a mão direita: – Heil Hitler. – Deu a todos um sorriso ligeiro e amigável.

– Heil Hitler – murmuraram. Começaram a mostrar-lhe seus papéis.

Assim que acabara de certificar a visita deles ao consulado, voltou à sua sala particular. Novamente a sós, reabriu *O Gafanhoto Torna-se Pesado*.

Seus olhos bateram em uma cena que envolvia... Hitler. Agora não conseguia mais parar; começou a ler a cena fora de sequência, a nuca pegando fogo.

Percebeu que se tratava do julgamento de Hitler. Após o fim da guerra. Hitler nas mãos dos Aliados, meu Deus. Também Goebbels, Göring e todos os outros. Em Munique. Evidentemente, Hitler estava respondendo ao promotor americano.

... negro, flamejante, o espírito dos primeiros tempos pareceu por um instante reacender-se. O corpo trêmulo, acabado, se retesou; a cabeça se ergueu. Um coaxar que era meio latido, meio gemido saiu dos lábios que babavam sem cessar. "Deutsche, hier steh' Ich". Arrepios percorreram os espectadores, de fones apertados nos ouvidos, com as fisionomias tensas: russos, americanos, ingleses e alemães. Sim, pensou Karl. Ei-lo que reage uma última vez... Eles nos derrotaram, e fizeram muito mais. Desnudaram este *super-homem*, mostraram sua face verdadeira. Apenas... um...

– Freiherr.

Reiss percebeu que seu secretário havia entrado no escritório.
– Estou ocupado – disse furioso. Fechou o livro com força. – Estou tentando ler este livro, pelo amor de Deus!

Era inútil. Sabia disso.

— Um outro radiograma em código acaba de chegar de Berlim — disse Pferdehuf. — Dei uma olhada quando começaram a decifrar. Trata da situação política.

— E o que ele diz? — murmurou Reiss, massageando a testa com os dedos da mão.

— O doutor Goebbels fez um pronunciamento inesperado pelo rádio. Um grande discurso — o secretário estava bastante empolgado. — Eles querem que peguemos o texto, que está sendo transmitido fora de código, e façamos com que seja publicado pelos jornais daqui.

— Sim, sim — disse Reiss.

No instante em que seu secretário deixou a sala de novo, Reiss reabriu o livro. Só mais uma olhadinha, apesar da minha resolução... folheou rapidamente o que já havia lido.

... em silêncio, Karl contemplou o caixão coberto pela bandeira. Ele jazia ali e agora não voltaria mais, nunca mais. Nem os poderes demoníacos podiam trazê-lo de volta. O homem — ou era afinal, o *Üebermensch*? — que Karl seguira cegamente, adorara... até a beira do túmulo. Adolf Hitler morrera, mas Karl ainda estava vivo. Não vou segui-lo, murmurou mentalmente. Vou continuar a viver. E reconstruir. Todos iremos reconstruir. Precisamos.

A que ponto, a que ponto terrível ele fora transportado pela magia do Líder. E de que valera aquilo tudo, agora que o ponto final havia sido colocado naquela incrível carreira, naquela viagem iniciada numa aldeia rústica e distante na Áustria, passando pela miséria sórdida em Viena, no terrível pesadelo das trincheiras, através das intrigas políticas, da fundação do Partido, até a Chancelaria, até o que, por um momento, parecera estar próximo da dominação mundial?

Karl sabia. Blefe. Adolf Hitler havia mentido para todos. Liderara com palavras vazias.

Não é tarde demais. Percebemos seu blefe, Adolf Hitler. E finalmente sabemos quem é você. E o Partido Nazista, a terrível era de assassinatos e fantasmagoria megalômana, sabemos o que é. O que foi.

Karl virou as costas e se afastou do caixão silencioso...

Reiss fechou o livro e ficou sentado por algum tempo. Não queria, mas estava perturbado. Deviam ter feito mais pressão sobre os japoneses, disse a si próprio, para que proibissem este maldito livro. Na verdade, está óbvio que foi deliberado da parte deles. Podiam ter prendido esse – como se chama? – Abendsen. Eles têm bastante força no Meio-Oeste.

O que o incomodava era aquilo. A *morte* de Adolf Hitler, a derrota e destruição de Hitler, do *Partei*, da própria Alemanha, conforme descritas no livro de Abendsen... Eram, de certa maneira, mais grandiosas, mais no espírito dos velhos tempos do que o mundo atual. O mundo da hegemonia germânica.

Como seria possível?, Reiss perguntou a si mesmo. Seria apenas a habilidade de escrever que esse homem possuía?

Esses romancistas conhecem um milhão de truques. O doutor Goebbels, por exemplo; foi assim que ele começou, escrevendo ficção. Apelos para os mais baixos instintos que se escondem nas profundezas da alma humana, por mais respeitáveis que as pessoas pareçam na superfície. Sim, o romancista conhece a humanidade, sabe como ela não vale nada, governada por seus testículos, controlada pela covardia, traindo qualquer causa por ganância: basta ele bater no tambor e a resposta que quer logo acontece. E ele fica rindo, é claro, do efeito que produz.

Vejam como agiu sobre meus sentimentos, refletiu Herr Reiss, e não sobre meu intelecto; e, naturalmente, vai ser pago por isso: o dinheiro está aí. Evidentemente, havia alguém por trás do *Hundsfott*, dizendo-lhe o que escrever. Eles escrevem qualquer coisa por dinheiro. Conte um monte de mentiras e o público engole a porcaria malcheirosa que lhe é servida. Onde o livro foi publicado? Herr Reiss examinou o exemplar. Omaha, Nebraska. O último posto avançado da antiga e plutocrática indústria editorial dos Estados Unidos, anteriormente situada no centro de Nova York e sustentada por ouro judeu e comunista...

Talvez esse Abendsen seja judeu.

Eles ainda estão tentando nos envenenar. Este *judisches Buch*... fechou o *Gafanhoto* com violência. O nome verdadeiro era provavelmente Abendstein. Sem dúvida, a SD já estava averiguando isso. Sem dúvida nenhuma, precisamos mandar alguém ao Estado das Montanhas Rochosas fazer uma visita a Herr Abendstein. Será que Kreuz von Meere recebeu alguma instrução a respeito? Provavelmente não, com toda essa confusão em Berlim. Todos ocupados demais com assuntos internos.

Mas esse livro, Reiss pensou, é perigoso.

Se Abendstein fosse encontrado um belo dia enforcado no teto, seria um alerta aos que pudessem ter sido influenciados pelo livro. Nós teríamos dado a última palavra. Escrito um *post-scriptum*.

Seria preciso um homem branco, é claro. O que será que Skorzeny está fazendo atualmente?

Reiss pensou com calma, releu as orelhas e a quarta capa do livro. O judeu sujo vive num forte. Nesse tal de Castelo Alto. Não é idiota. Quem entrar e matá-lo não sairá.

Talvez fosse bobagem. Afinal, o livro já havia sido publicado. Tarde demais. E é território japonês... os homenzinhos amarelos ficariam furiosos.

No entanto, se fosse feito da forma correta... se pudesse ser bem planejado...

Freiherr Hugo Reiss fez uma anotação em seu bloco. Levantar o assunto com o general da SS Otto Skorzeny ou, melhor ainda, com Otto Ohlendorf da Amt III do Reichssicherheitshauptamt. Ohlendorf não era o chefe do Einsatzgruppe D?

E então, subitamente, sem qualquer aviso, ficou doente de raiva. Pensei que isso tivesse acabado, disse a si próprio. Será preciso continuar sempre? A guerra terminou há anos. E pensamos que tivesse acabado para sempre. Mas aquele fiasco na África, aquele louco do Seyss-Inquart executando os planos de Rosenberg.

Aquele Herr Hope é quem tem razão, pensou. Com sua piada sobre nossos contatos em Marte. Marte povoada por judeus. Nós os veríamos lá também. Até com suas duas cabeças e trinta centímetros de altura.

Tenho minhas tarefas de rotina, pensou. Não tenho tempo para esse tipo de aventura descerebrada, esse negócio de mandar Einsatzkommandos atrás de Abendsen. Estou ocupado demais recebendo marinheiros alemães e respondendo a radiogramas em código; alguém lá em cima que tome a iniciativa de um projeto desse tipo: o problema é deles.

De qualquer maneira, pensou ele, se eu instigasse esse atentado e saísse tudo errado, imagino onde eu iria acabar: em Prisão Preventiva no Governo Geral do Leste, ou então numa câmara, recebendo uma dose de gás cianureto Zyklon B.

Tornou a pegar o bloco, apagou cuidadosamente a anotação e, em seguida, queimou o papel no cinzeiro de cerâmica.

Ouviu baterem à porta do escritório, e ela se abriu em seguida. Seu secretário entrou com um maço de papéis. – O discurso do doutor Goebbels. Integral. – Pferdehuf colocou os papéis na mesa. – Leia-o. Muito bom: um dos melhores discursos dele.

Acendendo outro cigarro Simon Arzt Número 70, Reiss começou a ler o discurso do doutor Goebbels.

9

Após duas semanas de trabalho quase ininterrupto, a Edfrank Joias Personalizadas tinha seu primeiro lote finalizado. Lá estavam as peças, sobre duas pranchas de madeira cobertas de veludo preto, e o conjunto todo numa cesta de vime quadrada de origem japonesa. Ed McCarthy e Frank Frink tinham feito cartões de visita. Gravaram seu nome numa borracha de apagar e o imprimiram em vermelho; completaram os cartões numa rotativa de brinquedo. O resultado – eles haviam usado papel-cartão de gramatura pesada, de alta qualidade, colorido, própria para cartões de Natal – ficou impressionante.

Sob todos os aspectos, o trabalho tinha sido profissional. Examinando suas joias, cartões e mostruário, não viam nenhum sinal de amadorismo. Mas por que deveria haver algum?, pensou Frank Frink. Somos ambos profissionais, não em joalheria, mas em trabalhos de oficina de modo geral.

O mostruário continha uma boa variedade. Pulseiras feitas de latão, cobre, bronze e até ferro fundido. Pingentes, a maioria de latão, com detalhes em prata. Brincos de prata. Broches de prata ou latão. A prata havia lhes custado caro; até a solda de prata lhes custara os olhos da cara. Haviam comprado algumas pedras semipreciosas, também, para encaixe nos broches: pérolas barrocas, rubis balas, jade, lascas de opala de fogo. E, se as coisas dessem certo, tentariam ouro e, quem sabe, até diamantes de cinco ou seis quilates.

Era o ouro que lhes daria lucro de verdade. Já tinham começado a procurar fontes de ouro velho, peças antigas derretidas sem nenhum valor artístico – muito mais barato que comprar ouro novo. Mesmo assim, seria uma despesa enorme. E, contudo, um broche de ouro vendido renderia mais do que quarenta broches de latão. Eles poderiam pedir praticamente qualquer preço no varejo por um broche de ouro realmente bem desenhado e bem executado... partindo do pressuposto, como ressaltara Frink, de que fosse vendido.

Até agora, não tinham nem tentado vender. Já haviam resolvido o que parecia ser seus problemas técnicos básicos; tinham a bancada de trabalho, motores, máquina de solda com cabo flexível, mandril com rodas para triturar e polir. Na verdade, já estavam com uma coleção completa de ferramentas para acabamento, desde as escovas grossas de arame às escovas de latão e rodas de Cratex, aos polidores mais finos de algodão, linho, couro e pelo de camelo, que podiam utilizar desde compostos de esmeril e pedra-pomes ao mais delicado pigmento de ferro. E, naturalmente, tinham também o equipamento de solda de oxiacetileno, seus tanques, medidores, mangueiras, bicos, máscaras.

E magníficas ferramentas de joalheria. Alicates da Alemanha e da França, micrômetros, brocas de diamante, serras, tenazes, pinças, soldadeiras de três bicos, tornos mecânicos, flanelas para polimento, tosquiadeiras, martelos minúsculos feitos à mão... Toda uma variedade de material de precisão. E seu estoque de bastões de solda de diversos graus, chapas de metal, suportes, elos, fechos de brinco. Gastaram mais da metade dos dois mil dólares; no momento, a conta bancária Edfrank continha apenas duzentos e cinquenta dólares. Mas estavam legalmente estabelecidos; tinham até alvará dos EAP. Agora só faltava vender.

Nenhum comerciante, pensou Frink enquanto examinava o mostruário, poderia fazer uma inspeção mais rígida do que nós. Aquelas poucas peças selecionadas, cada uma cuidadosamente verificada, estavam com ótima aparência. Nada de soldas malfeitas, bordas irregulares, manchas provocadas pelo fogo... o controle de qualidade deles era excelente. A menor opacidade ou arranhão de escova metálica era suficiente para que a peça voltasse à oficina. Não podemos nos dar ao luxo de apresentar um trabalho tosco ou mal-acabado; uma mancha preta despercebida num colar de prata... e estamos roubados.

A primeira loja da lista deles era a de Robert Childan. Mas só Ed podia ir lá; Childan certamente se lembraria de Frank Frink.

– É sua função vender a maior parte do material – disse Ed, mas estava conformado com o fato de que, com Childan, era ele mesmo quem tinha de falar. Havia comprado um bom terno, gravata nova, camisa branca, para causar a impressão correta. Mas, mesmo assim, não se sentia à vontade. – Sei que somos bons – ele disse pela milionésima vez. – Mas... diabos.

A maioria das peças era abstrata; espirais de arame, curvas, desenhos até certo ponto assumidos aleatoriamente pelos metais no momento da fundição. Algumas tinham a delicadeza de uma teia de aranha, uma certa leveza; outras, um peso forte, maciço, quase bárbaro. Havia uma incrível variedade de formas, considerando as poucas peças que descansavam nas bandejas de veludo; e apesar disso, percebeu Frink, uma só loja poderia comprar tudo o que estamos expondo aqui. Vamos visitar uma loja de cada vez – se fracassarmos. Mas, se formos bem-sucedidos, se conseguirmos que se interessem por nossa linha de produção, vamos passar o resto da vida preparando remessas.

Juntos, os dois colocaram as bandejas na cesta de vime. Se tudo o mais der errado, pensou Frink, podemos revender o metal. E as ferramentas e o equipamento; vamos ter prejuízo na hora de nos livrarmos deles, mas, pelo menos, não vamos ficar sem nada.

Este é o momento de consultar o oráculo. Perguntar: Qual será o resultado desta primeira rodada de vendas do Ed? Mas ele estava nervoso demais para fazer a consulta. O oráculo podia dar um mau presságio, e ele não se sentia capaz de encará-lo. Em todo caso, a sorte estava lançada: as peças estavam feitas; a oficina, montada – independente da opinião do *I Ching* naquele momento.

Ele não pode vender nossas joias por nós... Não pode nos *dar* sorte.

– Vou atacar a loja do Childan primeiro – disse Ed. – É melhor resolver isso logo de uma vez... E aí você pode tentar umas duas lojas. Você vem, não vem? Na picape. Vou estacionar na esquina.

Entrando na picape com a cesta, Frink pensou: Deus é que sabe se Ed ou eu somos ou não bons vendedores. Childan pode ser convencido, mas, como se diz por aí, não vai ser bolinho.

Se Juliana estivesse aqui, pensou, seria capaz de entrar e fazer tudo num instante; ela é bonita, sabe falar com qualquer pessoa e é mulher. Afinal, são joias de mulher. Podia usá-las para ir à loja. Fechando os olhos, tentou imaginar como ficaria uma de suas pulseiras no braço dela. Ou um daqueles grandes colares de prata. Com seus cabelos negros e sua pele clara, olhos tristes, perscrutadores... vestindo um suéter de malha cinzento, um pouco apertado, a prata repousando na pele nua, o metal subindo e descendo em seu colo com sua respiração...

Meu Deus, como ela estava vívida em sua mente naquele instante. Via seus dedos fortes e finos apanhando e examinando as joias que tinham feito; jogando o cabelo para trás, levantando a joia no ar. Juliana escolhendo, sempre testemunha de seu trabalho.

O melhor para ela, decidiu, seriam brincos. Aqueles pingentes com brilho, especialmente o de latão. Com seu cabelo preso por uma fivela ou cortado curto, de modo a ressaltar sua nuca e orelhas. E poderíamos tirar fotos dela para publicidade. Ele e Ed haviam discutido a possibilidade de um catálogo, para que pudessem efetuar vendas por correspondência para outras partes do mundo. Ela ficaria fantástica... Sua pele é bonita, muito saudável, sem pregas e sem rugas, e de uma bela cor. Será que ela aceitaria, se ele conseguisse localizá-la? Não importa o que ela pensa de mim; isso não tem nada a ver com nossa vida pessoal. Seria uma questão puramente comercial.

E, que diabo, eu nem mesmo tiraria as fotos. Contrataríamos um fotógrafo profissional. Ela ia gostar. Sua vaidade provavelmente continua grande como sempre. Sempre gostou que olhassem para ela, que a admirassem; fosse quem fosse. Acho que a maioria das mulheres deve ser assim. Exigem atenção o tempo todo. São muito imaturas nesse sentido.

Juliana nunca suportou ficar sozinha, pensou; precisava que eu estivesse sempre ao seu lado, elogiando-a. Criancinhas são assim: acham que, se os pais não estão olhando o que fazem, aquilo deixa de ser real. Na certa, ela está agora com um sujeito que lhe dá atenção. Dizendo como ela é bonita. Suas pernas. Sua barriguinha lisa e macia...

– O que é que há? – disse Ed, olhando para ele de relance. – Perdendo a coragem?

– Não – disse Frink.

– Eu não vou só ficar parado lá – disse Ed. – Tenho umas ideias aqui na cachola. E vou lhe dizer uma coisa: não estou com medo. Não estou intimidado só porque é um lugar chique e fui obrigado a vestir um terno bacana. Admito que não gosto de ficar me arrumando todo. Admito que não estou à vontade. Mas não faz a menor diferença. Mesmo assim, eu vou entrar lá e embromar aquela besta.

Bom pra você, pensou Frink.

– Que diabo, se você conseguiu entrar lá – disse Ed – e contar aquela historinha de que era ajudante de um almirante japa, eu devo ser capaz de dizer-lhe a verdade, que estas são joias de boa qualidade, criações originais, feitas à mão, que...

– Trabalhadas à mão – disse Frink.

– Ok. *Trabalhadas* à mão. Quero dizer, vou entrar lá e não vou sair até fazer com que ele gaste algum. Ele devia comprar isto aqui.

Se não comprar é porque é maluco mesmo. Já olhei por toda parte; não há nada parecido com nossos trabalhos à venda. Meu Deus, quando penso que ele talvez olhe e não compre... fico tão furioso que acho que seria capaz de quebrar tudo.

– Não se esqueça de dizer que não é folheado – disse Frink. – Que o cobre é cobre maciço e o latão é latão maciço.

– Deixe que eu faço as coisas do meu jeito – disse Ed. – Estou com umas ideias muito boas aqui.

O que eu posso fazer é o seguinte, pensou Frink: posso apanhar um par de peças – Ed não vai se incomodar –, empacotá-las e mandar para Juliana. Para que ela possa ver o que estou fazendo. As autoridades postais irão rastreá-la; mando registrado para seu último endereço conhecido. O que será que ela irá dizer quando abrir a caixa? Vou precisar colocar um bilhete explicando que fui eu quem fez a peça; que sou sócio de um novo negócio de fabricação de joias. Vou instigar a imaginação dela, contar uma história que faça com que ela tenha vontade de saber mais, assim ficará interessada. Vou falar das pedras e dos metais. Das casas para as quais vendemos, das lojas bacanas...

– Não é por aqui? – perguntou Ed, diminuindo a velocidade da picape. Estavam no meio do intenso trânsito do centro; edifícios escondiam o céu. – É melhor eu estacionar.

– Mais cinco quarteirões – disse Frink.

– Tem um daqueles cigarros de maconha? – perguntou Ed. – Um deles me acalmaria bastante agora.

Frink passou-lhe seu maço de T'ien-lais, a marca "Música Celestial" que ele havia aprendido a fumar na W-M Corporation.

Eu sei que ela está vivendo com alguém, disse Frink a si mesmo. Dormindo com ele. Como se fosse sua mulher. Eu conheço Juliana. Não aguentaria de nenhuma outra maneira; eu sei como ela fica quando cai a noite. Quando fica frio e escuro e está todo mundo em casa, sentado na sala. Ela não foi feita para uma vida solitária. Nem eu, ele percebeu.

Talvez o cara seja um bom sujeito. Algum estudante tímido que ela apanhou. Ela seria uma boa mulher para um jovem que nunca teve coragem de se aproximar de uma mulher. Ela não é dura nem cínica. Faria muito bem a ele. Só espero que não esteja com um homem mais velho. Está aí uma coisa que eu não suportaria. Um sujeito experiente e egoísta, com um palito enfiado na boca, mandando nela.

Sentia dificuldade de respirar. A imagem de um sujeito peludo, musculoso, maltratando Juliana, fazendo de sua vida um inferno... Sei que ela acabaria se suicidando, pensou. Está nas cartas: se ela não encontrar o homem certo... e isso significa um tipo gentil, sensível, um estudante delicado que será capaz de apreciar todos aqueles seus pensamentos.

Eu era duro demais com ela, pensou. E não sou tão ruim assim; há uma porção de caras piores que eu. Eu sempre sabia o que ela estava pensando, o que queria, quando se sentia só, mal ou deprimida. Passei muito tempo me preocupando e cuidando dela. Mas não foi o suficiente. Ela merecia mais. Ela merece muito, pensou.

– Vou estacionar – disse Ed. Ele havia encontrado uma vaga e estava dando marcha à ré, olhando para trás.

– Escute – disse Frink. – Posso mandar um par de peças para minha mulher?

– Não sabia que você era casado – Ed respondeu distraído, ocupado em estacionar. – Claro, desde que não sejam de prata.

Ed desligou o motor da picape.

– Chegamos – disse. Deu mais umas tragadas, apagou o cigarro no painel e jogou a ponta no chão. – Deseje-me sorte.

– Boa sorte – disse Frank Frink.

– Ei, olhe só! Tem um daqueles poemas *waka* japoneses na parte de trás do maço. Ed leu o poema em voz alta, sobre o ruído do tráfego.

"*Ouvindo o pio do cuco,*
Olhei na direção

De onde vinha o som;
E o que vi?
Só a lua pálida no céu da aurora."

Devolveu o maço de T'ien-lais a Frink.
– Nooossa mãe! – exclamou e, dando um tapa nas costas de Frink, mostrou os dentes, abriu a porta, apanhou a cesta e desceu da picape. – Vou deixar você colocar a moeda no parquímetro – disse, afastando-se pela calçada.
Num instante, desapareceu entre os outros pedestres.
Juliana, pensou Frink. Será que você está tão sozinha quanto eu?
Ele desceu da picape e colocou uma moeda no parquímetro.
E medo, pensou. Todo esse empreendimento com joias. *E se der tudo errado? E se der tudo errado?* Era como estava no oráculo. Choro e ranger de dentes.
O homem enfrenta as sombras que obscurecem sua vida. Sua passagem para o túmulo. Se ela estivesse aqui, não seria tão ruim. Nem um pouco.
Estou apavorado, ele percebeu. E se Ed não vender nada? E se rirem de nós?
E então?

Deitada sobre um lençol esticado no chão da sala de estar de seu apartamento, Juliana abraçava Joe Cinadella. O aposento estava quente e abafado com o sol do meio-dia. Seu corpo e o do homem em seus braços estavam úmidos de suor. Um pingo, escorrendo pela testa de Joe, ficou pendurado por um instante na maçã de seu rosto, depois caiu no pescoço dela.
– Você ainda está pingando – ela murmurou.
Ele não disse nada. Sua respiração era longa, lenta, regular... como o oceano, ela pensou. Por dentro, não somos mais do que água.

– Você gostou? – perguntou ela.

Ele resmungou que foi bom.

Eu sabia, pensou Juliana. Dava para dizer. Agora precisamos levantar, nos compor. Ou isso vai ser ruim? Sinal de desaprovação subconsciente?

Ele se mexeu.

– Vai levantar? – Ela o apertou com força entre os braços. – Não levante. Ainda não.

– Você não precisa ir pra academia?

Não vou à academia, disse Juliana a si própria. Você não percebe? Vamos para algum lugar; não vamos ficar aqui por muito tempo. Mas será um lugar para onde nunca fomos. Já está na hora.

Ela sentiu que ele se libertava, punha-se de joelhos, sentindo as mãos dela deslizarem pelas suas costas úmidas e escorregadias. Depois, ela ouviu os passos dele, seus pés descalços no chão. Sem dúvida indo para o banheiro. Para tomar sua ducha.

Acabou, ela pensou. Paciência. Suspirou.

– Estou ouvindo – disse Joe, no banheiro. – Gemendo. Sempre deprimida, hein? Preocupação, medo, suspeita, de mim e do mundo inteiro... – Apareceu por um instante, pingando água e sabão, sorrindo. – Gostaria de fazer uma viagem?

Seu pulso acelerou. – Para onde?

– Para alguma cidade grande. Que tal para o norte, Denver? Vamos passear; vou lhe comprar entradas para um espetáculo, ir a um bom restaurante, andar de táxi, comprar um vestido de noite ou o que você quiser. Ok?

Ela mal conseguia acreditar nele, mas queria; tentava acreditar.

– Será que esse seu velho Stude aguenta? – perguntou Joe.

– Claro – ela respondeu.

– Vamos comprar roupas finas para nós dois – disse ele. – Vamos nos divertir, quem sabe pela primeira vez em nossas vidas. Isso vai impedir que você tenha um chilique.

– E onde é que a gente vai arrumar dinheiro?

– Eu tenho – disse Joe. – Olhe na minha mala. – Fechou a porta do banheiro; o barulho da água interrompeu a conversa.

Abrindo o armário, ela tirou a pequena maleta surrada. Era verdade: num dos cantos da mala, ela achou um envelope; continha notas grandes do Reichsbank, válidas em qualquer lugar. Então podemos ir, percebeu. Talvez ele não esteja simplesmente me levando na conversa. Eu queria era entrar dentro dele e ver o que há por lá, pensou, enquanto contava o dinheiro...

Por baixo do envelope encontrou uma caneta grande, cilíndrica, ou ao menos era o que parecia; tinha, inclusive, um clipe de lapela. Mas era muito pesada. Tirou cuidadosamente o objeto da mala, desatarrachou a tampa. Sim, ela tinha uma ponta de ouro. Mas...

– O que é isso? – perguntou a Joe assim que ele voltou do chuveiro.

Tomou o objeto da mão dela e tornou a colocá-lo na mala. Com que cuidado o segurava... notou ela, refletindo, perplexa.

– Mais morbidez? – perguntou Joe. Parecia tranquilo, mais do que em qualquer outra ocasião desde que o conhecera; com um grito de entusiasmo, pegou-a pela cintura, levantou-a nos braços, balançando seu corpo, para a frente e para trás, estudando seu rosto, soprando seu hálito quente sobre ela, apertando até fazê-la gemer.

– Não – disse ela. – É só que... eu sou meio lenta para mudar. – E ainda tenho um pouco de medo de você, pensou. Tenho tanto medo que não posso sequer falar no assunto, e contar isso a você.

– Vamos sair pela janela – gritou Joe, caminhando pela sala com ela nos braços. – Lá vamos nós.

– Por favor – disse ela.

– Estou brincando. Escute: vamos começar uma marcha, como a Marcha sobre Roma. Você se lembra. O Duce guiou todos eles, meu tio Carlo, por exemplo. Agora, o que temos aqui é uma pequena marcha, menos importante, que não será mencionada nos livros de história. Certo? – Abaixando a cabeça, deu-lhe um beijo na boca, com tanta força que seus dentes se chocaram. – Vamos ficar muito bonitos de roupa nova. E você pode me ensinar como falar, como me comportar, certo? Você me ensinará boas maneiras, certo?

– Você fala bem – disse Juliana. – Melhor que eu até.

– Não – sua fisionomia de repente tornou-se sombria. – Falo muito mal. Sotaque de carcamano mesmo. Você não percebeu quando me conheceu no café?

– Acho que sim – respondeu ela; não achava isso importante.

– Só uma mulher conhece as convenções sociais – disse Joe, carregando-a de volta e deixando-a cair, assustada, na cama. – Sem as mulheres, discutiríamos carros de corrida, cavalos e contaríamos piadas sujas; sem nenhuma educação.

Que humor estranho, pensou Juliana. Inquieto e pensativo, até o momento em que resolver partir; então fica elétrico. Você quer mesmo que eu vá? Você pode me largar, me deixar aqui; já aconteceu antes. Se eu tivesse de ir embora, pensou, te largaria.

– Isso é seu salário? – perguntou enquanto ele se vestia. – Você economizou?

Era muito dinheiro. Claro, no Leste havia muito dinheiro. – Os outros motoristas de caminhão que eu conheci nunca...

– Você acha que eu sou motorista de caminhão? – interrompeu Joe. – Escute: eu andava naquele caminhão não como motorista, mas para protegê-lo dos assaltantes. Eu parecia mesmo um motorista de caminhão, cochilando na cabine. – Deixando-se cair na cadeira, no canto da sala, recostou-se fingindo dormir, a boca aberta, o corpo mole. – Viu?

No começo, ela não viu. Depois, percebeu que na mão dele havia uma faca, dessas finas, quase um espeto. Meu Deus, pensou ela. De onde saíra aquilo? De sua manga, do ar.

– Foi por isso que o pessoal da Volkswagen me contratou. Pela minha folha de serviço. Nós nos protegemos contra Haselden, contra os comandos. – Seus olhos negros soltavam faísca; sorriu de lado para Juliana. – Adivinhe quem liquidou o coronel, no fim, quando os alcançamos no Nilo – ele e quatro membros do seu Grupo do Deserto, meses após a campanha do Cairo? Eles nos atacaram uma noite para roubar gasolina. Eu estava de sentinela. Haselden se aproximou, com a cara, o corpo, até as mãos pintados de preto; daquela vez não tinham arame, só granadas e metralhadoras. Tudo muito barulhento. Ele tentou esmagar minha laringe. Eu o peguei. – Joe saltou da cadeira, rindo. – Vamos fazer as malas. Telefone pro pessoal da academia e diga que precisa de uns dias de férias.

Sua história simplesmente não a convencia. Ele talvez nem tivesse estado no norte da África, nem tivesse lutado do lado do Eixo, talvez não tivesse sequer lutado. Que assaltantes? perguntou-se. Nenhum caminhão, que ela soubesse, tinha vindo da Costa Leste por Canon City com um ex-soldado profissional armado como guarda. Talvez não tivesse nem morado nos Estados Unidos, talvez fosse tudo mentira desde o início; um papo para enfeitar a cantada, para interessá-la, parecer romântico.

Talvez seja louco, pensou ela. Que irônico... Talvez eu acabe fazendo o que imaginei fazer inúmeras vezes: usar meu judô para me defender. Para salvar minha... virgindade? Minha vida, pensou. Mas o mais provável é que ele seja apenas um pobre coitado de um carcamano, com mania de grandeza; quer fazer uma farra, gastar todo o seu dinheiro, levar uma boa vida... e depois voltar à sua monótona existência. E precisa de uma garota para isso.

– Está bem – disse. – Vou ligar para a academia. – Quando foi para o hall, ela pensou: ele vai me comprar roupas caras e me levar a um hotel de luxo. Todo homem sonha ter uma mulher realmente bem vestida, antes de morrer, mesmo que seja obrigado a comprar-lhe as roupas ele mesmo. Esta farra, na certa, é o sonho da vida de Joe Cinadella. E ele é esperto; aposto que tinha razão quando me analisou... tenho um medo neurótico de tudo o que é masculino. Frank também sabia disso. Foi por isso que nos separamos; é por isso que ainda hoje sinto esta ansiedade, esta desconfiança.

Quando voltou do telefone público, encontrou Joe novamente mergulhado no *Gafanhoto*, lendo com a cara amarrada, alheio a tudo o que estava ao seu redor.

– Você não ia me deixar ler isso? – perguntou ela.

– Talvez enquanto eu dirijo – disse Joe, sem levantar os olhos.

– Você vai dirigir? Mas o carro é meu!

Ele não respondeu. Simplesmente continuou a ler.

Da caixa registradora, Robert Childan levantou a cabeça e viu um homem alto, magro, de cabelos escuros, entrando na loja. O homem vestia um terno quase na moda e carregava uma grande cesta de vime. Vendedor. Mas o homem não tinha aquele sorriso alegre característico; em lugar disso, tinha uma expressão sombria, triste, em seu rosto curtido. Parece mais um bombeiro ou eletricista, pensou Robert Childan.

Quando acabou de atender o cliente, Childan chamou o homem: – A quem você representa?

– Edfrank Joias Personalizadas – o homem murmurou em resposta. Colocara a cesta em cima de um dos balcões.

– Nunca ouvi falar. – Childan foi se aproximando devagar, enquanto o homem abria a tampa e a levantava com enorme desperdício de movimentos.

– Trabalhados à mão. Exemplares únicos. Cada modelo é original. Latão, cobre, prata. Até ferro fundido.

Childan deu uma olhadela dentro da cesta. Metal sobre veludo preto, peculiar. – Não, obrigado. Não é minha linha.

– Isto representa a criação artística americana. É contemporâneo.

Balançando a cabeça negativamente, Childan voltou à caixa registradora.

Por um momento, o sujeito ficou mexendo nas bandejas de veludo do mostruário e na cesta. Não tirava os compartimentos nem os punha de volta; parecia não ter a menor ideia do que estava fazendo. De braços cruzados, Childan observou-o, pensando nos diversos problemas do dia. Às duas da tarde, tinha hora marcada para mostrar algumas xícaras antigas. Depois, às três... outro lote voltando dos laboratórios Cal, chegando do teste de autenticidade. Nas duas últimas semanas ele andava mandando examinar cada vez mais peças. Desde aquele incidente desagradável com o Colt 44.

– Não são folheados – disse o homem com a cesta, mostrando uma pulseira. – Cobre puro.

Childan concordou com a cabeça. O sujeito ia demorar um pouco, mexendo nas amostras, mas acabaria indo embora.

O telefone tocou. Childan atendeu. Era um cliente, indagando sobre uma cadeira de balanço antiga, muito valiosa, que Childan estava mandando consertar para ele. Não estava pronta e Childan precisou inventar uma desculpa convincente. Olhando o trânsito do meio-dia pela vitrine da loja, ele o acalmou e deu garantias. Finalmente, o cliente, razoavelmente tranquilizado, desligou.

Não havia dúvida, pensou, colocando o telefone no gancho. Aquela história do Colt 44 o havia abalado consideravelmente. Ele já não olhava sua mercadoria com os mesmos olhos. Uma informação como aquela ia fundo. É como o despertar primal da infância; os fatos da vida. Mostra, refletiu, a ligação com nossos primeiros anos: não é apenas a história dos Estados Unidos que está em jogo, mas a nossa história pessoal. Como se surgissem dúvidas quanto à autenticidade de nossa certidão de nascimento. Ou a impressão que temos sobre o nosso pai.

Talvez, na verdade, eu não me lembre de FDR como um exemplo. Uma imagem sintética, lentamente formada por fragmentos de conversas aqui e ali. Um mito sutilmente implantado no tecido cerebral. Como, pensou, o mito de Hepplewhite. O mito de Chippendale. Ou talvez mais na linha de "Abraham Lincoln comeu aqui".

Ele usou esta velha faca de prata, esta colher, este garfo. Não se pode ver isso, mas o fato permanece.

No outro balcão, ainda mexendo com suas amostras e a cesta, o vendedor disse: – Podemos fazer objetos de encomenda. Personalizados. Se algum de seus clientes tiver suas próprias ideias. – Sua voz tinha um tom estrangulado; ele pigarreou, olhando fixo para Childan e depois para a joia que tinha na mão. Evidentemente, não sabia como ir embora.

Childan sorriu e não disse nada.

Não é minha responsabilidade. A dele é arrumar um jeito de sair daqui. Mantendo sua dignidade ou não.

Tamanho desconforto é difícil. Mas ele não precisa ser vendedor. Todos sofremos nesta vida. Eu, por exemplo. Aguentando japas como o sr. Tagomi o dia todo. Com uma simples inflexão eles conseguem me humilhar, tornar minha vida um inferno.

E então teve uma ideia. Esse sujeito obviamente não tem experiência. Está na cara. Talvez eu possa conseguir algo em consignação. Vale a pena tentar.

– Ei – disse Childan.

O homem levantou a cabeça depressa, o olhar fixo.

Aproximando-se dele, ainda de braços cruzados, Childan continuou: – Parece que vamos ter uma meia hora de calma aqui. Não prometo nada, mas você pode arrumar algumas dessas coisas aí no balcão. Tire aquelas gravatas de lá. – Apontou.

Assentindo, o homem começou a abrir um espaço em cima do balcão. Reabriu a cesta e, novamente, mexeu nas bandejas de veludo.

Vai tirar tudinho, sabia Childan. Ajeitar tudo minuciosamente durante uma hora ou mais. Cuidando e ajustando até estar com tudo montado. Esperando. Rezando. Espiando-me a cada segundo com o canto do olho. Para ver se demonstro algum interesse. Por menor que seja.

– Quando estiver pronto – disse Childan –, se eu não estiver ocupado demais, darei uma olhada.

O homem trabalhou febrilmente, como se tivesse recebido uma chicotada.

Vários clientes entraram na loja e Childan os cumprimentou. Ele lhes deu toda atenção e esqueceu o vendedor arrumando seu mostruário. O vendedor, compreendendo a situação, começou a trabalhar furtivamente, para não ser notado. Childan vendeu uma caneca de barbeiro, quase vendeu um tapete feito à mão e recebeu um depósito por um cobertor afegão. O tempo passou. Finalmente, os clientes saíram. Mais uma vez a loja estava vazia, à exceção dele e do vendedor.

O vendedor terminara. Sua inteira seleção de joias estava arrumada no veludo preto em cima do balcão.

Aproximando-se devagar, Robert Childan acendeu um Land-O-Smiles e ficou se balançando nos calcanhares, cantarolando baixinho. O vendedor ficou em silêncio. Nenhum dos dois disse uma palavra.

Por fim, Childan estendeu a mão e apontou um broche: – Gostei desse.

– Este é excelente – o vendedor disse apressado. – O senhor não vai encontrar nenhum arranhão. Tudo bem acabado. Não perde o brilho. Usamos um verniz plástico que dura anos. É o melhor verniz industrial que existe.

Childan assentiu ligeiramente.

– O que fizemos aqui – disse o vendedor – foi adaptar técnicas industriais testadas e aprovadas à fabricação de joias. Que eu saiba, é a primeira vez que se faz alguma coisa do gênero. Sem moldes. Tudo metal contra metal. Solda com bronze. – Parou. – As partes de trás são soldadas à mão.

Childan pegou duas pulseiras. Depois, um broche. Ficou com eles na mão um instante e colocou-os de lado.

O rosto do vendedor contraiu-se. Esperança.

Examinando a etiqueta de um colar, Childan perguntou:

– Isto é...

– Preço de varejo. Para o senhor é 50% disso. E se comprar, digamos, em torno de uns cem dólares, damos um desconto adicional de 2%.

Uma por uma, Childan separou várias outras peças. A cada uma que apanhava, o vendedor ficava cada vez mais agitado; falava cada vez mais depressa, acabando por se repetir, dizendo bobagens sem o menor sentido, em voz baixa e apressada. Ele acha mesmo que vai vender, pensou Childan. Sua própria expressão não revelava nada; continuou com o jogo de selecionar peças.

– Este é especialmente bom – continuou o vendedor, vendo Childan pescar um pingente bem grande e parar. – Acho que o senhor escolheu as melhores. Todas as melhores – o homem riu. – O senhor realmente tem bom gosto. – Os olhos dardejavam. Estava somando de cabeça o que Childan havia escolhido. O total da venda.

– Nossa política, com mercadoria nova, é recebê-la em consignação – disse Childan.

Por alguns instantes o vendedor não compreendeu. Parou de falar, mas ficou olhando, sem compreender.

Childan sorriu para ele.

– Em consignação – ecoou o vendedor, por fim.

– Prefere levar de volta? – disse Childan.

Gaguejando, o homem finalmente disse: – Quer dizer que eu deixo a mercadoria e o senhor me paga depois, quando...

– Você recebe dois terços do preço de venda. Quando as peças forem vendidas. Assim, ganha muito mais. É preciso esperar, naturalmente, mas... – Childan deu de ombros. – Depende de você. Talvez possa colocar na vitrine. E se tiver saída, então mais tarde, talvez, dentro de um mês mais ou menos, com o próximo pedido... Bom, talvez possamos comprar alguma coisa diretamente.

O vendedor gastara mais de uma hora mostrando sua mercadoria, percebeu Childan. Tirara tudo da cesta. Todo o mostruário estava desarrumado e desmantelado. Mais uma hora de trabalho para arrumar tudo e levar a outro lugar. Silêncio. Nenhum dos dois disse palavra.

– Aquelas peças que o senhor separou... – disse o vendedor em voz baixa. – São as que deseja?

– Sim. Pode deixar todas – Childan foi até o escritório nos fundos da loja. – Vou lhe dar um recibo. Assim terá uma lista do que deixou comigo. – Ao voltar com o bloco de recibos, acrescentou: – Você sabe que, quando uma mercadoria é deixada em consignação, a loja não assume responsabilidade em caso de roubo ou dano.

Deu uma fatura mimeografada para o vendedor assinar. A loja nunca teria de prestar contas dos artigos deixados. Quando a parte não vendida fosse devolvida, se estivesse faltando... teria de ser roubo, pensou Childan. Sempre acontecia em lojas. Especialmente coisas pequenas como joias.

Não havia como Robert Childan sair perdendo. Não precisava pagar pelas joias; não precisava fazer investimento algum. Se vendesse, saía lucrando; caso contrário, devolvia tudo – ou o que pudesse ser encontrado – em alguma vaga ocasião futura.

Childan fez o recibo, acrescentando uma lista das joias. Assinou e deu uma cópia ao vendedor. – Pode me ligar – ele disse. – Daqui a um mês mais ou menos. Para saber como estão indo as coisas.

Pegando as joias que queria, ele foi para o fundo da loja, deixando o vendedor reunir o resto das peças.

Nunca pensei que ele fosse aceitar, pensou. Nunca se sabe. Por isso sempre vale a pena tentar.

Quando ele tornou a levantar a cabeça, viu que o vendedor estava pronto para partir. Estava com a cesta de vime debaixo do braço e o balcão não tinha mais nada. O vendedor estava se aproximando dele, estendendo-lhe algo.

– Sim? – disse Childan, que estava verificando a correspondência.

– Quero deixar-lhe nosso cartão. – O vendedor ofereceu um estranho quadradinho de papel cinza e vermelho: Edfrank Joias Personalizadas. – Tem o nosso endereço e o número do telefone. Para o caso de o senhor querer se comunicar conosco.

Childan assentiu, sorriu em silêncio e voltou ao trabalho.

Quando parou de novo e levantou a cabeça, a loja estava vazia. O vendedor tinha ido embora.

Colocando uma moeda na máquina automática fixada na parede, Childan obteve uma xícara de chá quente instantâneo, que sorveu contemplativo.

Será que vai vender?, ele se perguntou. Pouco provável. Mas são bem-feitos. E não se vê coisa parecida. Examinou um dos broches. É um desenho curioso. Evidentemente não são amadores.

Vou mudar as etiquetas. Aumentar os preços. Insistirei na questão do "feito à mão". E o caráter exclusivo. Peças originais. Pequenas esculturas. Use uma obra de arte. Uma criação exclusiva em sua lapela ou pulso.

E havia outra ideia circulando e crescendo no fundo do pensamento de Robert Childan. *Com esses objetos, não há problema de autenticidade.* E esses problemas podem vir a acabar com a indústria de artesanato histórico americano. Não hoje nem amanhã – mas depois, quem sabe?

Era mais garantido não botar todos os ovos na mesma cesta. A visita daquele bandido judeu; talvez fosse um bom augúrio. Se eu adquirir na maciota um estoque de objetos não históricos, de trabalhos contemporâneos sem historicidade real ou imaginária, poderei me manter à frente da concorrência. E já que não me custa nada...

Reclinando a cadeira, de modo a encostá-la na parede, saboreou seu chá, refletindo.

O Momento muda. É preciso estar pronto para acompanhá-lo. Ou ficar para trás. *Adaptar-se.*

A regra da sobrevivência, pensou. Observar com os olhos bem abertos a situação ao redor. Aprender suas exigências. E enfrentá-las. Estar lá *na hora certa* fazendo *a coisa certa.*

Seja yin. O oriental sabe. Aqueles olhos yin negros e espertos...

De repente, ele teve uma boa ideia; no mesmo instante, endireitou-se na cadeira. Dois coelhos, uma só cajadada. Ah! De um salto ficou de pé, excitado. Embrulhar cuidadosamente a melhor das joias (tirando a etiqueta, naturalmente). Um broche, um pingente ou uma pulseira. Algo belo, de qualquer maneira. E, já que é preciso deixar a loja, fechar às duas, dar um pulo até a casa dos Kasoura. O sr. Kasoura, Paul, estará no trabalho. A sra. Kasoura, Betty, contudo, *muito provavelmente estará em casa.*

Oferecer de presente esse produto original de uma nova arte americana. Uma homenagem pessoal minha, para sentir a reação de pessoas de alta posição. É assim que se introduz uma nova linha de produtos. Não é lindo? Há uma série na loja; apareça etc. Este é para você, Betty.

Estremeceu. Só ela e eu, de tarde, no apartamento. O marido no trabalho. Mas tudo na maior correção; um pretexto brilhante.

Perfeito!

Apanhando uma caixinha, papel e fita, Robert Childan começou a preparar o presente para a sra. Kasoura. Aquela mulher escura, atraente, esbelta em seu vestido de seda oriental, salto alto, e assim por diante. Ou talvez esteja de pijama de algodão azul, estilo chinês, leve, confortável, informal. Ah! suspirou.

Ou é muita audácia? O marido Paul zangando-se. Descobrindo e reagindo mal. Talvez seja melhor ir devagar; levar o presente a ele, no escritório? Contar a mesma história, só que a ele. Deixar que ele dê o presente; nenhuma suspeita. E, pensou Robert Childan, posso telefonar para a Betty amanhã ou depois para saber sua reação.

Mais perfeito ainda!

Quando Frank Frink viu seu sócio voltando calçada acima, percebeu logo que as coisas não tinham ido bem.

– O que aconteceu? – perguntou, tirando a cesta das mãos de Ed e colocando-a no caminhão. – Jesus Cristo, você demorou mais de uma hora e meia. Ele levou esse tempo todo para dizer não?

– Ele não disse que não – respondeu Ed.

Parecia exausto. Entrou no caminhão e ficou sentado.

– Então disse o quê? – Abrindo a cesta, Frink viu que havia muitas peças faltando. Das melhores. – Ele apanhou um monte delas. Então, o que foi?

– Em consignação – disse Ed.

– E você topou? – Ele não podia acreditar. – Mas nós discutimos...

– Não sei como foi acontecer.

– Cristo! – disse Frink.

– Sinto muito. Parecia que ia comprar. Escolheu um monte. Pensei que estivesse comprando.

Ficaram sentados em silêncio no caminhão durante muito tempo.

10

Tinham sido duas semanas terríveis para o sr. Baynes. De seu quarto de hotel, ligara todos os dias ao meio-dia para saber se o velho senhor aparecera na Missão Comercial. A resposta era, invariavelmente, não. A voz do sr. Tagomi tornava-se cada dia mais fria e mais formal. Enquanto o sr. Baynes preparava-se para fazer a décima sexta chamada, pensou: mais cedo ou mais tarde vão me dizer que o sr. Tagomi saiu. Que não atenderá mais as minhas ligações. E aí acabou.

O que aconteceu? Onde está o sr. Yatabe?

Tinha uma ideia aproximada. A morte de Martin Bormann provocara imediata consternação em Tóquio. O sr. Yatabe, na certa, estava há um dia ou dois em viagem quando recebeu novas instruções. Voltar ao Japão para novas orientações.

Era muita falta de sorte, percebeu o sr. Baynes. Talvez até fatal.

Ele tinha, porém, de ficar onde estava, em San Francisco. Ainda tentando combinar a reunião para a qual viera. Quarenta e cinco minutos pelo foguete da Lufthansa de Berlim, e agora isso. Vivemos numa época estranha. Podemos viajar para onde quisermos, até para outros planetas. E para quê? Para ficar sentado dia após dia, a moral e a esperança definhando. Mergulhado num tédio infinito. E, enquanto isso, os outros estão ocupados. Não estão sentados indefesos, esperando.

O sr. Baynes abriu a edição da tarde do *Nippon Times* e leu novamente as manchetes.

> O DR. GOEBBELS NOMEADO CHANCELER DO REICH
> Solução-surpresa para o problema da liderança, dada pelo Comitê do Partei. Discurso radiofônico considerado decisivo. Multidões em Berlim aplaudem. Declaração aguardada. Göring talvez seja nomeado Chefe de Polícia, em lugar de Heydrich.

Releu o artigo inteiro. Depois guardou o jornal, pegou o telefone e deu à telefonista o número da Missão Comercial.

– Aqui é o sr. Baynes. Posso falar com o sr. Tagomi?

– Um momento, senhor.

Foi um longo momento.

– Sr. Tagomi falando.

– Perdoe esta situação deprimente para ambos, senhor... – disse o sr. Baynes, respirando fundo.

– Ah, sr. Baynes.

– Sua hospitalidade, senhor, é inigualável. Algum dia sei que compreenderá os motivos que me levam a adiar nossa conferência até que o senhor de idade...

– Lamentavelmente, ele ainda não chegou.

O sr. Baynes fechou os olhos. – Pensei que talvez, de ontem para cá...

– Lamento, mas não, senhor. – Polidez mínima. – Com licença, sr. Baynes, estou muito ocupado.

– Bom dia, senhor.

O telefone ficou mudo. Hoje o sr. Tagomi desligara sem nem mesmo se despedir. O sr. Baynes lentamente recolocou o fone no gancho.

Preciso fazer qualquer coisa. Não posso mais esperar.

Recebera ordens explícitas de não entrar em contato com a Abwehr de maneira alguma. Deveria apenas esperar até dar um jeito de encontrar o representante militar japonês; reunir-se com ele e voltar a Berlim. Mas ninguém previra que Bormann iria morrer justamente nessa hora. Portanto...

Suas ordens haviam vencido. Era preciso substituí-las. Agir por conta própria, já que não havia quem consultar.

Nos EAP havia pelo menos dez agentes da Abwehr, mas alguns – possivelmente todos – eram conhecidos pela SD local e seu competente chefe regional, Bruno Kreuz von Meere. Ele havia conhecido Bruno rapidamente numa reunião do *Partei* anos atrás. O homem era notório nas rodas policiais pelo fato de ter sido ele quem, em 1943, descobrira o complô anglo-tcheco contra Reinhard Heydrich, salvando assim a vida do Carrasco. Em todo caso, Bruno Kreuz von Meere já era uma autoridade em ascensão dentro da SD. Não era um simples burocrata policial.

Era, na realidade, um homem muito perigoso.

Era possível até que, apesar de todas as precauções tomadas, tanto por parte da Abwehr, em Berlim, quanto pela Tokkoka, em Tóquio, a SD já tivesse conhecimento desta tentativa de reunião em San Francisco, nos escritórios da Missão Comercial. Contudo, este território estava sob administração japonesa. A SD não tinha autoridade oficial para interferir. Ela podia fazer com que o representante alemão – ele, no caso – fosse preso quando pisasse novamente em território do Reich; mas não podia fazer nada contra o representante japonês, ou contra a realização da reunião em si.

Ao menos, era o que esperava.

Seria possível que a SD tivesse conseguido deter o senhor de idade em algum ponto do caminho? Era um longo percurso de Tóquio a San Francisco, especialmente para uma pessoa tão idosa e tão frágil que não podia nem enfrentar uma viagem aérea.

O que preciso fazer, concluiu o sr. Baynes, é saber de meus superiores se o sr. Yatabe ainda vem. Eles saberiam. Se a SD o tiver interceptado ou se o governo de Tóquio o tiver chamado de volta, eles saberiam.

E se encontraram um meio de chegar ao senhor de idade, concluiu, vão chegar a mim.

Ainda assim, a situação, mesmo naquelas circunstâncias, não era desesperadora. Uma ideia ocorrera ao sr. Baynes enquanto esperava, dia após dia, sozinho em seu quarto no Hotel Adhirati.

Seria melhor transmitir minha informação ao sr. Tagomi do que voltar para Berlim de mãos vazias. Ao menos assim haveria uma chance, ainda que remota, de as pessoas certas receberem a informação. Mas o sr. Tagomi não podia fazer mais que ouvir; era o ponto fraco da ideia. O máximo que podia fazer era ouvir, decorar o recado e, logo que possível, fazer uma viagem de negócios às Ilhas Nipônicas. Enquanto que o sr. Yatabe tinha nível político, podia ouvir... e falar.

Mesmo assim, era melhor do que nada. O tempo urgia. Começar tudo de novo, combinar penosamente, cautelosamente, outra vez, durante meses, o delicado contato entre uma facção na Alemanha e uma facção no Japão...

Seria uma surpresa e tanto para o sr. Tagomi, pensou com acidez. Ver-se de repente com uma informação dessa nas mãos. Muito diferente das informações sobre moldes injetáveis...

Talvez tenha um colapso nervoso. Ou revele tudo a alguém do seu grupo, ou se retire; finja, até para si mesmo, que não ouvira nada. Simplesmente se recuse a acreditar em mim. Talvez se levante, se incline e saia da sala, tão logo eu comece a falar.

Indiscreto. Talvez visse a coisa assim. Não estava ali para ouvir tais coisas.

Tão fácil, pensou o sr. Baynes. A saída é tão imediata, tão fácil, para ele. Gostaria que o fosse para mim, pensou.

Mas, no fundo, não era possível nem para o sr. Tagomi. Não somos diferentes. Ele pode ignorar minhas palavras. Mais tarde, porém. Quando não for uma questão de palavras. Se conseguir explicar-lhe. Ou a quem quer que seja... com quem eu acabar falando.

Deixando o quarto do hotel, o sr. Baynes desceu de elevador para o vestíbulo.

Uma vez na calçada, pediu ao porteiro que lhe chamasse um bicitáxi e logo estava a caminho da Rua Market, o motorista chinês pedalando energicamente.

– Aqui – disse ao motorista, quando encontrou o letreiro que procurava. – Encoste na calçada.

O bicitáxi parou ao lado de um hidrante. O sr. Baynes pagou e o dispensou. Aparentemente, não fora seguido. O sr. Baynes foi andando a pé pela calçada. Um momento depois, juntamente com outros consumidores, entrava numa grande loja do centro, a Fuga Department Store.

Compradores por toda parte. Balcões e mais balcões. Vendedoras, a maioria branca e algumas japonesas como chefes de departamento. A barulheira era infernal.

Após uma certa confusão, o sr. Baynes localizou o departamento de roupas masculinas. Parou ao lado dos cabides de calças e começou a examiná-las. Imediatamente, um vendedor, um jovem branco, se aproximou e o cumprimentou.

O sr. Baynes disse: – Vim buscar as calças de lã marrom-escura que vi ontem – disse o sr. Baynes. Encarando o vendedor, continuou: – Não foi com você que falei. O outro era mais alto. Bigode ruivo. Bem magro. O nome no paletó era Larry.

– Ele está almoçando no momento. Mas volta logo – respondeu o vendedor.

– Vou experimentar estas – disse o sr. Baynes, tirando um par de calças do cabide.

– Pois não, senhor.

O vendedor indicou um provador vazio e foi atender outra pessoa.

O sr. Baynes entrou no provador e fechou a porta. Sentou-se numa das duas cadeiras e esperou.

Alguns minutos depois, bateram na porta. Esta se abriu e entrou um japonês baixo, de meia-idade.

– O senhor é estrangeiro? – perguntou ao sr. Baynes. – E devo aprovar seu crédito? Deixe-me ver seus documentos.

Fechou a porta atrás de si. O sr. Baynes tirou a carteira do bolso. O japonês sentou-se e começou a examinar o conteúdo da carteira. Diante da foto de uma moça, fez uma pausa.

– Muito bonita.

– Minha filha, Marta.

– Eu também tenho uma filha chamada Marta – disse o japonês.
– Está atualmente em Chicago, estudando piano.

– Minha filha – informou o sr. Baynes – está para se casar.

O japonês devolveu-lhe a carteira e ficou esperando.

– Estou aqui há duas semanas e o sr. Yatabe não apareceu – disse o sr. Baynes. – Quero saber se ainda vem. Caso contrário, o que devo fazer?

– Volte amanhã à tarde – respondeu o japonês. Levantou-se e o sr. Baynes imitou-o. – Bom dia.

– Bom dia – disse o sr. Baynes. – Saiu do provador, pendurou as calças de volta no cabide e saiu da Fuga Department Store.

Não durou muito, pensou, enquanto andava pela tumultuada calçada do centro com os outros transeuntes. Será que ele consegue mesmo obter a informação tão depressa? Entrar em contato com Berlim, codificar minhas perguntas e transmiti-las, receber a resposta e decifrar o código... cada passo?

Aparentemente, sim.

Agora lamento não ter feito este contato antes. Teria evitado muita preocupação e angústia. E, evidentemente, não correra riscos; tudo parecia ter corrido tão bem. Na verdade, foram apenas cinco ou seis minutos.

O sr. Baynes continuou andando a esmo, olhando as vitrines. Sentia-se muito melhor agora. Um pouco adiante, deparou com as fotos nas portas dos cabarés, manchadas pelas moscas, mostrando mulheres brancas, completamente nuas, cujos seios pareciam bolas de vôlei meio murchas. Esta visão o divertiu, e ele diminuiu o passo, sendo empurrado pelos pedestres mais atarefados, que subiam e desciam a Rua Market.

Pelo menos fizera alguma coisa, finalmente.

Que alívio!

Encostada confortavelmente na porta do carro, Juliana lia. Ao seu lado, com o cotovelo para fora da janela, Joe dirigia com uma mão apoiada de leve no volante e um cigarro pendurado no lábio inferior. Era bom motorista e já tinham feito um bom pedaço desde Canon City.

O rádio transmitia música folclórica sentimental típica de cervejaria alemã, uma banda de acordeões executando um daqueles intermináveis *schottishes* ou polcas; ela nunca sabia diferenciar.

– Kitsch – disse Joe, quando terminou a música. – Escuta, eu conheço muito música; vou te dizer quem foi um grande maestro. Você na certa não se lembra. Arturo Toscanini.

– Não – disse ela, sem parar de ler.

– Era italiano. Mas os nazistas não o deixaram mais reger depois da guerra, por causa de suas opiniões políticas. Já morreu. Não gosto daquele Von Karajan, regente permanente da Filarmônica de Nova York. Obrigavam o pessoal do nosso dormitório de trabalhadores a assistir aos concertos dele. O que eu gosto, como carcamano que sou... você pode imaginar – olhou para ela. – Gostando do livro?

– É absorvente.

– Eu gosto de Verdi e Puccini. Em Nova York, a única coisa que se tem é a música pesada e bombástica de Wagner e Orff, e somos obrigados a ir todas as semanas a um daqueles péssimos espetáculos dramáticos do Partido Nazista dos Estados Unidos, no Madison Square Garden, com bandeiras, tambores, trombetas e aquela chama tremulante. A história das tribos góticas e outras porcarias educativas, cantada em lugar de falada, para ser chamado de "arte". Você conheceu Nova York antes da guerra?

– Sim – disse ela, tentando ler.

– É verdade que havia um teatro excelente naquela época? Foi o que ouvi dizer. Agora é igual ao cinema; é tudo um cartel com sede em Berlim. Nos treze anos que vivi em Nova York nunca estrearam uma boa peça ou um musical, só essas...

– Me deixe ler – disse Juliana.

– E é a mesma coisa com os livros – continuou Joe, imperturbável. – É um cartel dirigido de Munique. A única coisa que fazem em Nova York é imprimir; só grandes impressoras... mas, antes da guerra, Nova York era o centro da indústria editorial mundial, ou pelo menos é o que dizem.

Colocando os dedos nos ouvidos, ela se concentrou no livro aberto em seu colo, cortando a voz dele. Ela havia chegado ao capítulo do *Gafanhoto* que descrevia a fabulosa televisão e estava fascinada; especialmente a passagem sobre os pequenos aparelhos baratos para os povos subdesenvolvidos da África e da Ásia.

... Só *know-how* ianque e o sistema de produção em massa – Detroit, Chicago, Cleveland, nomes mágicos! – podiam ter realizado aquele prodígio, enviado aquela torrente infindável e até nobre de conjuntos de televisão a um dólar (dólar chinês, o dólar comercial) a cada aldeia e buraco do Oriente. Quando o aparelho, depois de montado por algum jovem magro e agitado da aldeia, louco por uma oportunidade, por aquilo que os generosos americanos lhe ofereciam, aquele aparelhinho movido por sua própria fonte de energia, contida numa célula não maior que uma bola de gude, começava a receber... E o que recebia? Agachados diante da tela, os jovens da aldeia e, muitas vezes, os velhos também, viam palavras. Lições. Primeiro, como ler. Depois o resto. Como cavar um poço mais fundo. Como arar melhor. Como purificar a água potável, curar os doentes. No céu girava uma lua artificial americana, distribuindo o sinal, levando-o a toda parte... às massas ávidas, esperançosas, do Oriente.

– Você está lendo tudo? – perguntou Joe. – Ou pulando pedaços?
– É maravilhoso – disse ela. – Ele nos faz enviar comida e educação a todos os asiáticos, milhões deles.
– Assistência social em escala internacional – respondeu Joe.
– É. O New Deal sob o governo de Tugwell; eles elevam o nível das massas. Escute.
Leu em voz alta para Joe:

... O que tinha sido a China? Uma entidade aspirando a ser uma comunidade voltada para o Oeste, com seu grande presidente democrático, Chiang Kai-Shek, que guiou o povo chinês nos anos da guerra, conduzindo-o agora aos anos de paz, à Década da Reconstrução. Mas, para a China, não era uma reconstrução, pois aquela terra vasta e plana quase sobrenatural nunca fora construída; ainda dormia o sono dos séculos. Despertar; sim, a entidade, o gigante, precisava enfim despertar para a consciência total, despertar para o mundo moderno com seus aviões a jato e energia atômica, suas autoestradas, fábricas e produtos farmacêuticos. E de onde viria o trovão que despertaria o gigante? Chiang sabia, mesmo durante a luta que levaria à derrota do Japão. Ele viria dos Estados Unidos. E, por volta de 1950, técnicos, engenheiros, professores, médicos, agrônomos americanos invadiriam cada província como uma nova forma de vida, cada qual...

Interrompendo-a, Joe disse:
– Você sabe o que ele fez, não sabe? Pegou o melhor do nazismo, a parte socialista, a Organização Todt e o progresso econômico que tivemos graças a Speer, e a quem está atribuindo o mérito? Ao New Deal. E deixou de lado a parte ruim, a SS, a exterminação racial e a segregação. É uma utopia! Você acha que, se os aliados tivessem vencido, o New Deal teria sido capaz de revitalizar a economia e fazer aquelas melhoras socialistas, como ele diz? Claro que não; ele está falando de uma forma de sindicalismo esta-

tal, de estado corporativo, como aquele que desenvolvemos sob o regime do Duce. Ele está dizendo: vocês teriam tudo o que há de bom e nada de...
– Me deixe ler – ela retrucou feroz.
Ele deu de ombros. Mas parou de falar. Ela continuou lendo, em silêncio.

... E esses mercados, os incontáveis milhões da China, ocupam sem cessar as fábricas de Detroit e Chicago; aquela boca gigantesca jamais seria saciada, cem anos não seriam suficientes para dar àquele povo bastantes caminhões, tijolos, lingotes de aço, roupa, máquinas de escrever, enlatados, relógios, rádios ou colírio. O trabalhador americano tinha, em 1860, o nível de vida mais alto do mundo, graças àquilo que, delicadamente, chamavam de cláusula da "nação mais favorecida" constante de toda transação comercial com o Oriente. Os Estados Unidos já não ocupavam o Japão, e nunca haviam ocupado a China; e, contudo, o fato era indiscutível: Cantão, Tóquio e Xangai não compravam dos ingleses; compravam dos americanos. E a cada venda, os operários de Baltimore, Los Angeles ou Atlanta ficavam um pouco mais prósperos.

Aos planejadores, aos homens de visão da Casa Branca, parecia que haviam quase alcançado sua meta. As naves espaciais exploratórias em breve arriscariam um voo cauteloso no vácuo, partindo de um mundo que, por fim, acabara com seus sofrimentos seculares: fome, praga, guerra, ignorância. No Império Britânico, medidas equivalentes visando ao progresso socioeconômico levavam alívio semelhante às massas na Índia, Birmânia, África, Oriente Médio. As fábricas do Ruhr, de Manchester, do Sarre, o petróleo de Baku, fluíam e interagiam em harmonia intrincada porém eficaz; as populações da Europa aproveitavam o que parecia...

– Acho que eles deviam ser os chefes – disse Juliana, parando.
– Foram sempre os melhores. Os ingleses.
Ela esperou, mas Joe não disse nada. Por fim, continuou a ler.

... realização do sonho de Napoleão; homogeneidade racional entre as diversas correntes étnicas que entre si tinham disputado e levado à balcanização da Europa, desde a queda de Roma. Sonho, também, de Carlos Magno: uma Cristandade unificada, totalmente em paz não só consigo própria mas com o resto do mundo. E contudo... havia ainda um ponto fraco.

Cingapura.

Os Estados da Malásia tinham uma grande população chinesa, a maioria da empreendedora classe comercial, e esses prósperos e industriosos burgueses viam na administração americana da China um tratamento mais justo para quem era considerado "o nativo". Sob o domínio britânico, as raças mais escuras eram excluídas dos *country clubs*, dos hotéis, dos melhores restaurantes; viram-se, como nos tempos antigos, confinados em certas partes do trem e do ônibus e – talvez o pior de tudo – limitados quanto à sua escolha de residência dentro de cada cidade. Aqueles "nativos" perceberam e notaram, em suas conversas e jornais, que, nos Estados Unidos, o problema racial havia sido resolvido desde 1950. Brancos e pretos viviam, trabalhavam e comiam lado a lado, inclusive no Sul dos EUA; a Segunda Guerra Mundial acabara com a discriminação...

– Termina com algum conflito? – perguntou Juliana a Joe.

Ele respondeu com um grunhido, conservando os olhos fixos na estrada.

– Me conte o que vai acontecer – disse ela. – Sei que não vou ter tempo de acabar; daqui a pouco vamos chegar a Denver. Os Estados Unidos e a Inglaterra entram em guerra e um dos dois vai acabar dominando o mundo?

– De certa forma não é um mau livro – respondeu Joe em seguida. – Fornece todos os detalhes; os Estados Unidos ficam com o Pacífico, mais ou menos como nossa Esfera de CoProsperidade do Leste Asiático. E dividem a Rússia. Isso funciona durante uns dez anos. Depois começam as encrencas... naturalmente.

– Por que naturalmente?

– A natureza humana – acrescentou Joe. – A natureza das nações. Suspeita, medo, ganância. Churchill acha que os Estados Unidos estão sabotando o domínio britânico no Sul da Ásia, tentando atrair as vastas massas chinesas, que eles chamam pró-americanas, graças a Chiang Kai-Shek. Os ingleses começaram a montar – esboçou um sorriso – o que eles chamam de "reservas de detenção". Em outras palavras, campos de concentração. Para milhares de chineses talvez desleais. São acusados de sabotagem e propaganda. Churchill é tão...

– Você quer dizer que ele ainda está no poder? Ele não teria uns noventa anos?

– É aí que o sistema britânico leva vantagem sobre o americano – continuou Joe. – A cada oito anos os Estados Unidos demitem seus líderes, por melhores que sejam... mas Churchill simplesmente continua. Depois de Tugwell, os americanos nunca mais tiveram um líder igual a ele. Só insignificâncias. E quanto mais velho vai ficando, mais autocrata e inflexível se torna... estou falando de Churchill. Até que, por volta de 1960, vira uma espécie de velho chefe guerreiro da Ásia Central; ninguém pode contrariá-lo. Está no poder há vinte anos.

– Nossa Senhora – disse ela, folheando a parte final do livro, procurando verificar o que Joe estava dizendo.

– Nesse ponto eu concordo – prosseguiu Joe. – Churchill foi o único bom líder que os ingleses tiveram durante a guerra; se o tivessem mantido, teriam se saído melhor. Garanto; um Estado não é melhor que seu líder. *Führerprinzip,* ou Princípio da Liderança, como dizem os nazistas. Têm razão. Até esse Abendsen tem que concordar. Claro, os Estados Unidos se expandem economicamente depois de derrotar o Japão, porque conseguiram arrancar deles aquele vasto mercado que é a Ásia. Mas não basta; falta espiritualidade. Não que os ingleses tenham. Ambos os países são plutocráticos, ambos são dirigidos pelos ricos. Se tivessem vencido, a única coisa que teria interessado àquela classe dominante seria ganhar mais dinheiro. Abendsen está errado; não haveria nenhuma reforma, nem planos de assistência social. Os plutocratas anglo-saxões não permitiriam isso.

Ele fala como um fascista convicto, pensou Juliana.

Evidentemente, Joe percebeu pela sua expressão o que ela estava pensando; voltou-se para ela, diminuindo a marcha, com um olho nela e o outro nos carros que vinham na direção contrária.

– Escute, eu não sou um intelectual. O fascismo não precisa disso. Precisa é de ação. A teoria deriva da ação. O que o nosso Estado corporativo exige de nós é a compreensão das forças sociais: da história. Você entende? Olhe, eu sei, Juliana. – Seu tom era sincero, quase suplicante. – Esses velhos e podres impérios governados pelo dinheiro, Grã-Bretanha, França e Estados Unidos, embora o último seja realmente uma espécie de país bastardo, que não chega exatamente a ser um império, mas que também venera o dinheiro. Eles não têm alma; portanto, não têm futuro. Não crescem. Os nazistas são uma corja de bandidos, concordo. Você concorda? Certo?

Ela teve de sorrir. Sua exuberância italiana havia se acentuado na tentativa de guiar e falar ao mesmo tempo.

– Abendsen fala como se fosse grande coisa os Estados Unidos ou a Inglaterra ganharem no final. Besteira! Não tem mérito, não tem história. Seis de um, meia dúzia do outro. Você já leu os escritos do Duce? Inspirados. Um belo homem. Belos escritos. Eles explicam o que há por trás de cada acontecimento. A causa real da guerra foi o velho contra o novo. O dinheiro – foi por isso que os nazistas cometeram o erro de envolver os judeus na história – contra o espírito comunitário, o que os nazistas chamam de *Gemeinschaft*. Como os soviéticos. Comunidade. Certo? Só que os comunistas introduziram as ambições pan-eslavas de Pedro, o Grande, e fizeram das reformas sociais um meio de realizar metas imperialistas como Mussolini.

Assim como Mussolini fez. Exatamente igual, pensou Juliana.

– Esse comportamento criminoso dos nazistas é uma tragédia – continuou Joe, ultrapassando um caminhão que ia devagar. – Mas a mudança é sempre dura para quem perde. Nada de novo. Olha as revoluções anteriores, como a francesa. Ou Cromwell contra os irlandeses. Há filosofia demais no temperamento alemão; muito teatro, também. Todas aquelas reuniões. Você nunca verá um verdadeiro fascista falando, mas sim agindo, como eu. Certo?

– Nossa, você está falando a cem por hora – disse ela, rindo.

– Estou explicando a teoria fascista da ação! – ele gritou, empolgado.

Ela não pôde responder; era engraçado demais.

Mas o homem ao seu lado não estava achando graça; ficou carrancudo, o rosto congestionado. Saltaram veias em sua testa e começou a tremer outra vez. E novamente passou bruscamente pela cabeça os dedos em garra, num movimento contínuo, sem falar, só encarando-a.

– Não fique zangado comigo – disse ela.

Por um momento ela pensou que fosse levar um soco; ele puxou o braço para trás... depois, com um grunhido, estendeu a mão e ligou o rádio.

Continuaram. Música de banda no rádio. Estática. Novamente ela tentou se concentrar no livro.

– Você tem razão – disse Joe, após um bom tempo.

– Sobre o quê?

– Esse império de meia-tigela. Esse palhaço como líder. Não é de espantar não termos tirado nada da guerra.

Ela deu uma palmadinha no braço dele.

– Juliana, é tudo escuridão – disse Joe. – Nada é verdadeiro nem garantido. Não estou certo?

– Talvez – disse ela distraidamente, continuando a tentar ler.

– A Inglaterra vence – disse Joe, indicando o livro. – Vou lhe poupar o trabalho de ler o resto. Os Estados Unidos entram em decadência, a Inglaterra continua se expandindo, mantendo a iniciativa. Então, pode colocar o livro de lado.

– Espero que a gente se divirta em Denver – disse ela, fechando o livro. – Você precisa descansar. Quero que relaxe.

Caso contrário, pensou, vai se desfazer em mil pedaços. Como uma mola arrebentada. E o que será de mim, então? Como é que eu vou voltar? E... será que eu devo simplesmente deixar você?

Quero aquela farra que você me prometeu, pensou. Não quero ser enganada; já fui enganada demais na minha vida, por gente demais.

– Vamos nos divertir – disse Joe. – Escute. – Observou-a com uma expressão estranha, introspectiva.

– Você gostou tanto desse livro, do *Gafanhoto*; será... será que um sujeito que escreve um best-seller, um autor como esse Abendsen... As pessoas escrevem cartas para ele? Aposto que tem um monte de gente que escreve elogiando o livro, talvez até o visitem.

De repente ela compreendeu.

– Joe, são menos de duzentos quilômetros!

Os olhos dele brilharam; sorriu-lhe, feliz de novo, já não mais vermelho nem perturbado.

– Podíamos! – disse ela. – Você dirige tão bem... seria moleza ir lá em cima, não seria?

– Bem, duvido que um homem famoso deixe que as pessoas entrem assim, sem mais nem menos. Deve vir gente demais – disse Joe, lentamente.

– Por que não tentar? Joe... – ela agarrou seu ombro e apertou-o, excitada. – O máximo que pode acontecer é mandar-nos embora. Por favor.

– Depois que tivermos feito nossas compras e estivermos de roupa nova, elegantes... – disse Joe, pensando melhor –, é importante causar boa impressão. E talvez até aluguemos um carro novo, lá em Cheyenne. Aposto que você podia fazer isso.

– Claro – disse ela. – E você precisa cortar o cabelo. E deixe que eu escolha suas roupas; por favor, Joe. Eu sempre escolhia as de Frank; homem não sabe comprar.

– Você tem bom gosto para roupa – replicou Joe, novamente voltando-se para a estrada, olhando para fora, sombrio. – E para outras coisas também. Melhor *você* telefonar. Entrar em contato com ele.

– Vou ao cabeleireiro – disse ela.

– Ótimo.

– Não tenho medo de chegar e tocar a campainha – disse Juliana. – Afinal, só se vive uma vez. Por que devemos nos intimidar? Ele é apenas um homem como os outros. Na realidade, ele provavelmente vai ficar contente ao saber que alguém veio de tão longe só para dizer que gostou do livro. Podemos pedir que ele autografe nosso exemplar, dentro do livro, no lugar onde costumam fazer isso. Não é? É melhor comprar um novo; este está todo manchado. Não ficaria bem.

– Como você quiser – disse Joe. – Deixo os detalhes com você; sei que é capaz. Uma mulher bonita consegue sempre tudo; quando ele vir a beleza que você é, vai escancarar a porta na hora. Mas escute; nada de brincadeiras.

– Como assim?

– Diga que nós somos casados. Não quero que você se meta com ele, sabe. Seria terrível. Estragaria a vida de todo mundo; que recompensa por deixar entrar visitas; que ironia. Então, cuidado, Juliana.

– Você pode discutir com ele – disse Juliana. – Aquela parte da Itália perdendo a guerra por ter traído; diga a ele o que me disse.

– É verdade – disse Joe, assentindo. – Podemos discutir a história toda.

Continuaram viajando, acelerados.

• • •

Às sete horas da manhã seguinte, horário dos EAP, o sr. Nobusuke Tagomi levantou-se da cama, começou a se dirigir ao banheiro, mudou de ideia e foi diretamente ao oráculo.

Sentado de pernas cruzadas no chão da sala, começou a manipular as quarenta e nove varetas de milefólio. Tinha a nítida impressão de que suas perguntas envolviam um caráter de urgência e trabalhou febrilmente até estar no fim com as seis linhas à sua frente.

Choque! Hexagrama Cinquenta e Um!

Deus aparece sob a forma do Incitar. Raios e trovões. Barulhos... Involuntariamente levantou os dedos para tapar os ouvidos. Oh, oh! Ha, ha! Um grande estrondo que o fez estremecer e piscar. O lagarto corre e o tigre ruge, e de dentro sai Deus em pessoa!

O que significa isso? Olhou ao seu redor. Chegada de... quê? Num impulso, ficou de pé e, ofegante, esperou.

Nada. Coração disparado. A respiração e todos os processos somáticos, inclusive toda forma de reação autônoma de controle diencefálico diante de crise: adrenalina, taquicardia, pulso acelerado, glândulas segregando, garganta paralisada, dilatação das pupilas, intestino solto etc. Estômago revirado e instinto sexual suprimido.

E, contudo, nada à vista; nada para o corpo fazer. Fugir? Tudo preparado para fugir em pânico. Mas para onde e por quê?, perguntou-se o sr. Tagomi. Nenhum indício. Portanto, impossível. O dilema do homem civilizado; o corpo mobilizado, mas o perigo obscuro.

Foi ao banheiro e ensaboou o rosto para se barbear. O telefone tocou.

– É o choque – disse em voz alta, deixando a navalha de lado. – Esteja preparado. – Saiu rapidamente do banheiro e voltou à sala. – Estou preparado – disse, tirando o fone do gancho. – Aqui é Tagomi. – Sua voz saiu um guincho; pigarreou.

Uma pausa. Depois uma voz distante, seca, sussurrada, quase como folhas velhas na distância, disse:

– Senhor, aqui fala Shinjiro Yatabe. Acabo de chegar a San Francisco.

– Queira receber as boas-vindas da Missão Comercial Dominante – respondeu o sr. Tagomi. – Como estou contente. Está bem de saúde e descansado?

– Sim, sr. Tagomi. Quando poderemos nos encontrar?

– Daqui a pouco. Em meia hora. – O sr. Tagomi olhou para o relógio no quarto, tentando ver as horas. – Há uma terceira pessoa: o sr. Baynes. Preciso avisá-lo. Talvez haja uma pequena demora, mas...

– Digamos, então, daqui a duas horas, senhor? – perguntou o sr. Yatabe.

– Está bem – respondeu o sr. Tagomi, curvando-se.

– No seu escritório no edifício Nippon Times.

O sr. Tagomi tornou a se curvar. Clique. O sr. Yatabe havia desligado.

Agradei ao sr. Baynes, pensou o sr. Tagomi. Um deleite do mesmo tipo do que o que o gato tem quando lhe jogam um pedaço de salmão, um bom e carnudo pedaço da cauda, por exemplo. Pressionou a tecla do gancho do telefone e rapidamente ligou para o Hotel Adhirati.

– Acabou o sofrimento – disse, quando a voz sonolenta do sr. Baynes chegou-lhe aos ouvidos.

A voz perdeu a sonolência de imediato. – Ele chegou?

– No meu escritório – disse o sr. Tagomi. – Às dez e vinte. Até logo.

Desligou e correu de volta ao banheiro para terminar a barba. Não havia tempo para café; mandaria o sr. Ramsey providenciar depois que todos tivessem chegado ao escritório. Talvez possamos nos deleitar os três... Mentalmente, enquanto se barbeava, planejou um ótimo café da manhã para todos.

• • •

O sr. Baynes estava diante do telefone, de pijama, esfregando a testa e pensando. Que pena ter fraquejado e procurado aquele agente, pensou. Se tivesse esperado só mais um dia...

Mas quem sabe não atrapalhou nada. Só que devia voltar à loja hoje. E se eu não voltar? Talvez provoque uma reação em cadeia; vão pensar que fui assassinado ou algo assim. Vão tentar me encontrar.

Não tem importância. Porque ele está aqui. Finalmente. A espera acabou.

O sr. Baynes correu para o banheiro e se preparou para fazer a barba.

Não tenho a menor dúvida de que o sr. Tagomi irá reconhecê-lo assim que se encontrem, pensou. Podemos deixar de lado o "sr. Yatabe", agora. Na verdade, podemos deixar de lado todos os disfarces e subterfúgios.

Assim que acabou de fazer a barba, o sr. Baynes entrou no chuveiro. Enquanto a água jorrava, cantou a plenos pulmões:

"Wer reitet so spat,
Durch Nacht und den Wind?
Es ist der Vater
Mit seinem Kind."

É provável que agora seja tarde demais para a SD interferir. Mesmo se descobrirem. Portanto, talvez eu possa deixar de me preocupar; ao menos com as coisas menores... como a preocupação finita, particular, com a minha própria pele.

Mas quanto ao resto... estamos apenas começando.

II

Para o Freiherr Hugo Reiss, cônsul do Reich em San Francisco, o primeiro encontro desse dia particular foi inesperado e desagradável. Quando chegou ao escritório, já encontrou uma visita à sua espera, um homem grande, pesado, de meia-idade, queixo quadrado, pele marcada e uma carranca de desaprovação que unia suas sobrancelhas negras, hirsutas. O homem ficou de pé e deu a saudação do *Partei*, murmurando ao mesmo tempo: – Heil.

– Heil – respondeu Reiss. Por dentro, gemeu, mas manteve um sorriso formal e comercial. – Herr Kreuz von Meere, que surpresa! Não quer entrar?

Abriu a porta de sua sala particular, perguntando-se onde estaria seu vice-cônsul e quem deixara o chefe da SD entrar. Em todo caso, ali estava ele. Não tinha remédio.

Seguindo-o, com as mãos enfiadas nos bolsos do seu sobretudo escuro de lã, Kreuz von Meere disse:

– Ouça, Freiherr. Localizamos esse sujeito da Abwehr. O tal Rudolf Wegener. Apareceu num velho ponto da Abwehr que vigiamos – Kreuz von Meere deu uma risadinha, revelando enormes dentes de ouro. – E foi seguido até o seu hotel.

– Ótimo – disse Reiss, reparando que a correspondência estava sobre a mesa. De modo que Pferdehuf andava por ali. Na certa trancara a porta da sala para impedir que o chefe da SD fizesse uma investigação informal.

– Isso é importante – disse Kreuz von Meere. – Avisei Kaltenbrunner. Prioridade absoluta. Você na certa receberá ordens de Berlim em breve. A não ser que aqueles *Unratfressers* de lá enrolem tudo. – Sentou-se na mesa do cônsul, tirou um maço de papéis dobrados do bolso do casaco, abriu-os cuidadosamente, os lábios em movimento. – O nome falso é Baynes. Faz-se passar por industrial ou vendedor sueco ou algo ligado à produção. Recebeu um telefonema hoje às oito e dez de um funcionário japonês sobre uma reunião às dez e vinte no escritório do tal japonês. Estamos tentando localizar a chamada. Daqui a meia hora saberemos. Vão me informar aqui.

– Compreendo – disse Reiss.

– Agora, talvez possamos apanhar o sujeito – continuou Kreuz von Meere. – Se o fizermos, naturalmente o enviaremos de volta ao Reich no próximo avião da Lufthansa. Os japoneses ou Sacramento, porém, talvez protestem e tentem impedir. Se o fizerem, irão protestar junto a você. Na verdade, podem exercer enorme pressão. E levar um caminhão daqueles assassinos da Tokkoka ao aeroporto.

– Você não pode impedir que eles descubram?

– Tarde demais. Ele já está a caminho da reunião. Talvez tenhamos que prendê-lo lá, na hora. Entrar correndo, agarrá-lo, sair correndo.

– Não estou gostando – disse Reiss. – E se o encontro for com um alto funcionário japonês? Talvez haja um representante pessoal do Imperador em San Francisco, agora. Ouvi boatos outro dia...

– Não importa – interrompeu Kreuz von Meere. – É cidadão alemão. Sujeito às leis do Reich.

E sabemos quais são as leis do Reich, pensou Reiss.

– Estou com um esquadrão do Kommando pronto – continuou Kreuz von Meere. – Cinco homens capazes. – Soltou uma risada. – Parecem violinistas. Lindas fisionomias ascéticas. Melancólicas. Parecem mais seminaristas. Entrarão fácil. Os japoneses vão pensar que são um quarteto de cordas...
– Quinteto – retificou Reiss.
– Isso. Irão diretamente até a porta... Estarão vestidos corretamente – olhou para o cônsul. – Mais ou menos como você.

Obrigado, pensou Reiss.

– Tudo será feito à vista de todo mundo. Em plena luz do dia. Aproximam-se desse Wegener. Cercam-no. Parecem estar conversando. Uma mensagem importante – Kreuz von Meere continuou, enquanto o cônsul começava a abrir a correspondência. – Nada de violência. Apenas: "Herr Wegener. Venha conosco, por favor. O senhor compreende". E entre as vértebras de sua espinha uma agulha. Uma seringa. Gânglios superiores paralisados.

Reiss assentiu.

– Você está me ouvindo?

– *Ganz bestimmt.*

– Depois saem. Para o carro. Voltam ao meu escritório. Os japoneses farão um tremendo estardalhaço. Mas serão educados até o fim. – Kreuz von Meere imitou caricato a reverência de um japonês. – "Muito vulgar de sua parte nos enganar, Herr Kreuz von Meere. Mas adeus, Herr Wegener..."

– Baynes – retificou Reiss. – Não é o nome que ele está usando?

– Baynes. "Lamentamos vê-lo partir. Da próxima vez conversaremos mais."

O telefone na mesa de Reiss tocou e Kreuz von Meere interrompeu a brincadeira.

– Talvez seja para mim.

Foi atender, mas Reiss adiantou-se e atendeu ele mesmo.

– Reiss falando.

Uma voz desconhecida: – Senhor cônsul, aqui é da Ausland Fernsprechamt, de Nova Scotia. Telefonema transatlântico de Berlim, urgente para o senhor.

– Está bem – disse Reiss.

– Um momento, senhor cônsul – leve estática, estalidos. Depois outra voz, a de uma telefonista. – Kanzlei.

– Sim, aqui é Ausland Fernsprechamt, em Nova Scotia. Ligação para o cônsul do Reich, Herr Reiss, em San Francisco; o cônsul está na linha.

– Um momento. – Uma longa pausa, durante a qual Reiss continuou, com uma das mãos, a examinar a correspondência. Kreuz von Meere observava, de boca aberta. – Herr Konsul, desculpe interrompê-lo. – Era uma voz masculina. O sangue gelou instantaneamente nas veias de Reiss. Uma voz de barítono, educada, acentuando ligeiramente os "r", familiar a Reiss. – Aqui fala Doktor Goebbels.

– Sim, Kanzler. – Em frente a Reiss, Kreuz von Meere esboçou um sorriso. O maxilar solto voltou ao lugar.

– O general Heydrich me pediu que lhe telefonasse. Há um agente da Abwehr aí em San Francisco. Chama-se Rudolf Wegener. O senhor deverá cooperar totalmente com a polícia com relação a ele. Não tenho tempo para fornecer detalhes. Simplesmente coloque seu escritório à disposição. *Ich dank Ihnen sehr dabei.*

– Compreendo, Herr Kanzler – disse Reiss.

– Bom dia, Konsul. – O Reichskanzler desligou.

Kreuz von Meere observava atentamente enquanto Reiss recolocava o fone no gancho. – Eu estava certo ou não estava?

– Não há o que discutir – Reiss deu de ombros.

– Escreva uma autorização para que se devolva esse Wegener à Alemanha à força.

Tomando a caneta, Reiss escreveu a autorização, assinou e entregou-a ao chefe da SD.

– Obrigado – disse Kreuz von Meere. – Agora, quando as autoridades japonesas vierem reclamar...

– Se é que irão fazê-lo.

Kreuz von Meere fixou os olhos nele. – Irão. Estarão aqui quinze minutos depois de termos apanhado esse Wegener. – Perdera seu modo brincalhão, meio palhaço.

– Nada de quintetos de violino – disse Reiss.

Kreuz von Meere não respondeu.

– Vamos agarrá-lo hoje de manhã; portanto, esteja preparado. Pode dizer aos japoneses que é homossexual, falsificador ou algo assim. Que é procurado por um crime sério na sua pátria. Não diga que é procurado por crimes políticos. Você sabe que eles não reconhecem noventa por cento da Lei Nacional-Socialista.

– Eu sei – disse Reiss. – Sei o que devo fazer..

Sentia-se irritado e explorado. Passando por cima de mim, disse a si próprio. Como sempre. Entraram em contato com a Chancelaria. Os calhordas.

Suas mãos tremiam. Teria sido o telefonema do doutor Goebbels? Estaria impressionado pelos poderosos? Ou é ressentimento, sensação de estar sendo pressionado... Para o inferno com essa polícia, pensou. Ficam mais fortes a cada dia que passa. Goebbels já está trabalhando para eles; estão dirigindo o Reich.

Mas o que posso fazer? O que pode alguém fazer?

Resignadamente, pensou: É melhor cooperar. Não é hora de cair nas más graças deste homem; na certa, tem poder na Alemanha e pode destituir quem lhe for hostil.

– Estou vendo – disse em voz alta – que o senhor não exagerou a importância do assunto, Herr Polizeiführer. Obviamente, a segurança da própria Alemanha depende da rapidez com que o senhor detectar esse espião ou traidor ou seja lá o que for. – Por dentro, estremeceu diante de sua escolha de palavras.

No entanto, Kreuz von Meere parecia satisfeito.

– Obrigado, cônsul.

– O senhor pode ter salvo a todos nós.

– Bem, ainda não o pegamos – disse Kreuz von Meere, sombrio.
– Vamos esperar um pouco. Queria que esse telefonema viesse logo.
– Eu cuido dos japoneses – disse Reiss. – Tenho uma grande experiência, como sabe. As queixas deles...
– Pare um instante – interrompeu Kreuz von Meere. – Preciso pensar.

Evidentemente, o telefonema da Chancelaria também o preocupara; ele também se sentia agora sob pressão.

É possível que esse sujeito escape, e isso irá custar-lhe o emprego, pensou o cônsul Hugo Reiss. O seu emprego, o meu emprego... Podemos acabar ambos na rua a qualquer minuto. Nem eu nem você temos tanta segurança assim.

Na verdade, pensou, talvez valesse a pena ver como um atraso aqui, outro ali, podem vir a atrapalhar suas atividades, Herr Polizeiführer. Alguma coisa negativa que não possa ser descoberta. Por exemplo, quando os japoneses vierem aqui reclamar, poderei dar um jeito de revelar sutilmente qual o voo da Lufthansa em que planejam levar o sujeito... Ou, não sendo possível isso, levá-los a ficar mais indignados ainda, digamos, um leve sorriso de desprezo sugerindo que o Reich se diverte com eles, não leva a sério os homenzinhos amarelos. É fácil irritá-los. E, se ficarem bastante zangados, talvez levem o caso diretamente a Goebbels.

Toda sorte de possibilidades. A SD não pode realmente tirar esse sujeito dos EAP sem minha cooperação ativa. Se eu conseguisse encontrar a fórmula...

Detesto gente que passa por cima de mim, disse Freiherr Reiss a si próprio. Isso me incomoda horrivelmente. Fico tão nervoso que não consigo dormir e, quando não consigo dormir, não consigo fazer meu trabalho. Por isso, é meu dever para com a Alemanha eliminar este problema. Eu me sentiria melhor à noite e durante o dia, também, se esse gângster bávaro de baixo nível estivesse na Alemanha escrevendo relatórios em algum obscuro distrito policial do Gau.

O problema é: *não há tempo*. Enquanto procuro resolver como...

O telefone tocou.

Desta vez, Kreuz von Meere adiantou-se para atender e o cônsul Reiss não lhe barrou o caminho.

– Alô – disse Kreuz von Meere.

Um momento de silêncio, enquanto escutava. Já?, pensou Reiss. Mas o chefe da SD estendeu-lhe o aparelho.

– Para o senhor.

Secretamente aliviado, Reiss apanhou-o.

– É um professorzinho qualquer – disse Kreuz von Meere. – Quer saber se você pode arrumar alguns cartazes com paisagens da Áustria para a classe dele.

Por volta das onze da manhã, Robert Childan fechou a loja e partiu, a pé, em direção ao escritório do sr. Paul Kasoura.

Felizmente, Paul não estava ocupado. Cumprimentou Childan polidamente e lhe ofereceu chá.

– Não vou incomodá-lo muito tempo – Childan disse depois que começaram a beber o chá. O escritório de Paul, embora pequeno, tinha uma decoração moderna e simples. Na parede, uma única gravura, soberba: o Tigre de Mokkei, uma obra-prima do final do século treze.

– É sempre um prazer encontrá-lo – disse Paul, num tom, pensou Childan, um tanto distante.

Ou talvez fosse sua imaginação. Childan olhou com cautela por sobre a xícara. O homem certamente parecia amigável. E, no entanto... Childan sentiu uma mudança.

– Sua esposa – disse Childan – ficou decepcionada por causa do meu grosseiro presente. Possivelmente insultada. Entretanto, com algo novo e não testado, como expliquei ao lhe oferecer o presente, é impossível fazer uma avaliação final e definitiva... sobretudo por alguém que só vê o lado puramente comercial. Certamente, você e Betty estão em melhor posição para julgar que eu.

– Ela não ficou decepcionada, Robert – disse Paul. – Eu não dei aquela joia para ela – enfiando a mão na gaveta, tirou de dentro a caixinha branca. – Ela não saiu deste escritório.

Ele sabe, pensou Childan. Que homem inteligente. Sequer contou para ela. Então é isso. Agora, desejou Childan, vamos esperar que ele não se enfureça comigo. Que não venha me acusar de tentar seduzir sua mulher.

Ele poderia me arruinar, disse consigo mesmo. Continuou sorvendo seu chá cautelosamente, o rosto impassível.

– Mesmo? – disse tranquilamente. – Interessante.

Paul abriu a caixa, retirou o broche e começou a examiná-lo. Segurou-o diante da luz, em várias posições.

– Tomei a liberdade de mostrar isto a uma série de conhecidos e colegas – disse Paul. – Pessoas que compartilham meu gosto por objetos históricos americanos ou por artefatos de mérito artístico e estético. – Olhou para Robert Childan. – Nenhum deles, naturalmente, conhecia nada no gênero. Como você explicou, até hoje esse tipo de trabalho contemporâneo era desconhecido. Acho, também, que você me informou ser o único representante.

– Sim, é verdade – respondeu Childan.

– Deseja saber a reação deles?

Childan se curvou.

– Essas pessoas – disse Paul – riram.

Childan ficou em silêncio.

– Mas eu também ri, sem que você percebesse – disse Paul –, no outro dia, quando você apareceu e me mostrou esta coisa. Naturalmente, para que você não perdesse o sangue-frio, não deixei transparecer meu divertimento; como você, sem dúvida, se recorda, permaneci mais ou menos neutro em minha reação aparente.

Childan assentiu.

Estudando o broche, Paul continuou: – É fácil compreender esse tipo de reação. Temos aqui um pedaço de metal derretido até ficar disforme. Não representa nada. Nenhum desenho, nenhuma intenção. É apenas amorfo. Poder-se-ia dizer que é um mero conteúdo, despido de forma.

Childan assentiu.

– Contudo – prosseguiu Paul –, há vários dias que o venho examinando e, sem a menor razão lógica, *sinto uma certa atração emocional*. Por que isso acontece? Eu me pergunto. Nem mesmo se trata da projeção da minha psique nesta peça, como se faz nos testes psicológicos alemães. Continuo não vendo forma nenhuma. Mas de alguma maneira este objeto partilha do Tao. Está vendo? – Fez sinal a Childan para que se aproximasse. – Ele está equilibrado. As forças no interior desta peça estão estabilizadas. Em repouso. Por assim dizer, este objeto está em paz com o universo. Separou-se dele e assim conseguiu atingir a homeostase.

Childan assentiu, examinando a peça. Mas não estava entendendo nada.

– Ele não tem *wabi* – disse Paul – nem poderia ter. Mas... – tocou o broche com a unha. – Robert, este objeto tem *wu*.

– Creio que tem razão – respondeu Childan, tentando recordar o que era *wu*; não era uma palavra japonesa, era chinesa. Sabedoria, calculou. Ou compreensão. De qualquer maneira, era altamente positivo.

– As mãos do artífice – disse Paul – tinham *wu* e deixaram que o *wu* se infiltrasse na peça. Talvez ele próprio saiba apenas que esta peça satisfaz. Ela está completa, Robert. Contemplando-a, nós mesmos ganhamos mais *wu*. Experimentamos a tranquilidade associada não com a arte, mas com coisas sagradas. Recordo um santuário em Hiroshima onde se podia ver a tíbia de um santo medieval. Contudo, isto é um artefato e aquilo era uma relíquia. Isto está vivo no agora, enquanto aquilo apenas *permaneceu*. Através desta meditação, que iniciei com intensidade desde a última vez em que você esteve aqui, acabei identificando o valor que este objeto possui, em oposição à historicidade. Fiquei profundamente comovido, como você pode ver.

– Sim – disse Childan.

– Não ter historicidade nem valor artístico ou estético e, mesmo assim, comportar um valor etéreo... é algo maravilhoso. Precisamente porque isto é uma coisa miserável, pequena, aparentemente sem valor; isso, Robert, contribui para o fato de este objeto possuir *wu*. Pois a verdade é que o *wu* costuma ser encontrado nos lugares menos imponentes – como no aforismo cristão, nas "pedras rejeitadas pelo construtor". Sentimos a presença do *wu* em lixo como um pedaço de pau ou uma lata de cerveja enferrujada à beira da estrada. Porém, nesses casos, o *wu* está dentro de quem vê. É uma experiência religiosa. Aqui, o artífice colocou *wu* no objeto, em lugar de apenas testemunhar o *wu* inerente a ele. Levantou a cabeça.

– Estou sendo claro?

– Está – respondeu Childan.

– Em outras palavras, esse objeto nos aponta um mundo inteiramente novo. O nome disso não é arte, pois não tem forma, nem religião. O que é isso? Tenho pensado no broche incessantemente, mas ainda não consegui descobrir. Evidentemente, não temos uma palavra para um objeto como este. Portanto, você tem razão, Robert. Trata-se verdadeiramente de uma coisa nova na face da Terra.

Autêntico, pensou Childan. Sim, certamente. Estou entendendo essa ideia. Mas, quanto ao resto...

– Tendo assim meditado – continuou Paul –, convoquei os mesmos colegas de negócios. Resolvi fazer, assim como acabei de fazer agora com você, uma apresentação sem qualquer tato. Este assunto tem tamanha autoridade que exige um abandono de propriedade, tal a necessidade de se transmitir a percepção propriamente dita. Solicitei que essas pessoas me ouvissem.

Childan sabia que um japonês como Paul forçar os outros a ouvirem suas ideias era uma situação quase incrível.

– O resultado – disse Paul – foi emocionante. Eles foram capazes de adotar meu ponto de vista devido a essas circunstâncias; perceberam o que eu havia conceituado. Portanto, valeu a pena. Tendo feito isso, descansei. Nada mais, Robert. Estou exausto. – Recolocou o broche na caixa. – Minha responsabilidade com relação a isso acabou. Missão cumprida. – Empurrou a caixa para Childan.

– Senhor, isso é seu – disse Childan, apreensivo. A situação não se encaixava em nenhum modelo conhecido. Um japonês importante louvando aos céus um presente recebido... e, logo em seguida, o devolvendo. Childan sentiu as pernas bambas. Não tinha a menor ideia do que fazer; ficou ajeitando a manga do paletó. Sentiu o rosto enrubescer.

Com calma, e um pouco de rudeza até, Paul respondeu: – Robert, você precisa enfrentar a realidade com mais coragem.

Empalidecendo, Childan gaguejou: – Estou confuso com...

Paul se levantou e o encarou. – Preste atenção. A tarefa é sua. Você é o agente exclusivo deste artigo e de outros da mesma espécie. E você também é um profissional. Retire-se para um período de isolamento. Medite, se possível consulte *O Livro das Mutações*. Depois estude suas vitrines, sua propaganda, seu sistema de venda.

Childan ficou olhando para ele boquiaberto.

– Você encontrará o caminho – Paul disse. – A maneira de promover a venda desses objetos em grande estilo.

Childan estava atordoado. Este homem está me dizendo que sou *obrigado* a assumir a responsabilidade moral pelas joias Edfrank. A tresloucada e neurótica visão japonesa do mundo: nada menos que uma relação comercial e espiritual de primeira classe com as joias era tolerável aos olhos de Paul Kasoura.

E o pior era que Paul realmente falava com autoridade, uma autoridade que vinha diretamente do núcleo da cultura e tradição japonesas.

Obrigação, ele pensou com amargura. Uma vez assumida, poderia grudar nele para o resto de sua vida. Até o túmulo. Paul tinha – para sua própria satisfação, pelo menos – passado a responsabilidade adiante. Mas a de Childan; ah, essa, lamentavelmente, parecia não ter fim.

Eles estão fora de si, disse Childan a si próprio. Exemplo: não são capazes de ajudar um homem caído na sarjeta por causa da obrigação que isso impõe. Como é que você chama uma coisa dessas? Eu digo que isso é típico; é exatamente o que se pode esperar de uma raça que, quando lhe mandam copiar um destroier inglês, consegue repetir até os remendos na caldeira além de...

Paul o observava atentamente. Felizmente, longos anos de prática ensinaram Childan a automaticamente dissimular qualquer demonstração de sentimentos reais. Assumira uma expressão suave, sóbria, uma persona inteiramente de acordo com a natureza da situação. Podia senti-la como uma máscara.

Isto é pavoroso, percebeu Childan. Uma catástrofe. Melhor seria que Paul tivesse pensado que ele estava tentando seduzir sua mulher.

Betty. Agora não havia a menor chance de que ela visse a joia, de que seu plano original fosse bem-sucedido. *Wu* era incompatível com sexualidade; era, como disse Paul, solene e sagrado, como uma relíquia sacra.

– Dei um cartão seu a cada uma dessas pessoas – disse Paul.

– Perdão? – perguntou Childan, preocupado.

– Seus cartões comerciais. Para que possam procurá-lo e examinar outros exemplares.

– Compreendo – disse Childan.

– Mais uma coisa – disse Paul. – Uma dessas pessoas deseja discutir o assunto todo com você em seu escritório. Escrevi aqui o nome e o endereço dessa pessoa – Paul entregou a Childan um quadrado de papel dobrado. – Quer que seus colegas o ouçam. É um importador. Importa e exporta em larga escala. Especialmente para a América do Sul. Rádios, câmaras fotográficas, binóculos, gravadores, coisas assim.

Childan ficou olhando o papel.

– Lida, naturalmente, com enormes quantidades – continuou Paul. – Talvez dezenas de milhares de cada artigo. Sua sociedade controla várias empresas que fabricam para ele a baixo preço, todas localizadas no Oriente, onde a mão-de-obra é mais barata.

– Por que então ele... – começou Childan.

– Peças como essa... – disse Paul, apanhando novamente o broche por um segundo. Fechando a tampa da caixa, devolveu-a a Childan. – ... podem ser produzidas em série. Em metal ou plástico. Com moldes. Não importa em que quantidade.

– E o *wu*? Subsistirá nas peças assim fabricadas? – perguntou Childan, após um silêncio.

Paul não respondeu.

– Aconselha-me a ir vê-lo? – disse Childan.

– Sim – retrucou Paul.

– Por quê?

– Talismãs – respondeu Paul.

Childan encarou-o, estupefato.

– Talismãs de boa sorte. Para serem usados. Por pessoas relativamente pobres. Vão distribuir uma série por toda a América Latina e o Oriente. A maior parte da massa ainda acredita em magia, você sabe. Maldições. Poções. Disseram-me que é um negócio lucrativo. – O rosto de Paul estava rígido, sua voz sem inflexão.

– Parece – disse Childan lentamente – que isso pode dar muito dinheiro.

Paul assentiu.

– Foi ideia sua? – perguntou Childan.

– Não – respondeu Paul. E ficou em silêncio.

Seu patrão, pensou Childan. Você mostrou a peça ao seu chefe, que conhece o importador. Seu patrão, ou alguém influente acima de você, alguém que manda em você, alguém rico e importante, entrou em contato com esse importador.

É por isso que você está me passando a informação, percebeu Childan. Você não quer ter nada com isso. Mas você sabe o que eu sei; que irei ao endereço e verei esse homem. É preciso. Não tenho escolha. Cederei os desenhos, ou talvez os venda por uma percentagem; algum tipo de acordo será feito com esse indivíduo.

Obviamente fora de suas mãos. Inteiramente. Seria mau gosto da parte dele procurar me impedir ou discutir comigo.

– Há uma chance – disse Paul – de você ficar extremamente rico.
– Continuou a olhar estoicamente um ponto à sua frente.
– A ideia me parece bizarra – respondeu Childan. – Fazer amuletos de tais objetos de arte; não consigo imaginar isso.
– Porque não é sua linha habitual de negócios. Você se dedica a um esoterismo sofisticado. Eu também sou assim. E assim também são os indivíduos que, dentro em breve, visitarão sua loja, aqueles que mencionei antes.
– O que você faria se estivesse em meu lugar? – perguntou Childan.
– Não subestime a possibilidade sugerida por este estimado importador. É uma pessoa muito matreira. Você e eu... Nós não temos noção de como é grande o número de gente ignorante que existe. Eles são capazes de obter, a partir de objetos idênticos produzidos em massa, uma alegria que nos seria negada. Precisamos supor que temos o exemplar único da espécie, ou em todo caso algo raro, possuído por poucos. E, naturalmente, algo realmente autêntico. Não um modelo ou uma cópia – continuou a olhar o espaço vazio, além de Childan. – Não alguma coisa produzida às dezenas de milhares.

Será que descobriu, sem querer, perguntou-se Childan, que certos objetos históricos existentes em lojas como a minha (para não falar em sua coleção particular) são imitações? Parece estar insinuando isso em suas palavras. Como se estivesse sutilmente me transmitindo uma mensagem bem diversa da que aparentemente passou. Ambiguidade, como a que se encontra no oráculo... qualidade, como dizem, da mente oriental.

Na realidade, pensou Childan, ele está dizendo: Você é qual dos dois, Robert? Aquele a quem o oráculo chama "o homem inferior" ou o outro, a quem todos os bons conselhos são dirigidos? É o momento de decidir. Você pode ir para um lado ou para o outro, mas não para os dois ao mesmo tempo. É agora o momento da escolha.

E que lado *escolherá* o homem superior?, Childan perguntou a si mesmo. Pelo menos, segundo Paul Kasoura. E o que temos diante de nós não é uma compilação secular de sabedoria de inspiração divina; é apenas a opinião de um mortal – um jovem homem de negócios japonês.

Contudo, há um núcleo nisso. *Wu*, como diria Paul. O *wu* da situação é o seguinte: sejam quais forem nossas aversões pessoais, não há dúvida de que a realidade está no lado do importador. É lamentável para o que pretendíamos; mas devemos nos adaptar, como diz o oráculo.

Afinal, os originais ainda podem ser vendidos em minha loja. A *conoisseurs* como, por exemplo, os amigos de Paul.

– Você está lutando consigo mesmo – observou Paul. – Não há dúvida de que, em tal situação, é preferível estar a sós. – Foi até a porta da sala.

– Já decidi.

Os olhos de Paul faiscaram.

– Vou seguir seu conselho – disse Childan, curvando-se. – Vou agora visitar o importador. – Mostrou o papel dobrado em sua mão. Curiosamente, Paul não parecia satisfeito; apenas emitiu um som vago e voltou à sua mesa. Eles reprimem suas emoções até o fim, refletiu Childan.

– Muito obrigado por sua ajuda em meus negócios – disse Childan, preparando-se para partir. – Espero algum dia poder lhe retribuir esse favor. Não me esquecerei.

Mas o jovem japonês continuava sem demonstrar a menor reação. É mais do que verdade tudo o que dizem deles, pensou Childan: eles são inescrutáveis.

Acompanhando-o à porta, Paul parecia mergulhado em seus pensamentos. De repente falou: – Foram artesãos americanos que fizeram esta peça inteiramente à mão, não é? Trabalho de seus corpos pessoais?

– Sim, do desenho original até o polimento final.

– Senhor! Esses artesãos concordarão com isso? Imagino que sonhem com outra aplicação para o seu trabalho.

— Acho que podem ser persuadidos — disse Childan. Para ele, o problema não parecia ser dos mais graves.

— Sim — concordou Paul. — Suponho que sim.

Alguma coisa em seu tom de voz chamou a atenção de Robert Childan. Uma ênfase nebulosa e peculiar. E, subitamente, Childan percebeu o que era. Sem dúvida ele havia eliminado a ambiguidade: ele *viu*.

Claro. Todo aquele negócio era a cruel depreciação dos esforços americanos, sendo efetuada diante de seus olhos. Cinismo mas, Deus do céu, ele havia engolido a isca inteira, direitinho. Fez com que eu concordasse, passo por passo, levou-me sorrateiramente à conclusão: produtos manuais americanos só servem para modelos de talismãs ordinários.

Era assim que os japoneses dominavam, não pela brutalidade mas pela sutileza, pelo engenho, por uma sagacidade milenar.

Cristo! Somos uns bárbaros comparados com eles, constatou Childan. Não passamos de uns bobos diante de tal raciocínio impiedoso. Paul não disse — não me disse — que nossa arte não vale nada; fez com que eu dissesse isso por ele. E, suprema ironia, ele se entristeceu com o que eu disse. Uma simulada manifestação de pena, como compete a um ser civilizado, ao ouvir a verdade de meus lábios.

Ele me quebrou, disse Childan, quase em voz alta — felizmente, porém, conseguiu esconder o pensamento; como antes, ele o manteve em seu mundo interior, apartado e secreto, para si mesmo. Ele humilhou a mim e à minha raça. E não posso fazer nada. Não há como nos vingar; fomos derrotados, e nossas derrotas são assim, tão tênues, tão delicadas, que mal somos capazes de percebê-las. Na verdade, temos de subir um grau em nossa evolução até mesmo para ter consciência do que aconteceu.

Que outra prova se pode desejar, quanto à eficácia da liderança japonesa? Sentiu até vontade de rir, apreciando a situação. Sim, pensou, é como ouvir uma boa piada. Preciso recordá-la, saborear mais tarde, até contar. Mas a quem? Isso era um problema. Era pessoal demais para ser contada.

No canto da sala de Paul havia um cesto de lixo. Dentro dele!, disse Robert Childan a si próprio, é o lugar para esta coisa, esta joia carregada de *wu*.

Seria capaz disso? De jogá-la fora? De encerrar essa situação diante dos olhos de Paul?

Não, nem disso sou capaz, descobriu, apertando o objeto na mão. Não devo fazer isso. Não se pretendo enfrentar seus camaradas japoneses novamente.

Diabos, não consigo me libertar de sua influência, não consigo ceder ao impulso. Toda a espontaneidade é esmagada... Paul encarava-o, não precisava dizer nada; a presença do homem era suficiente. Ele aprisionou minha consciência numa teia, e um fio invisível parte deste objeto sem valor que está em minhas mãos e sobe pelo meu braço até chegar à minha alma.

Acho que vivo há tempo demais entre eles. Agora é tarde demais para fugir, para voltar aos brancos e aos costumes brancos.

– Paul – disse Robert Childan. Sua voz, reparou, era um coaxar doentio; não havia controle nem modulação.

– Sim, Robert.

– Paul, eu... estou... humilhado.

A sala começou a girar.

– Por quê, Robert? – Um tom de preocupação, mas um distanciamento. Acima de envolvimento.

– Paul. Um momento. – Ele manuseou a joia; ela estava escorregadia de suor. – Eu... tenho orgulho deste trabalho. Não é possível transformá-lo em talismãs baratos. Recuso a proposta.

Mais uma vez, não pôde decifrar a reação do jovem japonês, que apenas ouvia, atento.

– Obrigado, contudo – disse Robert Childan. Paul inclinou-se. Robert Childan se curvou.

– Os homens que fizeram isto – disse Childan – são orgulhosos artistas americanos. Eu me incluo entre eles. Sugerir transformá-lo em talismãs ordinários é, portanto, uma injúria e peço que se desculpe.

Silêncio incrivelmente prolongado.

Paul observava-o. Uma sobrancelha elevou-se ligeiramente. Repuxou os lábios finos. Um sorriso?

– Eu exijo – disse Childan.

Era só; não podia ir além. Agora, apenas esperava. Nada se passou.

Por favor, pensou. Socorro.

– Perdoe minha arrogante imposição – disse Paul. Estendeu a mão.

– Está bem – respondeu Robert Childan. Apertaram as mãos.

Uma profunda calma invadiu o coração de Childan. Sobrevivi, ele percebeu. Tudo acabado. A graça de Deus; ela existe e se manifestou para mim no momento exato. Uma segunda vez talvez fosse diferente. Ousaria eu, mais uma vez, forçar minha sorte? Provavelmente não.

Sentiu-se melancólico. Breve instante, como se viesse à tona e visse que estava tudo limpo.

A vida é curta, pensou. A arte, ou algo que não a vida, é longa, estendendo-se ao infinito, como uma minhoca de concreto. Plana, branca, imaculada pela passagem do que quer que seja, de qualquer maneira. Aqui estou eu. Mas não por muito tempo. Pegando a caixinha, guardou a joia Edfrank no bolso do casaco.

12

O sr. Ramsey disse: – Sr. Tagomi, este é o sr. Yatabe. – Ele se afastou para um canto do escritório, e o elegante cavalheiro idoso se aproximou.

Estendendo a mão, o sr. Tagomi disse: – É um prazer conhecê-lo pessoalmente, senhor.

A mão leve e frágil tocou a sua; cumprimentou sem apertar e soltou imediatamente. Nenhum osso quebrado, espero, ele pensou. Examinou a fisionomia do velho senhor e ficou satisfeito. Era um espírito forte, coerente. Sua consciência não estava obnubilada. Via-se, sem dúvida, uma transmissão lúcida de estáveis tradições ancestrais. A melhor qualidade que se podia desejar nos anciões... e então descobriu que estava diante do general Tedeki, ex-Chefe do Estado-Maior Imperial.

O sr. Tagomi fez uma profunda reverência.

– General – disse.

– Onde está a terceira pessoa? – perguntou o general Tedeki.

– Está vindo rapidamente – respondeu o sr. Tagomi. – Informei-o pessoalmente em seu quarto de hotel. – Um tanto atordoado, afastou-se alguns passos ainda na posição de reverência; não conseguia ficar ereto.

O general se sentou. O sr. Ramsey, sem dúvida ainda ignorando a identidade do velho, o ajudou com a cadeira, mas não demonstrou nenhuma deferência especial. Hesitante, o sr. Tagomi se sentou na cadeira em frente.

– Estamos perdendo tempo – disse o general. – É lamentável, porém inevitável.

– É verdade – concordou o sr. Tagomi.

Dez minutos se passaram. Nenhum dos dois disse uma única palavra.

– Com licença, senhor – o sr. Ramsey disse finalmente, incomodado. – Se não precisam de mim, vou me retirar.

O sr. Tagomi assentiu, e o sr. Ramsey se retirou.

– Chá, general? – perguntou o sr. Tagomi.

– Não, senhor.

– Senhor – disse o sr. Tagomi –, confesso que estou com medo. Pressinto neste encontro algo de terrível.

O general inclinou a cabeça.

– O sr. Baynes, que já encontrei pessoalmente – continuou o sr. Tagomi – e recebi em minha casa, declara ser sueco. Porém, um exame cuidadoso nos convence de que ele é, na verdade, um alemão que detém algum cargo de alta posição. Digo isso porque...

– Por favor, continue.

– Obrigado. General, a agitação dele diante desta reunião faz com que eu deduza existir uma ligação com os levantes políticos no Reich. – O sr. Tagomi não mencionou outro fato: seu conhecimento de que o general não chegou à cidade na data prevista.

– Senhor, agora está procurando adquirir informações – disse o general –, e não informando. – Seus olhos cinzentos brilharam de maneira paternal. Sem malícia.

O sr. Tagomi aceitou a reprimenda.

– Senhor, será minha presença nesta reunião uma mera formalidade para confundir os espiões nazistas?

– Naturalmente – continuou o general – estamos interessados em manter uma certa ficção. O sr. Baynes representa as Indústrias

Tor-Am, de Estocolmo, um simples homem de negócios. E eu sou Shinjiro Yatabe.

E eu sou Tagomi, pensou o sr. Tagomi. Esta parte é verdade.

– Sem dúvida os nazistas têm observado as idas e vindas do sr. Baynes – disse o general. Repousou as mãos sobre os joelhos, sentado ereto na cadeira... como se, pensou o sr. Tagomi, estivesse sentindo um longínquo aroma de caldo de carne. – Mas para destruir essa ficção, eles terão de recorrer a mecanismos jurídicos. Esse é o verdadeiro propósito; não enganar, mas exigir as formalidades no caso de descoberta. O senhor compreende, por exemplo, que, para prender o sr. Baynes, será preciso fazer mais do que simplesmente acertá-lo com um tiro... o que seria fácil se ele viajasse como... bem, se ele viajasse sem seu guarda-chuva verbal.

– Compreendo – disse o sr. Tagomi. Parece um jogo, pensou. Mas eles conhecem a mentalidade nazista. Portanto, suponho que isso seja de utilidade.

O interfone na mesa tocou. Era a voz do sr. Ramsey. – Senhor, o sr. Baynes está aqui. Ele pode entrar?

– Sim! – gritou o sr. Tagomi.

A porta se abriu e o sr. Baynes, numa roupa bem-passada e de corte impecável, as feições compostas e adequadas, apareceu.

O general Tedeki ficou de pé para recebê-lo. O sr. Tagomi também se levantou. Todos os três se curvaram.

– Senhor – disse o sr. Baynes ao general. – Sou o capitão R. Wegener, da Contra-Espionagem Naval do Reich. Conforme o combinado, não represento ninguém a não ser a mim mesmo e um grupo de cidadãos particulares anônimos, e nenhum departamento ou escritório de espécie alguma do governo do Reich.

– Herr Wegener – respondeu o general –, compreendo que, de forma alguma, o senhor alega representar qualquer ramo do governo do Reich. Eu estou aqui em caráter particular e não oficial. Podemos dizer que minha posição anterior no Exército Imperial me permite ter acesso a círculos em Tóquio que desejam ouvir o que o senhor tiver para dizer.

Estranho discurso, pensou o sr. Tagomi. Mas não desagradável. Contém uma certa qualidade quase musical. Alivia e repousa, na verdade.

Sentaram-se.

– Sem preâmbulos – disse o sr. Baynes –, desejo informar ao senhor e àqueles a quem tem acesso, que há em estágio avançado no Reich um programa chamado Lowenzahn. Dente-de-Leão.

– Sim – disse o general, assentindo como se já tivesse ouvido isso antes; entretanto, pensou o sr. Tagomi, ele parece ansioso para ouvir o sr. Baynes.

– Dente-de-Leão – continuou o sr. Baynes – consiste num incidente que acontecerá na fronteira entre os Estados das Montanhas Rochosas e os Estados Unidos.

O general assentiu, sorrindo ligeiramente.

– As tropas dos EUA serão atacadas e retaliarão atravessando a fronteira e entrando em combate com as tropas regulares dos EMR estacionadas nas proximidades. As tropas dos EUA têm mapas detalhados revelando instalações militares no Meio-Oeste. Esta é a primeira etapa. A segunda consistirá numa declaração da Alemanha sobre o conflito. Um destacamento voluntário de paraquedistas da Wehrmacht será enviado para auxiliar os EUA. Contudo, isso é apenas mais uma camuflagem.

– Sim – disse o general, atento.

– O objetivo essencial da Operação Dente-de-Leão – prosseguiu o sr. Baynes – é um gigantesco ataque nuclear às Ilhas Nipônicas, sem aviso prévio de qualquer espécie. – Então parou de falar.

– Com o propósito de eliminar a Família Real, o Exército de Defesa da Pátria, a maior parte da Marinha Imperial, a população civil, as indústrias, os recursos – disse o general Tedeki. – Deixando as colônias ultramarinas sem defesa e permitindo sua absorção pelo Reich.

O sr. Baynes não disse nada.

– O que mais? – perguntou o general.

O sr. Baynes não pareceu entender.

– A data, senhor – pediu o general.
– Tudo mudou – disse o sr. Baynes – devido à morte de Martin Bormann. Ao menos, é o que presumo. Não estou em contato com a Abwehr agora.
– Prossiga, Herr Wegener – disse o general.
– O que recomendamos é que o governo japonês interfira na situação interna do Reich. Ou, ao menos, foi o que vim recomendar aqui. Certos grupos do Reich são a favor da Operação Dente-de--Leão; outros, não. Esperava-se que os opositores chegassem ao poder com a morte do chanceler Bormann.
– Mas, enquanto você estava aqui – respondeu o general –, Herr Bormann morreu e a situação política se resolveu por si. O doutor Goebbels é agora chanceler do Reich. O levante acabou. – Ele fez uma pausa. – Como esta facção encara a Operação Dente-de-Leão?
– O doutor Goebbels é defensor dela – disse o sr. Baynes.
Sem que os dois reparassem, o sr. Tagomi fechou os olhos.
– Quem se opõe? – perguntou o general Tedeki.
A voz do sr. Baynes chegou aos ouvidos do sr. Tagomi. – O general Heydrich, da SS.
– Estou surpreso – disse o general Tedeki. – Estou em dúvida. Esta é uma informação de fonte segura ou apenas um ponto de vista seu e de seus colegas?
O sr. Baynes explicou: – A Administração do Leste, ou seja, da área atualmente ocupada pelo Japão, ficaria a cargo do Ministério do Exterior, com o pessoal de Rosenberg, que trabalha direto com a Chancelaria. Este foi um tema discutido acirradamente em muitas sessões pelos principais interessados, no ano passado. Tenho cópias fotostáticas das notas redigidas. A polícia exigiu que lhe fosse dada autoridade, mas isso lhe foi negado. Ela deverá ficar com a colonização espacial, Marte, Lua, Vênus. Será o domínio dela. Assim que essa divisão de autoridade foi acertada, a polícia colocou todo o seu peso a serviço do programa espacial e contra a Operação Dente-de-Leão.

– Rivalidade – disse o general Tedeki. – Um grupo jogado contra o outro. Pelo líder. Para que nunca o desafiem.

– É verdade – respondeu o sr. Baynes. – Por isso fui enviado para cá, para pedir sua intervenção. Ainda seria possível intervir; a situação ainda não se solidificou. Serão necessários meses antes que o doutor Goebbels possa consolidar sua posição. Ele terá de vencer a resistência da polícia, talvez fazer com que Heydrich e outros chefes da SS e da SD sejam executados. Feito isso...

– O senhor nos diz que devemos apoiar a Sicherheitsdienst? – interrompeu o general Tedeki. – A porção mais nefasta da sociedade alemã?

– É isso mesmo – respondeu o sr. Baynes.

– O Imperador – respondeu o general Tedeki – jamais toleraria essa política. Ele considera os corpos de elite do Reich, todos os que usam o uniforme preto e a caveira, o Sistema do Castelo... Todos para ele representam o mal.

O mal, pensou o sr. Tagomi. Sim, é verdade. Devemos ajudá-los a tomar o poder, para salvar nossas vidas? É este o paradoxo de nossa situação terrena?

Não posso enfrentar tamanho dilema, pensou o sr. Tagomi. Nenhum homem deve ser obrigado a agir diante de tal ambiguidade moral. Não há Caminho para tanto; tudo está confuso. Tudo é caos de luz e trevas, sombra e substância.

– A Wehrmacht – disse o sr. Baynes –, os militares, são os únicos no Reich a possuírem a bomba de hidrogênio. Quando foi usada pelos camisas-negras, foi sempre sob supervisão do Exército. A Chancelaria, sob o comando de Bormann, nunca permitiu que a polícia adquirisse armamento nuclear. Na Operação Dente-de-Leão, tudo será executado pelo OKW, o Alto Comando do Exército.

– Estou ciente disso – disse o general Tedeki.

– As práticas morais dos camisas-negras excedem em ferocidade as da Wehrmacht. Mas sua força é menor. Precisamos pensar em função da realidade, do poder atual. Não em intenções éticas.

– Sim, devemos ser realistas – o sr. Tagomi disse em voz alta.

Tanto o sr. Baynes quanto o general Tedeki olharam para ele.

O general disse para o sr. Baynes: – O que está sugerindo especificamente? Que entremos em contato com a SD aqui nos Estados do Pacífico? Negociar diretamente com... não sei quem é o chefe da SD aqui. Alguma criatura repugnante, certamente.

– A SD local não sabe nada – disse o sr. Baynes. – O chefe deles aqui, Bruno Kreuz von Meere, é um velho mercenário do *Partei*. Ein Altparteigenosse. Um imbecil. Ninguém em Berlim lhe diria nada; ele apenas executa tarefas de rotina.

– Quem, então? – o general parecia zangado. – O cônsul daqui, ou o Embaixador do Reich em Tóquio?

Esta conversa não levará a lugar algum, pensou o sr. Tagomi. Não importa o que esteja em jogo. Não podemos entrar no monstruoso pântano esquizofrênico das intrigas internas nazistas; nossas mentes não podem se adaptar a isso.

– Isso precisa ser tratado cuidadosamente – disse o sr. Baynes. – Através de uma série de intermediários. Alguém próximo a Heydrich, que esteja servindo fora do Reich, num país neutro. Ou alguém que esteja sempre viajando entre Tóquio e Berlim.

– Está pensando em alguém em particular?

– O ministro do Exterior da Itália, conde Ciano. Um homem inteligente, de confiança, muito corajoso, inteiramente dedicado à causa da compreensão internacional. Contudo... ele não tem o menor contato com o dispositivo da SD. Mas poderia conseguir algo por intermédio de alguém na Alemanha, pessoas com interesses econômicos, como os Krupp ou o general Speidel, ou, talvez, até através de gente da Waffen-SS. A Waffen-SS é menos fanática, mais dentro das normas da sociedade alemã.

– Sua instituição, a Abwehr... Seria inútil tentar alcançar Heydrich através de vocês?

– Os camisas-negras vivem nos insultando. Há vinte anos que tentam obter a aprovação do *Partei* para nos eliminar completamente.

– Você não corre demasiado perigo da parte deles? – perguntou o general Tedeki. – Pelo que eu soube, eles são muito ativos aqui na Costa do Pacífico.

– Ativos porém ineptos – respondeu o sr. Baynes. – O sujeito do Ministério do Exterior, Reiss, é habilidoso, mas opõe-se à SD. – Deu de ombros.

– Eu gostaria de ter suas fotocópias – disse o general Tedeki. – Para levá-las ao meu governo. Qualquer documento que tiver sobre aquelas discussões na Alemanha. E... – parou para pensar. – Provas. De natureza objetiva.

– Pois não – respondeu o sr. Baynes. Enfiou a mão no bolso do paletó e tirou uma cigarreira de prata. – O senhor poderá ver que cada cigarro é um recipiente oco para microfilme. – Passou a cigarreira ao general.

– E a cigarreira propriamente dita? – o general perguntou enquanto a examinava. – Parece um objeto valioso demais para dar de presente. – Começou a tirar os cigarros de dentro.

Sorrindo, o sr. Baynes disse: – A cigarreira, também.

– Obrigado. – Também sorrindo, o general guardou a cigarreira no bolso.

O interfone na mesa tocou. O sr. Tagomi apertou o botão.

A voz do sr. Ramsey: – Senhor, há um grupo de homens da SD lá embaixo, no saguão; estão tentando ocupar o prédio. Os guardas do Times estão lutando com eles. – A distância, ouviram o som de uma sirene vindo da rua, sob a janela do sr. Tagomi. – A Polícia Militar está a caminho, além do Kempeitai de San Francisco.

– Obrigado, sr. Ramsey – disse o sr. Tagomi. – O senhor agiu com muita honra, informando-me com placidez. – O sr. Baynes e o general Tedeki ouviam atentos, ambos imóveis. – Senhores – disse o sr. Tagomi –, sem dúvida mataremos os capangas da SD antes que alcancem este andar. – E disse ao sr. Ramsey: – Corte a energia dos elevadores.

– Sim, sr. Tagomi – respondeu o sr. Ramsey, desligando.

– Aguardemos – disse o sr. Tagomi. Ele abriu a gaveta da escrivaninha e retirou uma caixa de teca; abrindo-a, tirou um Colt 44, da Guerra Civil americana, de 1860, perfeitamente preservado, valiosa peça de colecionador. Apanhando uma caixa de pólvora, bala e cartucho de munição, ele começou a carregar a arma. O sr. Baynes e o general Tedeki observaram, olhos arregalados.

– Faz parte de minha coleção particular – disse o sr. Tagomi. – Muito tempo perdi em minhas horas de folga treinando de maneira imodesta tiro ao alvo e velocidade de saque. Admito que, do ponto de vista de rapidez, posso me comparar a outros entusiastas. Mas até hoje não tive oportunidade de usar esse talento na prática.

– Segurando a arma da maneira correta, apontou para a porta da sala. E ficou ali, sentado, esperando.

Diante da bancada da oficina do porão, Frank Frink polia. Segurava um brinco de prata semiacabado contra o barulhento polidor de algodão, partículas de pó de ferro batiam contra seus óculos e escureciam suas unhas e mãos. O brinco, espiralado em forma de caracol, aquecera-se com a fricção, mas Frink aumentava inflexivelmente a pressão.

– Não dê brilho demais – disse Ed McCarthy. – Pegue apenas os relevos; pode deixar as reentrâncias de lado.

Frank Frink resmungou.

– Há mais mercado para a prata se não estiver polida demais – disse Ed. – Os trabalhos em prata devem ter um ar envelhecido.

Mercado, pensou Frink.

Eles não haviam vendido nada. Exceto pela consignação na American Artistic Handcrafts, ninguém quis nada, e já haviam visitado cinco lojas de varejo ao todo.

Não estamos ganhando dinheiro, disse Frink a si mesmo. Estamos fazendo cada vez mais joias e elas estão simplesmente formando pilhas ao nosso redor.

A tarracha do brinco ficou presa na roda; a peça voou das mãos de Frink, ricocheteou no escudo de proteção da roda e caiu no chão. Ele desligou o motor.

– Não perca essas peças – disse McCarthy, soldando com o maçarico.

– Cristo, é do tamanho de uma ervilha. Não dá para segurar.

– Mas não deixe de pegar essa peça por causa disso.

Ao diabo com essa coisa toda, pensou Frink.

– O que houve? – perguntou McCarthy, vendo que ele não se mexia para apanhar o brinco.

– Estamos investindo dinheiro em nada – disse Frink.

– Não podemos vender o que não tivermos feito.

– Não podemos vender nada – insistiu Frink. – Feito ou não.

– Cinco lojas. Isso é uma gota no oceano.

– Mas é a tendência – retrucou Frink. – Já deu para ver.

– Não se iluda.

– Não estou me iludindo – disse Frank.

– E o que você quer dizer com isso?

– Quero dizer que está na hora de procurarmos um mercado para ferro-velho.

– Está certo – respondeu McCarthy. – Pode desistir, então.

– Já desisti.

– Vou continuar sozinho. – McCarthy reacendeu o maçarico.

– Como vamos dividir as coisas?

– Não sei. Mas a gente dá um jeito.

– Compre a minha parte – disse Frink.

– De jeito nenhum.

Frink fez as contas: – Então, me dê seiscentos dólares.

– Não, você leva metade de tudo.

– Metade do motor?

Então os dois ficaram em silêncio.

– Mais três lojas – disse McCarthy. – Depois a gente conversa. – Baixando a máscara sobre o rosto, começou a ligar um pedaço de fio de cobre a um bracelete.

Frank Frink desceu da bancada. Procurou o brinco em caracol e recolocou-o na caixa de peças não finalizadas. – Vou fumar lá fora – disse, e atravessou o porão até a escada.

Um momento depois, estava lá fora na calçada, com um T'ien-lai entre os dedos.

Tudo acabou, ele pensou. Não preciso do oráculo para me dizer isso; reconheço quando o Momento chega. É possível até sentir o cheiro. A derrota.

E é muito difícil dizer por quê. Talvez, teoricamente, pudéssemos continuar. De loja em loja, outras cidades. Mas... há algo errado. E todo o esforço e habilidade do mundo não podem mudar isso.

Quero saber por quê, ele pensou.

Mas jamais saberei.

O que devíamos ter feito? Feito o que em lugar disso?

Contrariamos o Momento. Contrariamos o Tao. Contra a corrente, no sentido errado. E agora... dissolução. Decomposição.

O yin nos pegou. A luz nos deu as costas, e foi embora.

Não temos escolha senão nos submetermos.

Enquanto estava ali, sob a marquise do prédio, dando rápidas tragadas no cigarro de maconha e vendo desinteressadamente os carros passarem, aproximou-se dele um homem branco, de meia altura, de aparência comum.

– Sr. Frink? Sr. Frank Frink?

– Ele mesmo – disse Frink.

O homem tirou do bolso um documento dobrado e um cartão de identidade. – Polícia de San Francisco. Tenho aqui uma ordem de prisão contra você. – Já estava segurando o braço de Frink; a prisão já estava sacramentada.

– Por quê? – perguntou Frink.

– Estelionato. Sr. Childan, American Artistic Handcrafts. – O tira empurrou Frink pela calçada; outro, à paisana, juntou-se a ele, um de cada lado do preso. Arrastaram-no em direção a um carro, tipo Toyopet, sem identificação.

É isso o que a época exige de nós, pensou Frink, enquanto era jogado no assento entre os dois tiras. A porta bateu; o carro, guiado por um terceiro tira, este de uniforme, partiu em meio ao trânsito. São esses os filhos da puta aos quais temos de nos submeter.

– Você tem advogado? – um dos policiais perguntou.
– Não – ele respondeu.
– Na delegacia você receberá uma relação de nomes.
– Obrigado – disse Frink.
– O que foi que fez com o dinheiro? – perguntou-lhe, mais tarde, um dos tiras, enquanto estacionavam na garagem da delegacia da Rua Kearny.
– Gastei – respondeu Frink.
– Tudo?

Não respondeu.

Um dos tiras balançou a cabeça e começou a rir.

– Seu nome verdadeiro é Fink? – perguntou um deles a Frink, saindo do carro.

Frink ficou aterrorizado.

– Fink – repetiu o tira. – Você é um judeu. – Mostrou uma grande pasta cinza. – Refugiado da Europa.

– Nasci em Nova York – disse Frank Frink.

– Você é um fugitivo dos nazistas – disse o tira. – Sabe o que isso quer dizer?

Frank Frink se desvencilhou e saiu correndo pela garagem. Os três policiais gritaram, e, na porta, ele deu de cara com um carro de polícia com guardas uniformizados e armados, bloqueando sua passagem. Os policiais sorriram para ele, e um deles, arma na mão, deu um passo à frente e o algemou.

Puxando-o pelos pulsos – o metal fino entrava na carne, até o osso –, o tira fez com que ele voltasse por onde havia fugido.

– Vai voltar para a Alemanha – disse um dos policiais, examinando-o.

– Sou americano – respondeu Frank Frink.

– Você é judeu – retrucou o tira.

Enquanto o levavam para cima, um dos tiras disse: – Ele vai ficar preso aqui?
– Não – disse o outro. – Vamos guardá-lo para o cônsul alemão. Querem julgá-lo pela lei alemã.
Não havia nenhuma lista de advogados, afinal.

Durante vinte minutos o sr. Tagomi havia permanecido imóvel à sua mesa, mantendo a arma apontada para a porta, enquanto o sr. Baynes andava de um lado para outro. O velho general, depois de pensar um pouco, pegou o telefone e pediu uma ligação para a embaixada japonesa em San Francisco. Contudo, não conseguira falar com o barão Kaelemakule; o embaixador, informou-lhe um funcionário, estava fora da cidade.

Agora o general Tedeki estava tentando conseguir uma ligação transpacífica para Tóquio.

– Vou consultar o Conselho de Guerra – explicou ao sr. Baynes. – Eles entrarão em contato com as forças militares imperiais estacionadas perto daqui. – Não parecia perturbado.

Então seremos salvos em algumas horas, pensou o sr. Tagomi. Talvez pelos fuzileiros de um porta-aviões japonês, armados de metralhadoras e morteiros.

Operar por intermédio dos canais oficiais é altamente eficiente quanto ao resultado final... mas existe um lamentável lapso de tempo. Abaixo de nós, baderneiros camisas-negras estão ocupados espancando secretárias e funcionários.

Mas não havia praticamente nada que ele pudesse fazer a respeito.

– Será que vale a pena tentar entrar em contato com o cônsul alemão? – perguntou o sr. Baynes.

O sr. Tagomi quase se viu chamando a srta. Ephreikian com seu gravador, para ditar um protesto urgente, endereçado a Herr Reiss.

– Posso chamar Herr Reiss – disse o sr. Tagomi. – Na outra linha.

– Por favor – disse o sr. Baynes.

Ainda segurando seu Colt 44 de colecionador, o sr. Tagomi apertou um botão em sua mesa. Apareceu um telefone, especialmente instalado para comunicações clandestinas.

Discou o número do consulado alemão.

– Bom dia. Quem está falando? – Era uma voz incisiva de homem, com um forte sotaque. Sem dúvida um funcionário subalterno.

– Sua Excelência Herr Reiss, por favor – disse o sr. Tagomi. – É urgente. Aqui fala o sr. Tagomi, Presidente da Diretoria da Missão Comercial Imperial. – Usou sua voz mais dura e formal.

– Sim, senhor. Um momento, por favor. – Então, um longo momento se passou. Nenhum som no telefone, nem mesmo cliques. Ele está lá parado, com o fone na mão, pensou o sr. Tagomi. Fazendo hora com astúcia tipicamente germânica.

– Estão, naturalmente, tentando me enganar – disse para o general Tedeki, que esperava no outro telefone, e para o sr. Baynes, que andava de um lado para outro.

Finalmente, ouviu a voz do funcionário novamente. – Desculpe fazê-lo esperar, sr. Tagomi.

– Não há problema.

– O cônsul está numa reunião. Entretanto...

O sr. Tagomi desligou.

– Tempo perdido, para não dizer outra coisa – ele disse, sentindo-se frustrado. Quem mais podia chamar? A Tokkoka já estava sabendo, as unidades da PM do porto também; inútil telefonar. Um telefonema direto para Berlim? Ao chanceler do Reich, Goebbels? Ao Aeroporto Militar Imperial em Napa, pedindo socorro aéreo?

– Vou ligar para o chefe da SD, Herr Bruno Kreuz von Meere – decidiu em voz alta. – E reclamar amargamente. Vituperar e gritar invectivas. – Começou a discar o número que constava formal e eufemisticamente do catálogo telefônico de San Francisco como "Depósito de Carregamentos de Valor Elevado do Terminal Aéreo da Lufthansa". Enquanto o telefone tocava, disse: – Vituperar histericamente.

– Capriche em sua interpretação – disse o general Tedeki, sorrindo.

– Quem fala? – disse uma voz germânica no ouvido do sr. Tagomi. Mais dura e apropriada que minha própria voz, o sr. Tagomi pensou. Mas ele pretendia continuar. – Fale logo – exigiu a voz.

O sr. Tagomi gritou: – Estou ordenando a prisão e o julgamento do seu bando de degoladores e degenerados que andam soltos como animais louros e dementes, que não são dignos sequer de descrição! Você sabe com quem está falando, *Kerl*? Aqui é Tagomi, conselheiro do governo imperial. Vocês renunciam à legalidade e, em cinco segundos, estão mandando as tropas de choque dos fuzileiros começarem o massacre com lança-chamas e bombas de fósforo. É uma desgraça para a civilização.

Do outro lado da linha, o lacaio da SD gaguejava ansioso.

O sr. Tagomi piscou para o sr. Baynes.

– Não estamos sabendo de nada – disse o lacaio.

– Mentiroso! – gritou o sr. Tagomi. – Então não temos escolha. – Bateu o telefone com força. – É, sem dúvida, um mero gesto – disse ao sr. Baynes e ao general Tedeki. – Entretanto, mal não pode fazer. Sempre resta uma vaga possibilidade de haver um elemento nervoso até na SD.

O general Tedeki começou a falar. Mas, subitamente, ouviram uma tremenda barulheira à porta do escritório; ele se calou. A porta se abriu.

Apareceram dois homens brancos, fortes e atarracados, ambos armados de pistolas com silenciadores. Apontaram para o sr. Baynes.

– *Da ist er* – disse um deles, e partiram em sua direção.

De sua mesa, o sr. Tagomi apontou o Colt 44, velha peça de coleção, e apertou o gatilho. Um dos homens da SD caiu no chão. O outro apontou rapidamente a pistola com silenciador para o sr. Tagomi e disparou. O sr. Tagomi não ouviu nada, viu apenas um fiapo de fumaça sair da arma e percebeu o assobio de um projétil passando por perto. Com velocidade recorde, girou o tambor do Colt, disparando sem parar.

O maxilar do homem da SD explodiu. Pedaços de osso, carne e lascas de dentes voaram pelo ar. Atingido na boca, percebeu o sr. Tagomi. Lugar horrível, especialmente com a bala vindo por baixo. Os olhos do homem sem queixo da SD continham ainda um pouco de vida. Ainda está me vendo, pensou o sr. Tagomi. Depois, os olhos perderam o brilho e o homem caiu, soltando a arma e fazendo sons gorgolejantes inumanos.

– Nauseante – disse o sr. Tagomi.

Não apareceram mais homens da SD pela porta aberta.

– Talvez tenha acabado – respondeu o general Tedeki, após um intervalo.

O sr. Tagomi, empenhado na tediosa tarefa de recarregar a arma, o que durava três minutos, interrompeu-se para apertar o botão do interfone:

– Traga o socorro médico de emergência – ordenou. – Há aqui um bandido horrivelmente ferido.

Nenhuma resposta, apenas um zumbido. Abaixando-se, o sr. Baynes apanhou as armas dos alemães, passou uma ao general e ficou com a outra.

– Agora vamos acabar com eles – disse o sr. Tagomi, voltando a se sentar com seu Colt 44, como antes. – Um formidável triunvirato, neste escritório.

Uma voz gritou do saguão: – Bandidos alemães, rendam-se!

– Já cuidamos deles – gritou de volta o sr. Tagomi. – Estão mortos ou morrendo. Podem entrar e verificar empiricamente.

Um grupo de funcionários do Nippon Times apareceu, hesitante, vários carregando equipamento de combate, como machados, rifles e granadas de gás lacrimogêneo.

– *Cause célèbre* – disse o sr. Tagomi. – O governo dos Estados Americanos do Pacífico, em Sacramento, poderia declarar guerra ao Reich sem hesitação. – Abriu a arma. – Em todo caso, agora acabou.

– Eles negarão qualquer cumplicidade – disse o sr. Baynes. – A técnica habitual. Usada inúmeras vezes. – Colocou a pistola com silenciador na mesa do sr. Tagomi e, apontando para o cabo dela, acrescentou: – Feita no Japão.

Não estava brincando. Era verdade. Uma pistola japonesa de tiro ao alvo de excelente qualidade. O sr. Tagomi examinou-a.

– E eles não são cidadãos alemães – continuou o sr. Baynes. Ele havia apanhado a carteira de um dos brancos, o morto. – Cidadão dos EAP. Mora em San José. Nada que o ligue à SD. O nome é Jack Sanders. – Jogou a carteira no chão.

– Um assalto – disse o sr. Tagomi. – Objetivo: nosso cofre forte. Sem aspectos políticos. – Levantou-se, trêmulo.

Em todo caso, a tentativa de sequestro ou assassinato por parte da SD falhara. Pelo menos, a primeira. Mas era claro que sabiam quem era o sr. Baynes e, na certa, também o motivo de sua visita.

– O prognóstico – disse o sr. Tagomi – é sombrio.

Ficou se perguntando se, naquele caso, o oráculo seria útil. Talvez pudesse protegê-los. Alertá-los com seu conselho.

Ainda bastante abalado, começou a retirar as quarenta e nove varetas de milefólio. A situação inteira era confusa e anômala, pensou. Nenhuma inteligência humana poderia decifrá-la; era preciso pedir a ajuda de uma sabedoria coletiva de cinco mil anos. A sociedade totalitária alemã parece ser uma forma de vida defeituosa, pior do que o natural. Pior em todas as suas misturas, no seu potpourri de coisas sem sentido.

Aqui, pensou, a SD local age como instrumento de uma política diferente da adotada pela chefia em Berlim. Como encontrar algum sentido nesse ser composto? Quem é, na verdade, a Alemanha? Quem ela, na verdade, já foi? É quase um pesadelo no qual assistimos à paródia e à decomposição dos problemas habitualmente encontrados no curso da nossa existência.

O oráculo desvenderá tudo isso. Até mesmo essa estranha raça de gatos que é a Alemanha nazista é compreensível para o *I Ching*.

O sr. Baynes, vendo o sr. Tagomi manipular com agitação o punhado de varetas vegetais, constatou a profundidade da perturbação do outro. Para ele, pensou o sr. Baynes, este acontecimento, o fato de ter sido obrigado a matar e mutilar dois homens, não é só terrível; é inexplicável.

O que posso dizer que possa consolá-lo? Ele atirou por mim; a responsabilidade moral por essas duas vidas é, portanto, minha, e eu a aceito. É assim que vejo a coisa.

Aproximando-se do sr. Baynes, o general Tedeki disse em voz baixa:

– O senhor é testemunha do desespero de um homem. Como o senhor está vendo, ele foi, sem dúvida, criado no budismo. Ainda que não formalmente, a influência está ali. É uma cultura que ensina que não se deve tirar a vida; todas as vidas são sagradas.

O sr. Baynes assentiu.

– Ele irá recuperar o equilíbrio com o passar do tempo – continuou o general Tedeki. – Agora lhe faltam recursos para encarar e compreender seu gesto. O livro irá ajudá-lo, pois fornece um sistema de referência externo.

– Compreendo – disse o sr. Baynes. Pensou: outro sistema de referência que talvez o ajudasse seria o da doutrina do Pecado Original. Será que ele já ouviu falar nela? Somos todos condenados a praticar atos de crueldade, violência ou maldade; é nosso destino, determinado por fatores imemoriais. Nosso carma.

Para salvar uma vida, o sr. Tagomi teve de acabar com duas. A mente lógica, equilibrada, não pode aceitar isso. Um homem bom como o sr. Tagomi pode ser levado à loucura pelas consequências de tal realidade.

Não obstante, pensou o sr. Baynes, o ponto crucial está não no presente, nem na minha morte nem na morte desses dois SD; ele está – hipoteticamente – no futuro. O que aconteceu aqui será justificado, ou não justificado, pelo que acontecerá depois. Podemos talvez salvar milhões de vidas, até o Japão inteiro?

Mas o homem que manipulava as varetas não podia pensar nisso; o presente, a atualidade, eram tangíveis demais, os alemães, um morto e o outro morrendo no chão de sua sala.

O general Tedeki tinha razão; o passar do tempo daria uma outra perspectiva ao sr. Tagomi. A menos que ele se refugiasse nas trevas da doença mental, desviando o olhar para sempre, num estado de perplexidade sem esperança.

E não somos assim tão diferentes dele na verdade, o sr. Baynes pensou. Temos de encarar as mesmas confusões. Portanto, infelizmente, não podemos ajudar o sr. Tagomi em nada. Podemos apenas aguardar, na esperança de que ele um dia se recupere e não sucumba.

13

Em Denver, eles encontraram lojas elegantes e modernas. As roupas, pensou Juliana, eram caras demais, mas Joe não parecia se importar ou sequer notar; ele se contentava em pagar o que ela escolhesse e, em seguida, corriam para a próxima loja.

Sua principal aquisição – depois de muito experimentar vestidos e prolongadas discussões e recusas – foi feita ao fim do dia: um vestido exclusivo italiano, azul-claro, com mangas curtas e bufantes e um decote baixo incrivelmente ousado. Ela havia visto um modelo parecido numa revista de moda europeia; era considerada a linha mais elegante do ano e custou a Joe quase duzentos dólares.

Para combinar com o vestido, precisava de três pares de sapato, mais meias de nylon, chapéus e uma nova bolsa de couro preto, feita à mão. E, descobriu, o decote do vestido italiano exigia um dos novos sutiãs que cobriam apenas a parte inferior dos seios. Olhando-se no grande espelho da loja, sentiu-se meio nua e um pouco insegura do que aconteceria quando se inclinasse. Mas a vendedora lhe garantiu que os novos meia-taça permaneciam firmes no lugar, apesar de não terem alças.

Vem justo até o bico do seio, pensou Juliana, examinando-se na intimidade da cabine, e nem um milímetro a mais. Os sutiãs também custaram uma nota; igualmente importados, explicou a vendedora, e feitos à mão. A vendedora mostrou-lhe ainda um vestido esporte, shorts e maiôs, e uma saída de praia atoalhada; mas, de repente, Joe ficou impaciente. Então saíram.

Enquanto Joe colocava os embrulhos e sacolas no carro, ela disse: – Você não acha que vou ficar bárbara?

– Acho – disse ele numa voz preocupada. – Especialmente com aquele vestido azul. Use-o quando formos à casa de Abendsen, entendeu? – Disse a última palavra com rudeza, como se fosse uma ordem; o tom a surpreendeu.

– Meu tamanho é quarenta e dois ou quarenta e quatro – disse ela quando entraram na loja seguinte. A vendedora sorriu gentilmente e acompanhou-os à seção de vestidos. Do que mais precisava?, Juliana se perguntou. Era melhor comprar o máximo enquanto pudesse; seus olhos abarcaram rapidamente a loja inteira, blusas, saias, suéteres, calças, casacos. Sim, um casaco. – Joe – ela disse –, preciso de um casaco comprido. Mas não pode ser de pele.

Acabaram comprando um dos casacos de fibra sintética importados da Alemanha; era mais durável do que pele natural e menos caro. Mas ficou decepcionada. Para se consolar, começou a examinar as joias. Mas só havia bijuterias, sem imaginação ou originalidade.

– Preciso de, pelo menos, *uma* joia – explicou a Joe. – Brincos, pelo menos. Ou um broche... para combinar com o vestido azul. – Ela o conduziu pela calçada até uma joalheria. – E suas roupas – lembrou-se, sentindo culpa. – Precisamos fazer compras para você também.

Enquanto ela procurava as joias, Joe entrou no barbeiro para cortar o cabelo. Quando saiu, meia hora mais tarde, ela ficou assombrada; não só cortara o cabelo o mais curto possível, mas também o tingira. Custou a reconhecê-lo; agora estava louro. Meu Deus, pensou, fitando-o admirada. Por quê?

Joe deu de ombros e disse: – Cansei de ser carcamano. – Foi tudo o que disse; ele se recusou a entrar em detalhes. Entraram numa loja de roupas masculinas e começaram a fazer as compras dele.

Compraram um terno bem cortado de dacron, uma das novas fibras sintéticas da DuPont. E novas meias, cuecas e um elegante par de sapatos de bico fino. E agora?, pensou Juliana. Camisas. E gravatas. Ela e o vendedor escolheram duas camisas brancas com punhos estilo francês, várias gravatas francesas e um par de abotoaduras de prata. Levaram somente quarenta minutos para fazer todas as compras dele; ela ficou pasma de ver como era fácil, comparado com as suas.

O terno, pensou ela, precisava ser ajustado aqui e ali. Mas Joe voltara a ficar impaciente; pagou a conta com as notas do Reichsbank que levava consigo. Sei de outra coisa que falta, percebeu Juliana. Uma carteira nova. Então, ela e o vendedor escolheram uma carteira preta de crocodilo e pronto. Saíram da loja e voltaram para o carro; eram quatro e meia e as compras – pelo menos para Joe – estavam feitas.

– Você não quer ajustar a cintura? – perguntou a Joe, enquanto ele dirigia o carro no trânsito do centro de Denver. – Do seu terno...?

– Não – a voz dele, brusca e impessoal, assustou-a.

– O que foi? Comprei coisas demais? – Sei que é isso, disse a si mesma; gastei dinheiro demais. – Posso devolver algumas saias.

– Vamos jantar – ele disse.

– Meu Deus! – exclamou ela. – Já sei do que me esqueci. Camisolas.

Ele olhou para ela feroz.

– Você não quer que eu compre alguns pijamas novos? – perguntou ela. – Assim ficarei fresquinha e...

– Não – balançou a cabeça. – Esqueça. Procure um lugar para comermos.

– Vamos primeiro nos registrar num hotel – disse Juliana, com voz calma. – Assim podemos trocar de roupa. Depois, vamos comer. – E é melhor ser um hotel bom, pensou, ou não tem mais conversa. Mesmo agora, a esse ponto. E perguntaremos no hotel onde é o melhor lugar para se comer em Denver. E o nome de uma boa casa noturna onde possamos ver um espetáculo daqueles que só se vê uma vez na vida, não com artistas locais, mas com algum grande nome europeu, como Eleanor Perez ou Willie Beck. Sei que os maiores astros da UFA vêm até Denver, porque já vi nos anúncios. E é o mínimo que vou exigir.

Enquanto procuravam um bom hotel, Juliana examinava discretamente o homem ao seu lado. Com os cabelos curtos e louros, e de roupa nova, ele não parece a mesma pessoa, ela pensou. Gosto mais dele assim? Difícil dizer. E eu... quando tiver feito o cabelo, seremos praticamente duas pessoas novas. Nascidas do nada, ou melhor, do dinheiro. Mas preciso é ir ao cabeleireiro, disse a si mesma.

Encontraram um grande e imponente hotel no centro de Denver, com porteiro uniformizado que providenciou o estacionamento do carro. Era o que ela queria. E um rapaz carregador – na verdade, um homem crescido, mas vestindo o tradicional uniforme marrom – logo chegou e pegou a bagagem, deixando-os livres, sem mais nada a fazer além de subir as escadarias largas, atapetadas, sob o toldo, e atravessar as portas de vidro e ébano que davam para o saguão.

Pequenas lojas de cada lado do saguão, floriculturas, lojas de presentes, de doces, telégrafo, balcão para reserva de voos, uma multidão se aglomerando no balcão de check-in e à frente dos elevadores, grandes potes com plantas aqui e ali e, sob seus pés, o tapete, grosso e macio... ela sentia o cheiro do hotel, o grande número de pessoas, a agitação. Sinais de néon indicavam a direção do restaurante do hotel, da sala de coquetéis e do bar. Ela mal conseguia abarcar tanta coisa junta com o olhar, enquanto atravessavam o vestíbulo para chegar ao balcão de check-in.

Havia até uma livraria.

Enquanto Joe assinava o registro, ela pediu licença e foi até a livraria ver se tinham O *Gafanhoto*. Sim, lá estava ele, uma pilha de exemplares reluzentes, com um cartaz falando de sua popularidade e importância, e, claro, de como era *verboten* nos territórios alemães. Uma mulher sorridente, de meia-idade, bem do tipo avó, atendeu-a; o livro custou quase quatro dólares, o que pareceu caro a Juliana, mas ela pagou com uma nota do Reichsbank, que tirou da bolsa nova, e correu de volta para juntar-se a Joe.

Levando a bagagem, o carregador indicou o caminho para o elevador e, depois de saltarem no segundo andar, seguiram por um corredor – silencioso, quente e acarpetado – até um quarto soberbo, de tirar o fôlego. O carregador abriu a porta, levou tudo para dentro, ajustou a janela e as luzes; Joe lhe deu uma gorjeta e ele saiu, fechando a porta.

Tudo estava indo exatamente como ela queria.

– Por quanto tempo vamos ficar em Denver? – perguntou a Joe, que havia começado a abrir os embrulhos na cama. – Antes de irmos para Cheyenne?

Ele não respondeu; estava concentrado no conteúdo de sua mala.

– Um dia ou dois? – ela perguntou, tirando o casaco novo. – Você acha que poderíamos ficar *três*?

– Vamos embora hoje à noite – respondeu Joe, levantando a cabeça.

Ela não entendeu de cara; e, quando entendeu, não quis acreditar. Encarou-o e ele devolveu seu olhar com uma expressão maliciosa, quase debochada, o rosto contraído por uma enorme tensão, a maior que ela já vira em qualquer ser humano em toda a sua vida. Ele não se moveu; parecia paralisado ali, com as mãos cheias de roupa da mala, o corpo inclinado.

– Depois do jantar – acrescentou.

Ela não soube o que dizer.

– Portanto, vista aquele vestido azul que custou tão caro – disse ele. – Aquele de que você gostou tanto; aquele que é bom mesmo... entendeu? – Então começou a desabotoar a camisa. – Vou fazer a barba e tomar um bom chuveiro quente.

Sua voz tinha uma qualidade mecânica, como se estivesse falando de muito longe através de um instrumento qualquer; dando-lhe as costas, foi para o banheiro com passos duros e desajeitados.

Ela conseguiu dizer, com dificuldade: – Mas é muito tarde hoje.

– Não. Vamos terminar o jantar lá pelas cinco e meia, seis no máximo. Podemos chegar a Cheyenne em duas horas, duas horas e meia. Serão só oito e meia. Digamos, no máximo, nove. Podemos ligar daqui, dizer a Abendsen que estamos chegando; explicar a situação. Uma ligação interurbana vai causar uma boa impressão. Diga o seguinte: estamos voando para a Costa Oeste; estaremos em Denver só por esta noite. Mas gostamos tanto do seu livro que vamos de carro até Cheyenne e voltar hoje mesmo, só para tentar...

– Por quê? – ela interrompeu.

Lágrimas começaram a brotar nos seus olhos, e quando ela deu por si estava de punhos cerrados, os polegares para dentro, como fazia quando era criança; sentiu o queixo tremer e, quando falou, sua voz saiu quase inaudível. – Não quero ir vê-lo hoje à noite; não vou. Não quero ir, nem mesmo amanhã. Só quero ver o que há por aqui. Como você me prometeu. – E, enquanto falava, o medo mais uma vez apareceu e pousou em seu peito, aquela espécie peculiar de pânico cego que nunca a abandonara por completo, mesmo nos melhores momentos com ele. Ele veio à tona e a dominou; ela sentiu o medo tremer em seu rosto, aparecendo com tanta clareza que ele podia facilmente ver.

Joe respondeu: – Vamos dar um pulo até lá e depois, quando voltarmos, veremos o que você quiser. – Ele falava racionalmente, mas ainda com aquele tom rígido e sem vida, como se estivesse recitando um texto.

– Não – disse ela.

– Coloque aquele vestido azul. – Ele vasculhou os embrulhos até encontrá-lo na caixa maior. Cuidadosamente, desamarrou o barbante, tirou o vestido e esticou-o na cama com precisão; não tinha pressa. – Ok? Você vai ficar um estouro. Escute, vamos comprar uma garrafa de uísque caro e levar conosco. Vat 69.

Frank, ela pensou. Me ajude. Estou metida em algo que não entendo.

– É bem mais longe do que você pensa – respondeu ela. – Olhei no mapa. Vai ser bem tarde quando chegarmos lá, onze e tanto ou depois da meia-noite.

– Põe aquele vestido ou te mato – disse ele.

Fechando os olhos, ela começou a rir de nervoso. Meu treinamento, pensou. Era verdade, afinal; veremos agora. Será que ele pode me matar ou será que conseguirei acertar um nervo em suas costas e aleijá-lo pelo resto da vida? Mas ele lutou contra aqueles comandos ingleses; já passou por isso, há muitos anos.

– Eu sei que você pode me derrubar – disse Joe. – Ou talvez não.

– Derrubar, não – disse ela. – Aleijar permanentemente. Posso mesmo. Morei na Costa Oeste. Os japas me ensinaram lá em Seattle. Você pode ir a Cheyenne se quiser e me deixar aqui. Não tente me forçar. Tenho medo de você e vou tentar. – Sua voz enfraqueceu. – Se você se aproximar, vou tentar machucar você de verdade.

– Ah, o que foi! Põe logo esse maldito vestido! Que história é essa? Você deve estar maluca, falando em matar e aleijar, só porque eu quero que você entre no carro depois do jantar e suba a *autobahn* comigo para ver um sujeito cujo livro você...

Bateram à porta.

Joe foi até a entrada e abriu-a. Um rapaz de uniforme, no corredor, disse: – Serviço de lavanderia. O senhor pediu à recepção.

– Ah, sim – disse Joe, voltando até a cama; apanhou as novas camisas brancas que acabara de comprar e levou-as ao rapaz. – Pode devolvê-las em meia hora?

– É só passar as dobras – disse o rapaz, examinando-as. – Sem lavar. Sim, tenho certeza que sim, senhor.

– Como é que você sabe que camisa branca nova não se usa sem passar? – perguntou Juliana, enquanto Joe fechava a porta.

Joe não disse nada; deu de ombros.

– Eu havia me esquecido – disse Juliana. – E uma mulher devia saber... quando a gente as tira do celofane, estão sempre amarrotadas.

– Quando eu era mais moço, costumava me vestir bem e sair muito.

– Como é que você sabia que o hotel tinha serviço de lavanderia? Eu não sabia. Você cortou e tingiu mesmo os cabelos? Acho que foram sempre louros e que você estava era de peruca. Não é verdade?

Ele tornou a dar de ombros.

– Você deve ser da SD – disse ela. – Fazendo-se passar por um motorista de caminhão carcamano. Você nunca lutou no norte da África, não é? Você tinha era que vir para cá matar Abendsen, não é? Sei que é. Acho que sou muito burra mesmo. – Ela se sentia seca, vazia.

Após um intervalo, Joe respondeu: – Claro que lutei no norte da África. Mas não na artilharia de Pardi. Foi com os Brandenburgers – acrescentou. – Wehrmacht kommando. Infiltrado no quartel-general inglês. Não vejo qual a diferença; tivemos bastante ação. E eu estive mesmo no Cairo; ganhei aquela medalha e uma citação por heroísmo no campo de batalha. Sou cabo.

– Aquela caneta é uma arma?

Ele não respondeu.

– Uma bomba – percebeu ela de repente, falando em voz alta. – Uma espécie de bomba-relógio, preparada para explodir quando for tocada.

– Não – disse ele. – O que você viu é um transmissor e receptor de dois watts. Para manter contato radiofônico. No caso de uma mudança de planos, considerando a situação política instável em Berlim.

– Você entra em contato com eles na hora de agir. Para ter certeza.

Ele assentiu.

– Você não é italiano; é alemão!

– Suíço.

– Meu marido é judeu – disse ela.

– Pouco me importa o que seja. Eu só quero que você ponha aquele vestido e se arrume para irmos jantar. Penteie o cabelo de qualquer maneira; preferia que você tivesse ido ao cabeleireiro. Talvez o salão do hotel ainda esteja aberto. Você podia fazer isso enquanto espero as camisas e tomo meu banho.

– Como é que você vai matá-lo?

– Por favor, ponha o vestido novo, Juliana – disse Joe. – Vou telefonar para a recepção e perguntar pelo cabeleireiro. – Foi até o telefone.

– Por que você precisa que eu vá junto?

Discando, Joe disse: – Temos uma pasta sobre Abendsen e parece que ele é particularmente atraído por certo tipo de mulher morena e libidinosa. Um tipo especificamente mediterrâneo ou do Oriente Médio.

Enquanto ele falava com o pessoal do hotel, Juliana foi até a cama e se deitou. Fechou os olhos e colocou um braço sobre o rosto.

– Eles têm uma cabeleireira – disse Joe, depois de desligar. – E ela pode atender você agora mesmo. Vá até o salão; fica no mezanino. – Entregou-lhe uma coisa; ela abriu os olhos e viu que eram mais notas do Reichsbank. – Para pagá-la.

Ela respondeu: – Deixe-me ficar aqui deitada, por favor.

Ele fitou-a com uma expressão de profunda curiosidade e preocupação.

– Seattle é como San Francisco seria – disse ela – se o Grande Incêndio não tivesse acontecido. Velhos edifícios de madeira, alguns de tijolos e tão cheia de colinas quanto San Francisco. Os japas estão lá há muito tempo, desde antes da guerra. Têm um quarteirão comercial, casas, lojas e tudo o mais, há muito tempo. É um porto. O velhinho japonês que me ensinou isso – eu tinha ido para Seattle com um sujeito da Marinha Mercante e enquanto estava lá comecei a aprender – chamava-se Minoru Ichoyasu; usava colete e gravata. Era redondo como um ioiô. Ensinava no andar superior de um edifício comercial japonês; tinha aquelas letras douradas antigas na porta e uma sala de espera como a de um dentista. Com exemplares da *National Geographic*.

Inclinando-se sobre ela, Joe puxou-a pelo braço e fez com que ela se sentasse. Sustentou-a para que ficasse levantada. – Qual é o problema? Você parece doente. – Ficou olhando para o rosto dela, examinando suas feições.

– Estou morrendo – disse ela.

– É só um ataque de pânico. Você não tem isso sempre? Posso arrumar um calmante na farmácia do hotel para você. Que tal fenobarbital? E não comemos nada desde as dez da manhã. Você vai melhorar logo. Quando chegarmos à casa de Abendsen, você não precisa fazer nada, a não ser ficar ao meu lado; eu falo. Basta sorrir e ser simpática comigo e com ele; fique sempre perto dele e converse, para que fique junto de nós e não se afaste. Quando ele vir você, sei que vai nos deixar entrar, especialmente com o decote desse vestido italiano. Se eu fosse ele, deixaria você entrar.

– Me deixe ir ao banheiro – disse ela. – Estou enjoada; por favor. – Lutou para se libertar. – Estou passando mal; me deixe ir.

Ele a soltou e ela atravessou o quarto até o banheiro; fechou a porta.

Eu posso fazer isso, pensou. Acendeu a luz; ficou zonza por um momento. Apertou os olhos para conseguir enxergar. Eu posso encontrar. No armário de remédios, em cima da pia, um pacote de lâminas de barbear, sabonete, pasta de dente, tudo cortesia do hotel. Abriu o pacotinho de lâminas. Com o fio só de um lado, como esperava. Desembrulhou a lâmina preto-azulada, nova e oleosa...

A água caía do chuveiro. Ela entrou... meu Deus! estava de roupa. Estragada. O vestido colado no corpo. Os cabelos escorrendo. Horrorizada, ela tropeçou, quase caiu, procurando a saída. A água pingava pelas meias... começou a chorar.

Joe encontrou-a em pé ao lado da privada. Tinha tirado a roupa molhada, inutilizada; estava nua, apoiada num braço, encostada, descansando. – Meu Jesus – ela disse, quando percebeu que ele estava ali. – Eu não sei o que fazer. Meu vestido de jérsei está todo estragado. É de lã – ela apontou; ele virou e viu a pilha de roupa ensopada. Muito calmamente, mas com o rosto tenso, ele disse:

– Bom, você não ia vestir isso de qualquer maneira. – Com uma toalha branca felpuda do hotel ele a enxugou e levou-a de volta ao quente e atapetado quarto de dormir. – Vista as calcinhas, qualquer coisa. Vou chamar a cabeleireira aqui; ela tem que vir, não tem jeito. – Pegou novamente o telefone e discou.

– Que pílulas você me arranjou? – perguntou, quando ele acabou de telefonar.

– Esqueci de arranjar. Vou ligar para a farmácia. Não, espere; eu tenho alguma coisa. Nembutal ou uma porcaria dessas. – Correu até a mala e começou a remexer.

Quando estendeu duas cápsulas amarelas para ela, ela disse: – Elas vão me matar? – Aceitou-as desajeitada.

– O quê? – ele perguntou, o rosto contraído.

Vão apodrecer a parte de baixo do meu corpo, pensou ela. Secar meu útero. – Quero dizer – ela disse com cuidado –, isso não vai me deixar dopada?

– Não, é um produto da A. G. Chemie que nos dão lá na nossa terra. Eu tomo quando não consigo dormir. Vou pegar um copo d'água. – Saiu apressado.

A lâmina, ela pensou. Eu a engoli; agora ela vai cortar minhas entranhas para sempre. Castigo. Casei-me com um judeu e fui me enrabichar por um assassino da Gestapo. Sentiu as lágrimas virem novamente aos olhos, fervendo. Por tudo o que cometi. Arrasada.
– Vamos lá – ela disse, ficando de pé. – A cabeleireira.

– Você não está vestida! – Ele sentou-a e tentou colocar as calcinhas nela, mas não conseguiu. – Preciso mandar arrumar seu cabelo – disse, numa voz desesperada. – Onde está aquela Hur, aquela mulher?

Ela começou a falar, lentamente, com muita dificuldade: – Cabelo cria pelo que tira pinta na nudez. Esconde, agacha, esgancha, engancha. Engancha no gancho de Deus. Ah. E, I, O, Hur. Pílulas me comem. Provavelmente ácido, terebentina. Todos se encontraram e decidiram criar o mais corrosivo solvente para me comer para sempre.

Joe olhou fixo para ela e ficou branco. Deve estar lendo os meus pensamentos. Está lendo minha mente com sua máquina, embora eu não consiga encontrá-la.

– Aquelas pílulas – disse ela. – Confundem tudo, embaralharam.

– Você não as tomou – disse ele apontando para a mão dela, fechada; ela descobriu que ainda estavam lá. – Você está mentalmente doente – ele disse. Havia se tornado lento e pesado, como uma massa inerte. – Você está muito doente. Não podemos ir.

– Médico não – ela respondeu. – Vou ficar bem. – Tentou sorrir; observou a expressão do rosto dele para ver se conseguira. Um reflexo do cérebro dele pegou meus pensamentos podres.

– Não posso levar você para a casa dos Abendsen – disse ele. – Pelo menos, não agora. Amanhã. Quem sabe você não melhora? Vamos tentar amanhã. Vai ser preciso.

– Posso ir até o banheiro outra vez?

Ele assentiu, o rosto concentrado em outra coisa, mal ouvindo o que ela dizia. Ela voltou ao banheiro e novamente fechou a porta. No armarinho havia outra lâmina, que ela segurou na mão direita. Saiu de novo.

– Tchau – ela disse.

Quando ela abriu a porta do corredor ele gritou, e saiu correndo na direção dela, tentando agarrá-la.

Suissh. – É horrível – ela disse. – Eles violentam. Eu já devia saber. Pronta para punguistas; certamente posso dar conta de outros tipos perigosos da noite. Pra onde foi este? Estava ali, dando tapas no próprio pescoço, dançando desajeitado. – Me deixe passar – disse ela. – Não fique no meu caminho se não quiser uma lição. Mas só dou aula para mulheres. – Ainda segurando a lâmina, foi abrir a porta. Joe estava sentado no chão, apertando a garganta com as mãos. Ela disse adeus e fechou a porta. O corredor quente, atapetado.

Uma mulher de avental branco, murmurando ou cantando baixinho, empurrando um carrinho, de cabeça baixa. Olhando os números nas portas, parou à frente de Juliana; a mulher levantou a cabeça, arregalou os olhos e seu queixo caiu.

– Ah, meu amor – disse ela. – Você está naquele fogo, hein? Precisa de muito mais que uma cabeleireira: volte já pro seu quarto e ponha suas roupas antes que te ponham para fora do hotel. Meu Deus do céu. – Ela abriu a porta atrás de Juliana. – Peça ao seu homem pra curar esse seu porre; vou mandar o serviço de quarto trazer café quente. Agora, por favor, entre no seu quarto. – Empurrando Juliana de volta para o quarto, ela bateu a porta, e o som do seu carrinho aos poucos foi desaparecendo.

A cabeleireira, Juliana se lembrou. Baixou os olhos e viu que estava sem roupa nenhuma; a mulher estava certa.

– Joe – ela disse. – Não me deixaram sair. – Ela encontrou a cama, achou a mala, abriu-a e espalhou as roupas. Calcinha, saia, blusa... um par de sapatos baixos. – Me fizeram voltar – ela disse. Encontrando um pente, passou-o rapidamente pelo cabelo, depois escovou-o. – Que experiência! A mulher estava bem ali fora, já ia bater à porta. – Levantando-se, foi procurar o espelho: – Assim está melhor? – Espelho na porta do armário; virando-se, ficou se observando, rodando, ficando na ponta dos pés. – Estou tão envergonhada – ela disse, procurando-o com o olhar. – Nem sei o que estou fazendo. Você deve ter me dado alguma coisa; não sei o que foi, só me fez piorar, em vez de ajudar.

Ainda sentado no chão, pressionando a lateral do pescoço, Joe disse: – Escute. Você é muito boa. Cortou minha aorta. A artéria do pescoço.

Dando um risinho, ela levou a mão à boca.

– Meu Deus, você é burro mesmo. Quero dizer, você erra as palavras todas. A aorta é no peito; você quer dizer a carótida.

– Se eu soltar – disse ele – vou sangrar até morrer em dois minutos. Você sabe disso. Então me arrume um socorro qualquer, chame um médico ou uma ambulância. Está entendendo? Você fez isso de propósito? Claro que sim. Está bem... vai chamar ou buscar alguém?

Depois de pensar um pouco, ela disse: – Foi de propósito.

– Bom – disse ele. – Chame alguém de qualquer maneira. Para me ajudar.

– Vá você.

– Não consigo tapar isto aqui completamente – ela via o sangue escorrer entre os dedos dele, descendo pelo pulso. Formando uma poça no chão. – Não me atrevo a me mexer. Preciso ficar aqui.

Ela vestiu o casaco novo, fechou a bolsa nova de couro feita à mão, apanhou a mala e todos os seus pacotes que conseguiu carregar; tratou especialmente de não esquecer a caixa grande com o vestido azul italiano cuidadosamente dobrado no interior. Ao abrir a porta do corredor, olhou para ele novamente. – Talvez eu possa avisar o pessoal da recepção – ela disse. – Lá embaixo.

– Sim – ele disse.

– Tudo bem – disse ela. – Vou dizer a eles. Não me procure no apartamento de Canon City porque não vou voltar para lá. Estou com a maior parte daquelas notas do Reichsbank, então vou ficar bem, apesar de tudo. Adeus. Desculpe.

Fechou a porta e desceu apressada o corredor, a mala e os embrulhos a reboque.

No elevador, um homem de negócios, idoso e bem vestido e sua esposa a ajudaram; no saguão, deixaram tudo nas mãos de um carregador.

– Obrigada – Juliana agradeceu aos dois.

Depois que o carregador levou sua mala e os embrulhos até a calçada da frente, ela encontrou um empregado do hotel que lhe explicou como pegar seu carro. Dali a um instante ela já estava na fria garagem de concreto no subsolo do hotel, esperando enquanto o valete lhe trazia o Studebaker. Encontrou moedas de todos os valores dentro da bolsa; deu uma gorjeta ao valete e, quando deu por si, estava subindo uma rampa iluminada por uma luz amarela que dava para uma rua escura com seus faróis, automóveis e anúncios em néon.

O porteiro uniformizado do hotel colocou pessoalmente a bagagem e os pacotes no carro para ela, com um sorriso tão cordial e encorajador que ela lhe deu uma gorjeta enorme antes de partir. Ninguém tentou detê-la, e isso a deixou assombrada; ninguém sequer ergueu a sobrancelha. Provavelmente sabem que ele vai pagar, concluiu. Ou talvez ele já tenha pago adiantado quando nos registramos.

Enquanto ela esperava no trânsito um sinal mudar de cor, lembrou-se de que não havia dito a ninguém na recepção que Joe estava sentado no chão do quarto precisando de um médico. Ainda esperando lá em cima, esperando o dia do Juízo Final, ou a mulher da faxina aparecer na manhã seguinte. É melhor eu voltar, pensou, ou telefonar. Parar numa cabine telefônica.

Que coisa mais idiota, ela pensou enquanto dirigia à procura de um lugar para estacionar e telefonar. Quem teria imaginado isso uma hora atrás? Quando nos registramos, quando saímos para fazer compras... nós quase seguimos em frente, íamos nos vestir e sair para jantar; podíamos até ter ido a uma casa noturna. Percebeu que tinha voltado a chorar; lágrimas pingavam do nariz e caíam na blusa enquanto ela dirigia. Pena que não consultei o oráculo; ele teria sabido e me avisado. Por que não fiz isso? Eu podia ter feito a pergunta a qualquer momento, em qualquer trecho da viagem ou até mesmo antes de partir. Começou a gemer involuntariamente; um uivo que nunca ouvira sair de sua garganta, uma coisa que a deixou horrorizada, mas que não conseguia reprimir, mesmo cerrando os dentes. Um lamento chorado, gritado, cantado, apavorante, subia por seu nariz.

Quando conseguiu estacionar, ficou sentada com o motor ligado, tremendo, com as mãos nos bolsos do casaco. Cristo, disse a si mesma, angustiada. Bom, acho que esse tipo de coisa acontece. Ela saiu e tirou a bagagem da mala do carro; no banco de trás, abriu-a e remexeu entre roupas e sapatos até encontrar os dois volumes pretos do oráculo. Ali mesmo, no banco de trás, com o motor ligado, começou a jogar três moedas de dez centavos do EMR, à luz da vitrine de uma loja de departamentos. O que devo fazer agora?, perguntou. Diga-me o que fazer; *por favor*.

Hexagrama Quarenta e Dois, Aumento, com linhas móveis na segunda, terceira, quarta e na última posição, no topo; mudando, portanto, para o Hexagrama Quarenta e Três, Irromper (a Determinação). Ela correu os olhos pelo texto com avidez, devorando as palavras, gravando na mente as sucessivas etapas do seu significado, juntando e compreendendo. Jesus, ele descrevia aquela exata situação – mais uma vez, um milagre.

Tudo o que havia acontecido estava ali, diante de seus olhos, reproduzido como num esquema, numa planta:

É favorável empreender algo.
É favorável atravessar a grande água.

Uma viagem, para ir e fazer alguma coisa importante, não ficar ali. Agora, as linhas. Seus lábios se moveram, procurando...

Dez pares de tartarugas não podem se opor a isso.
Contínua perseverança traz boa fortuna.
O rei o apresenta diante de Deus.

Agora, o seis na terceira. Ao ler essa passagem, ela ficou zonza:

*Alguém é enriquecido em virtude de acontecimentos
desafortunados.
Nenhuma culpa caso você seja sincero,
caso siga pelo caminho do meio,
e informe ao príncipe, apresentando-lhe um selo.*

O príncipe... isso queria dizer Abendsen. O selo, o novo exemplar do livro dele. Acontecimentos desafortunados... o oráculo sabia o que ocorrera a ela, a coisa terrível com Joe ou quem quer que ele fosse. Ela leu o seis na quarta posição:

*Se você segue pelo caminho do meio
e informa ao príncipe, ele o seguirá.*

Tenho de ir até lá, ela percebeu, mesmo que Joe venha atrás de mim. Ela devorou a última linha móvel, o nove no alto:

*Ele não traz aumento a ninguém.
Na verdade, alguém vem a golpeá-lo.
Ele não mantém seu coração constantemente firme.
Infortúnio.*

Ah, meu Deus, ela pensou; isso quer dizer o assassino, o pessoal da Gestapo: está me dizendo que Joe ou alguém igual a ele, outro qualquer, vai chegar lá e matar Abendsen. Rapidamente, consultou o Hexagrama Quarenta e Três. O julgamento:

*Deve-se dar a conhecer o assunto
na corte do rei com determinação.
Deve ser exposto com veracidade. Perigo.
É preciso notificar sua própria cidade.
Não é favorável recorrer às armas.
É favorável empreender algo.*

Então não adianta voltar ao hotel e saber se Joe está bem; é inútil porque enviarão outros. Novamente o oráculo diz, com mais ênfase ainda: Ir para Cheyenne e avisar Abendsen, por mais perigoso que seja para mim. Preciso levar a verdade até ele.

Fechou o livro.

Voltando ao volante, ela mergulhou no tráfego outra vez. Em pouco tempo achou a saída do centro de Denver e entrou na *autobahn* principal para o norte; ia o mais rápido que o carro permitia. O motor fazia um barulho esquisito que sacudia o volante e chacoalhava tudo o que estava no porta-luvas.

Agradeço a Deus pelo doutor Todt e suas *autobahns*, disse a si mesma enquanto atravessava voando a escuridão, enxergando apenas seus faróis e as linhas que demarcavam as pistas da rodovia.

Às dez da noite, por causa de problemas com os pneus, ainda não havia chegado a Cheyenne. Não pôde fazer nada a não ser sair da estrada e procurar um lugar para passar a noite.

Uma placa de saída da *autobahn*, um pouco mais adiante, dizia: *Greeley – Cinco Milhas*. Amanhã cedo recomeço, pensou, enquanto passava devagar pela rua principal de Greeley, alguns minutos mais tarde. Viu vários motéis anunciando vagas; portanto, não havia problemas. O que preciso fazer, resolveu, é ligar para Abendsen hoje à noite e avisar que estou chegando.

Após estacionar, saiu do carro cansada, aliviada por poder esticar as pernas. O dia todo na estrada, das oito da manhã em diante. Uma loja de conveniência podia ser avistada a poucos metros; com as mãos nos bolsos do casaco, dirigiu-se para lá e logo estava trancada na segurança de uma cabine telefônica, pedindo informações de Cheyenne à telefonista.

O número deles – graças a Deus – estava na lista telefônica. Colocou as moedas e a telefonista fez a ligação.

– Alô – disse uma voz de mulher, uma voz feminina jovem, vigorosa e agradável; uma mulher, provavelmente, da sua idade.

– Sra. Abendsen? – perguntou Juliana. – Posso falar com o sr. Abendsen?

– Por favor, quem está falando?

– Eu li o livro dele – respondeu Juliana – e vim de Canon City, Colorado, dirigindo o dia inteiro. Estou em Greeley agora. Pensei que poderia dar um pulo na casa de vocês esta noite, mas não posso, então gostaria de saber se poderia vê-lo amanhã em algum horário.

Depois de uma pausa, a sra. Abendsen disse, numa voz ainda agradável: – Sim, agora já é muito tarde. Nós deitamos cedo. Você tem algum... motivo especial para querer falar com meu marido? Ele tem trabalhado muito ultimamente.

– Eu queria falar com ele – ela disse. Sua própria voz soava monótona e sem ressonância em seus ouvidos; seus olhos encaravam a parede da cabine, e ela não tinha mais o que falar: seu corpo doía e sua boca estava seca, com gosto ruim. Fora da cabine, podia ver o moço do balcão servindo milk-shakes a quatro adolescentes. Ela queria estar com eles; mal ouvira a resposta da sra. Abendsen. Estava sonhando com uma bebida gelada e algo como um sanduíche de salada de frango para acompanhar.

– Hawthorne trabalha em horas irregulares – dizia a sra. Abendsen com sua voz alegre e eficiente. – Se vier até aqui amanhã não posso lhe prometer nada, porque talvez esteja ocupado o dia todo. Mas se você quiser vir assim mesmo...

– Quero – ela interrompeu.

– Sei que ele terá prazer em conversar com você por alguns minutos, se puder – continuou a sra. Abendsen. – Mas, por favor, não fique decepcionada se, por acaso, ele não puder deixar o trabalho nem para dar-lhe uma palavrinha ou vê-la.

– Nós lemos o livro dele e gostamos – disse Juliana. – Estou trazendo o livro aqui comigo.

– Sei – a sra. Abendsen disse com bondade na voz.

– Nós paramos em Denver para fazer compras e perdemos muito tempo. – Não, pensou ela; agora tudo mudou, está tudo diferente. – Escute, o oráculo me disse para ir a Cheyenne.

– Ah, minha nossa... – disse a sra. Abendsen, que parecia conhecer o oráculo, mas não estar levando a situação muito a sério.

– Vou ler as linhas para a senhora. – Ela havia levado o oráculo para dentro da cabine; apoiando os volumes na prateleira sob o telefone, começou a virar as páginas com dificuldade. – Só um instantinho. – Localizou a página e leu primeiro o julgamento e depois as linhas para a sra. Abendsen. Quando chegou à nove, no alto, a linha que falava sobre alguém vir a golpeá-lo e de infortúnio, ouviu a sra. Abendsen soltar uma exclamação. – Perdão? – disse Juliana, parando de falar.

– Continue – respondeu a sra. Abendsen. Seu tom de voz, Juliana achou, tinha agora uma entonação mais alerta e aguçada.

Depois que Juliana leu o julgamento do hexagrama Quarenta e Três, que trazia a palavra "perigo", houve silêncio. A sra. Abendsen não disse nada e Juliana também não.

– Bem, estamos esperando você ansiosos amanhã – a sra. Abendsen disse finalmente. – E você poderia me dizer seu nome, por favor?

– Juliana Frink – ela respondeu. – Muito obrigada, sra. Abendsen. – A telefonista interrompeu nesse instante para dizer que o tempo havia acabado; então Juliana desligou, pegou a bolsa e os volumes do oráculo, saiu da cabine telefônica e foi até o balcão da loja.

Depois de ter pedido um sanduíche e uma Coca-Cola, e de descansar ali fumando um cigarro, ela percebeu, com uma onda súbita de terror, que não havia dito nada à sra. Abendsen sobre o homem da Gestapo ou da SD ou fosse lá o que fosse aquele tal de Joe Cinadella, que ela deixara no quarto de hotel em Denver. Simplesmente não conseguia crer. Esqueci!, ela disse para si mesma. Desapareceu inteiramente da minha memória. Como é que isso foi acontecer? Devo estar maluca; devo estar muito doente, burra e maluca.

Começou a escarafunchar a bolsa, tentando encontrar trocados para outro telefonema. Não, resolveu, levantando-se da banqueta. Não posso ligar novamente para eles esta noite; vou deixar isso para lá... é tarde demais, que diabo. Estou cansada e eles já devem estar dormindo a esta altura.

Comeu seu sanduíche de salada de galinha, bebeu sua Coca, depois pegou o carro e foi até o motel mais próximo, alugou um quarto e caiu na cama, tremendo.

14

O sr. Nobusuke Tagomi pensou: não há resposta. Não há compreensão. Nem mesmo no oráculo. E, no entanto, preciso continuar vivendo, dia após dia, de qualquer maneira.

Vou partir em busca do pequeno. Viver sem ser visto, pelo menos. Até um dia, no futuro, quando...

Em todo caso, despediu-se de sua esposa e deixou sua casa. Mas hoje ele não foi para o edifício Nippon Times, como de costume. Que tal relaxar? Ir até o parque Golden Gate, com seu zoológico e seu aquário? Ir a lugares onde coisas que não pensam encontram, mesmo assim, prazer de viver.

Tempo. É uma longa viagem para o bicitáxi, e me dará mais tempo para perceber as coisas. Se é que se pode dizer isso.

Mas árvores e zoológico não são gente. Preciso me agarrar à vida humana. Essa situação fez com que eu me sentisse uma criança, embora isso possa ser bom. Eu poderia fazer com que isso fosse bom.

O bicitáxi pedalou pela Rua Kearny, em direção ao centro de San Francisco. Andar de bonde, pensou subitamente o sr. Tagomi. A felicidade em uma viagem emocionante, num objeto comovente que deveria ter desaparecido em 1900 mas que, estranhamente, continua a existir.

Dispensou o bicitáxi e andou pela calçada até os trilhos de bonde mais próximos.

Talvez, pensou, eu nunca mais possa voltar ao edifício Nippon Times, com seu fedor de morte. Minha carreira acabada, mas melhor assim. A Junta Diretora das Missões Comerciais pode arranjar um substituto. Mas Tagomi ainda caminha, existe, lembrando cada detalhe. Portanto, nada está fechado.

De qualquer maneira, a Operação Dente-de-Leão vai nos destruir a todos. Não importa o que estejamos fazendo na hora. Nosso inimigo, ao lado do qual lutamos na última guerra. E de que nos serviu? Talvez devêssemos era ter lutado contra eles. Ou permitido que perdessem, ajudando seus inimigos, os Estados Unidos, a Inglaterra, a Rússia.

Para qualquer lado que olhasse, não havia esperança.

O oráculo enigmático. Talvez ele tenha se retirado do mundo dos homens, entristecido. Os sábios partem.

Entramos num Momento em que estamos sós. Não podemos conseguir ajuda, como antes. Bem, pensou o sr. Tagomi, talvez isso também seja bom. Ou possa ser transformado em algo de bom. É preciso continuar a procurar o Caminho.

Subiu no bonde da Rua Califórnia e foi até o fim da linha. Até saltou e ajudou a virar o bonde para o outro lado em sua plataforma giratória de madeira. Aquela, de todas as suas experiências urbanas, era a que tinha maior significado para ele, habitualmente. Agora o efeito se perdera; ele sentia o vazio com ainda mais intensidade, devido à deterioração que chegara até aqui, dentre todos os lugares.

Naturalmente, ele voltou de bonde. Mas... uma formalidade, percebeu enquanto olhava as ruas, os prédios e o trânsito passarem em sentido inverso ao de antes.

Perto de Stockton, levantou-se para descer. Mas, na parada, quando já ia descendo, o condutor o chamou: – Sua pasta, senhor.

– Obrigado. – Ele a havia deixado no bonde. Estendendo a mão, ele a aceitou de volta e se curvou enquanto o bonde, barulhento, se pôs em movimento. Uma pasta com um conteúdo muito valioso, pensou. Em seu interior, um Colt 44 de valor inestimável, peça de coleção, agora mantido sempre ao alcance da mão, caso os baderneiros da SD tentassem se vingar de mim como indivíduo. Nunca se sabe. E, no entanto... o sr. Tagomi sentia que este novo comportamento, apesar de tudo o que ocorrera, era neurótico. Eu não deveria ceder a ele, disse a si mesmo mais uma vez, enquanto andava com a pasta na mão. Compulsão-obsessão-fobia. Mas não conseguia se libertar.

Estas coisas estão em meu poder, e eu, em poder delas, pensou.

Será, então, que perdi meu prazer?, ele se perguntou. Será que *todo* o meu instinto foi pervertido pela lembrança do que fiz? Todo o gosto de colecionar terá sido maculado, e não somente a atitude para com este único item? O ponto fulcral em torno do qual minha vida gira... lugar, ai de mim!, onde morei com tamanho deleite.

Chamou um bicitáxi e deu o endereço da loja de Robert Childan, na Rua Montgomery. Vamos descobrir. Resta um fio que me liga ao que é espontâneo. Talvez eu possa usar um estratagema para combater minha predisposição à ansiedade: trocar meu revólver por um objeto de historicidade consagrada. Esta arma, para mim, tem uma história por demais subjetiva... e do tipo errado. Mas isso termina comigo; ninguém mais pode ter semelhante experiência com este revólver. Isso ocorre apenas no interior de minha psique.

Libertar-me, ele decidiu entusiasmado. Quando a arma se for, tudo irá embora, a nuvem negra do passado. Pois ela não está meramente em minha psique; ela está – como sempre se disse na teoria da historicidade – também dentro da arma. Uma equação entre nós dois!

Ele chegou à loja. Onde já fiz tantos negócios, pensou enquanto pagava ao motorista. Negócios públicos e particulares. Carregando a pasta, entrou apressado.

Ali, em frente à caixa registradora, o sr. Childan. Polindo algum artefato com uma flanela.

– Sr. Tagomi – disse Childan, com uma reverência.

– Sr. Childan – Tagomi também se curvou.

– Que surpresa agradável. Estou encantado. – Childan deixou de lado o objeto e a flanela. Deu a volta no balcão. O ritual de costume, cumprimentos etc. Todavia, o sr. Tagomi sentiu no outro hoje algo diferente. Um tanto... silencioso. Uma melhora, achou. Falava sempre um pouco alto demais, estridente. Pulando de um lado para outro, agitado. Mas essa mudança bem poderia ser um mau presságio.

– Sr. Childan – disse o sr. Tagomi, colocando sua pasta no balcão, abrindo-a. – Desejo trocar um objeto que comprei há vários anos. O senhor costuma fazer isso, se bem me lembro.

– Costumo – respondeu o sr. Childan. – Dependendo das condições. – Observava alerta.

– Revólver Colt 44 – disse o sr. Tagomi.

Os dois ficaram em silêncio, observando a arma em seu estojo de teca aberto e com a caixa de munição parcialmente usada.

O sr. Childan pareceu esfriar. Ah, percebeu o sr. Tagomi. Bem, que seja. – O senhor não está interessado – disse o sr. Tagomi.

– Não, senhor – respondeu o sr. Childan, com voz seca.

– Não insistirei. – Não sentia força alguma para isso. Eu cedo. Yin, o adaptativo, o receptivo, me domina, receio eu...

– Perdoe-me, sr. Tagomi.

O sr. Tagomi se curvou e tornou a guardar a arma, a munição e o estojo na pasta. É o destino. Devo ficar com isto.

– O senhor parece... um tanto decepcionado – disse o sr. Childan.

– O senhor reparou. – Ele ficou perturbado; deixara transparecer seu mundo interior para que todos o vissem? Deu de ombros. Era óbvio que sim.

– Havia alguma razão particular para que o senhor desejasse trocar esse artigo? – perguntou o sr. Childan.

– Não – disse ele, novamente escondendo seu universo íntimo... como devia ser.

O sr. Childan hesitou e depois disse: – Eu... Será que esse objeto veio de minha loja? Não trabalho com esse artigo.

– Tenho certeza – respondeu o sr. Tagomi. – Mas não importa. Aceito sua decisão; não estou ofendido.

– Senhor – disse Childan –, permita-me mostrar-lhe algo que acaba de chegar. Dispõe de um momento?

O sr. Tagomi sentiu nascer em seu íntimo a velha comoção. – Algo de incomum interesse?

– Venha, senhor. – Childan dirigiu-se para o outro lado da loja; o sr. Tagomi o acompanhou.

Dentro de uma vitrine trancada, em bandejas de veludo negro, repousavam pequenas espirais de metal, formas que eram mais sugeridas do que finalizadas. O sr. Tagomi se sentiu tomado de uma estranha emoção quando parou para observá-las.

– Mostro-os implacavelmente a cada um de meus clientes – disse Robert Childan. – O senhor sabe o que são?

– Joias, ao que parece – respondeu o sr. Tagomi, notando um broche.

– Estes são objetos de fabricação americana. Sim, claro. Mas, senhor, não são antigos.

O sr. Tagomi levantou os olhos.

– Senhor, estes são novos. – As feições brancas e um tanto tristonhas de Robert Childan estavam distorcidas de paixão. – Esta é a nova vida de meu país, senhor. O princípio sob a forma de pequenas sementes imperecíveis. De beleza.

Com interesse, o sr. Tagomi examinou sem pressa diversas peças em suas mãos. Sim, existe algo de novo que anima estas peças, ele decidiu. A Lei do Tao surte efeito aqui; quando o yin está por toda parte, o primeiro raio de luz subitamente nasce nas trevas mais profundas, mais escuras... É um fenômeno familiar a todos nós; já vimos isso acontecer antes, assim como estou vendo aqui hoje. E, no entanto, para mim são apenas sucata. Não consigo me deixar levar, como o sr. R. Childan. Infelizmente, para nós dois. Mas essa é a verdade.

– São muito bonitas – ele murmurou, devolvendo as peças.

O sr. Childan disse, com um tom de voz impositivo: – Senhor, essas coisas não acontecem do dia para a noite.

– Perdão?

– A nova visão em seu coração.

– Você foi convertido – disse o sr. Tagomi. – Eu gostaria de tê-lo sido. Mas não fui. – Curvou-se.

– Quem sabe outro dia – disse o sr. Childan, acompanhando-o até a entrada da loja; nem tentou exibir outros artigos, reparou o sr. Tagomi.

– Sua certeza é de gosto questionável – disse o sr. Tagomi. – Parece forçar de modo inconveniente.

O sr. Childan não se sentiu atingido. – Perdoe-me – ele disse. – Mas estou certo. Sinto com muita precisão, nesses objetos, o futuro em estado embrionário.

– Que seja – disse o sr. Tagomi. – Mas seu fanatismo anglo-saxão não me diz nada. – Não obstante, sentiu uma certa renovação de esperanças. Suas próprias esperanças, em si mesmo. – Tenha um bom dia – ele disse, curvando-se. – Verei o senhor novamente um dia desses. Quem sabe possamos examinar sua profecia.

O sr. Childan se curvou, e nada disse.

Carregando sua pasta, com o Colt 44 no interior, o sr. Tagomi foi embora. Saio como entrei, refletiu. Ainda à procura. Ainda sem aquilo de que necessito se quiser voltar para o mundo.

E se eu tivesse comprado um daqueles objetos estranhos e indistintos? Se eu o tivesse guardado, reexaminado, contemplado... teria, a seguir, através dele, encontrado o caminho de volta? Duvido.

Essas coisas são para ele, não para mim.

E, contudo, mesmo que uma pessoa encontre seu caminho... isso quer dizer que existe um Caminho. Mesmo que eu pessoalmente não o alcance.

Eu o invejo.

O sr. Tagomi deu meia-volta e retornou à loja. Ali, na entrada, estava o sr. Childan, observando-o. Ainda não havia entrado.

– Senhor – disse o sr. Tagomi. – Comprarei um daqueles, o que o senhor selecionar. Não tenho fé, mas passo por dificuldades neste momento. – Seguiu o sr. Childan mais uma vez loja adentro, até a vitrine. – Não acredito. Vou levar o objeto comigo, e olharei para ele a intervalos regulares. Uma vez a cada dois dias, por exemplo. Se depois de dois meses eu não enxergar...

– O senhor poderá trazê-lo de volta e será reembolsado integralmente – respondeu o sr. Childan.

– Obrigado – disse o sr. Tagomi. Estava se sentindo melhor. Às vezes é preciso tentar qualquer coisa, pensou. Não é desgraça. Pelo contrário, é sinal de sabedoria, é reconhecer a situação.

– Isto irá acalmar o senhor – disse o sr. Childan. Ofereceu-lhe um pequeno triângulo de prata ornamentado com gotas côncavas. Preto por baixo, brilhante e luminoso em cima.

– Obrigado – disse o sr. Tagomi.

O sr. Tagomi voltou de bicitáxi para a Praça Portsmouth, um pequeno parque aberto na encosta que encimava a Rua Kearny, de onde se via a delegacia de polícia. Sentou-se num banco ao sol. Pombas passeavam pelos caminhos pavimentados à procura de comida. Em outros bancos, homens maltrapilhos liam o jornal ou cochilavam. Aqui e ali, havia outros deitados na grama, quase dormindo.

Tirando do bolso o saco de papel com o nome da loja do sr. Robert Childan, o sr. Tagomi ficou ali, sentado, segurando o saco em ambas as mãos, aquecendo-se. Depois, abriu o saco e retirou sua nova aquisição para examiná-la na solidão daquele pequeno parque, feito de gramados e caminhos, frequentado por velhos.

Segurou o fragmento de prata. Aquele pequeno objeto refletia o sol do meio-dia, como um brinde barato de caixas de cereais, um espelho de aumento Jack Armstrong comprado pelo reembolso postal. Ou... *Om*, como dizem os Brâmanes. Um ponto diminuto onde tudo está contido. Ambos, ao menos em aparência. O tamanho, a forma. Continuou a examiná-lo detidamente.

Será que acontecerá, como profetizou o sr. R. Childan? Cinco minutos. Dez minutos. Fico sentado o máximo que puder. O tempo, ai de nós, nos limita. O que, então, seguro nas mãos, enquanto ainda há tempo? Perdoe-me, pensou o sr. Tagomi na direção do fragmento de metal. Somos sempre pressionados a levantar e agir. A contragosto, começou a guardar a coisa no saco. Um último olhar esperançoso – novamente investigou com todas as suas forças. Como uma criança, disse para si mesmo. Imitar a inocência e a fé. À beira-mar, apanhava conchas ao léu e as pressionava contra o ouvido para captar em seu murmúrio a sabedoria do mar.

Aqui, o olho substitui o ouvido. Penetre em mim e informe o que foi feito, o que significa, o porquê. Um minuto de conhecimento comprimido num fragmento finito.

Peço demais, e por isso não obtenho nada.

– Escute aqui – disse *sotto voce* ao fragmento. – A garantia de venda prometia muito.

E se eu sacudi-lo com violência, como um relógio velho recalcitrante? Foi o que fez, para cima e para baixo. Ou como dados, num jogo importante. Para despertar a divindade em seu interior. Quiçá esteja dormindo, pois. Ou esteja em uma jornada. Uma brincadeira irônica do profeta Elias. Ou, talvez, ele esteja também à procura. O sr. Tagomi sacudiu o triângulo de prata violentamente para cima e para baixo na mão fechada. Para chamá-lo mais alto. Examinou-o mais uma vez.

Você está vazia, sua coisinha, pensou ele.

Amaldiçoá-la, disse a si próprio. Amedrontá-la.

– Estou perdendo a paciência – ele disse *sotto voce*.

E o que farei a seguir? Vou jogar você na sarjeta? Soprar, sacudir, até derrubar? Ganhe o jogo para mim.

Deu uma gargalhada. Estou me comportando como um idiota, tentando isto aqui em pleno sol. Que espetáculo para quem passa.

Olhou ao redor, sentindo-se culpado. Mas ninguém viu. Os velhos cochilavam. Estava tudo tranquilo.

Tentei tudo, ele percebeu. Implorei, contemplei, ameacei, filosofei longamente. O que mais pode ser feito?

Poderia ao menos ficar aqui? Isso me é negado. A oportunidade talvez volte a ocorrer. No entanto, como disse W. S. Gilbert, uma oportunidade dessas *não voltará* a ocorrer. Será? Sinto que sim.

Quando eu era criança, pensava como criança. Mas agora coloquei de lado as coisas infantis. Agora preciso procurar em outros reinos. Devo examinar este objeto de maneira nova.

Devo ser científico. Esgotar, por análise lógica, cada premissa. Sistematicamente, seguindo o exemplo clássico laboratorial aristotélico.

Enfiou o dedo no ouvido direito, para abafar o barulho do trânsito e outros que pudessem distraí-lo. Então, pressionou o triângulo de prata, como uma concha, contra o ouvido esquerdo.

Nenhum ruído. Nenhum rugido de oceano simulado, na realidade ruídos interiores da circulação sanguínea... nem mesmo isso.

Então, que outro sentido poderia apreender o mistério? A audição era inútil, evidentemente. O sr. Tagomi fechou os olhos e começou a passar os dedos por toda a superfície da peça. Tato também não; seus dedos não lhe diziam nada. O olfato. Aproximou a prata do nariz e inspirou. Um vago aroma metálico, mas que não transmitia significado algum. Paladar. Abrindo a boca, enfiou o triângulo de prata como se fosse uma bala, mas naturalmente evitou mastigá-lo. Nenhum significado, só uma coisa dura, amarga, fria.

Tornou a segurá-lo na palma da mão.

Finalmente, de volta à visão. Hierarquicamente, o mais elevado dos sentidos: escala grega de prioridades. Girou o triângulo de prata de todas as maneiras possíveis e imagináveis; examinou-o de cada ponto de vista *extra rem*.

O que vejo?, perguntou a si mesmo. Aquilo merecia um longo, paciente e cuidadoso estudo. Que indício de verdade me confronta neste objeto?

Entregue-se, ordenou ao triângulo de prata. Revele o arcano secreto.

É como o sapo arrancado das profundezas, pensou. Agarramo-lo e ordenamos que nos diga o que repousa no fundo das águas. Mas aqui o sapo nem dá resposta; deixa-se estrangular silenciosamente, torna-se pedra, argila ou mineral. Inerte. Volta à rígida substância familiar do seu mundo tumular.

O metal vem da terra, pensou, examinando o objeto. Do subterrâneo: daquele reino que é o mais baixo, o mais denso. Terra de trolls e de cavernas, úmida, sempre escura. Mundo yin, em seu aspecto mais melancólico. Mundo de cadáveres, decomposição e colapso. De fezes. Tudo o que morreu, escorrendo e se desintegrando camada por camada. O mundo demoníaco do imutável; o tempo-que-foi.

E, no entanto, à luz do sol, o triângulo de prata brilhava. Refletia luz. Fogo, pensou o sr. Tagomi. Um objeto nem úmido nem escuro. Não pesado, desgastado, mas pulsando de vida. O reino do alto, a face do yang: celestial, etéreo. Como cabe a uma obra de arte. Sim, isto é um trabalho de artista: retira rocha mineral da terra escura e silenciosa e a transforma em algo que brilha e reflete a luz do céu.

Ressuscitou os mortos. Cadáver transformado em visão ígnea; o passado cedeu ao futuro.

Qual dos dois é você?, perguntou ao pedaço de prata. Yin escuro e morto ou yang brilhante e vivo? Na palma de sua mão, o fragmento de prata dançava e cegava-o; apertou os olhos, agora vendo só a dança do fogo.

Corpo de yin, alma de yang. Metal e fogo unificados. O externo e o interno; um microcosmo na palma de minha mão.

De que espaço este objeto fala? Ascensão vertical. Para o céu. Do tempo? Do mundo de luz do mutável. Sim, esta coisa revelou seu espírito: luz. Agora, minha atenção está presa; não posso afastar o olhar. Estou enfeitiçado por esta hipnótica superfície resplandescente, que não posso mais controlar. Não sou mais livre para abandoná-la.

Agora fale comigo, disse-lhe. Agora que você me aprisionou. Quero ouvir sua voz saindo dessa luz branca que cega, como esperamos ver apenas na outra vida do *Bardo Todol*. Mas eu não preciso esperar a morte, a decomposição do meu animus enquanto vaga em busca de um novo útero. Evitaremos todas as divindades terríveis e benéficas, e as luzes esfumaçadas também. E os casais no coito. Tudo menos esta luz. Estou pronto a enfrentá-la sem terror. Note que não estremeço.

Sinto os ventos quentes do carma me conduzirem. Não obstante, fico aqui. Meu treinamento foi correto: não devo fugir da brilhante luz branca pois, se o fizer, retornarei novamente ao ciclo da vida e da morte, sem nunca conhecer a liberdade, sem nunca ter descanso. O véu de maya tombará mais uma vez se eu...

A luz desapareceu.

Na sua mão havia apenas um opaco triângulo de prata. Uma sombra havia tampado o sol; o sr. Tagomi levantou os olhos.

Um policial alto, de uniforme azul, de pé diante de seu banco, sorria.

– Hein? – disse o sr. Tagomi, apanhado de surpresa.

– Estava só vendo o senhor tentando solucionar esse quebra-cabeças. – O policial retomou seu caminho.

– Quebra-cabeças – repetiu o sr. Tagomi. – Não é um quebra-cabeças.

– Não é um daqueles quebra-cabeças de desmontar? Meu filho tem uma porção deles. Alguns são difíceis. – O policial seguiu em frente.

Tudo arruinado, pensou o sr. Tagomi. Minha oportunidade de atingir o nirvana. Ela se foi. Interrompido por esse ianque neandertal bárbaro branco. Aquele subumano pensou que eu estivesse brincando com um jogo infantil.

Levantando-se do banco, deu alguns passos inseguros. Preciso me acalmar. Esses xingamentos racistas de baixo calão são indignos de mim.

Incríveis paixões irredimíveis chocam-se em meu peito. Ele atravessou o parque. Continue andando, disse a si mesmo. Catarse em movimento.

Alcançou a periferia do parque. A calçada da Rua Kearny. Trânsito intenso e barulhento. O sr. Tagomi parou à beira da calçada.

Nenhum bicitáxi. Foi andando pela calçada; juntou-se à multidão. Você nunca consegue apanhar um quando precisa.

Meu Deus, o que é isso? Parou, de queixo caído, diante da coisa horrorosa que aparecia na linha do horizonte. Como uma montanha-russa suspensa, cortando a vista toda. Uma enorme construção de metal e cimento no ar.

O sr. Tagomi virou-se para um pedestre, um homem magro de terno amarrotado. – O que é aquilo? – perguntou, apontando.

O homem sorriu. – Horrível, não é? Aquilo é a Rodovia Embarcadero. Muita gente acha que a paisagem ficou uma porcaria.

– Nunca vi isso antes – disse o sr. Tagomi.

– Sorte sua – disse o homem, e seguiu em frente.

É um sonho louco, pensou o sr. Tagomi. Preciso acordar. Onde estão os bicitáxis hoje? Começou a andar mais rápido. A paisagem toda tem um aspecto sinistro, enfumaçado, tumular. Cheiro de queimado. Prédios cinza-fosco, a calçada, as pessoas, com uma pressa peculiar. E *ainda* nenhum bicitáxi.

– Táxi! – gritou, andando apressado.

Inútil. Apenas carros e ônibus. Carros como brutais trituradores, todos de formas que não lhe eram familiares. Evitava olhar para eles, mantendo os olhos fixos diante de si. Distorção de minha percepção ótica, de natureza particularmente sinistra. Uma perturbação afetando meu sentido de espaço. O horizonte ondulava. Era como um astigmatismo mortal, atacando sem aviso prévio.

Preciso descansar um pouco. Adiante, havia uma lanchonete de aspecto sujo. Só brancos em seu interior, todos comendo. O sr.

Tagomi empurrou as portas de madeira de vaivém. Cheiro de café. No canto, uma jukebox grotesca berrando; fez uma careta, mas foi até o balcão mesmo assim. Todas as banquetas ocupadas por brancos. O sr. Tagomi soltou uma exclamação. Vários brancos se voltaram. *Mas nenhum saiu de seu lugar. Nenhum lhe cedeu seu banco. Simplesmente voltaram a comer.*

– Eu insisto! – disse o sr. Tagomi em voz alta ao primeiro branco; gritou no ouvido do homem.

O sujeito colocou a caneca de café no balcão e disse: – Cuidado, Tojo.

O sr. Tagomi olhou para os outros brancos; todos o observavam, com expressões hostis. E ninguém se mexeu.

Existência *Bardo Todol*, pensou o sr. Tagomi. Ventos quentes soprando-me para quem sabe onde. Esta é a visão de... de quê? Pode o animus suportar isso? Sim, *O Livro dos Mortos* nos prepara: após a morte temos uma visão fugidia dos outros, mas todos nos parecem hostis. Ficamos isolados. Sem apoio, para onde quer que nos viremos. A terrível viagem – e sempre os reinos do sofrimento, do renascimento, prontos para receber o espírito em fuga, desmoralizado. As ilusões.

Afastou-se apressado do balcão. As portas se fecharam atrás dele; estava novamente de pé na calçada.

Onde estou? Fora do meu mundo, do meu espaço, do meu tempo.

O triângulo de prata me desorientou. Soltei minhas amarras e por isso, agora, estou pisando no nada. Veja no que deu seu esforço. Esta será sempre uma lição para mim. Procuramos ir contra nossas percepções... para quê? Para perambularmos inteiramente perdidos, sem sinais ou guia?

Esta condição hipnagógica. Faculdade de atenção diminuída até alcançar estado crepuscular; o mundo visto apenas no seu aspecto simbólico arquetípico, totalmente confundido com material do inconsciente. Típico de sonambulismo provocado por hipnose.

Preciso parar com este pavoroso deslizar por entre sombras; recuperar a concentração e restaurar, assim, o centro do ego.

Procurou nos bolsos o triângulo de prata. Ele havia desaparecido. Deixado no banco do parque, com a pasta. Catástrofe.

Curvando-se, correu pela calçada, na direção do parque.

Vagabundos sonolentos observaram-no com surpresa, quando corria pelo caminho acima. O banco estava lá. E, encostada no banco, sua pasta. Nem sinal do triângulo de prata. Procurou. Sim. Havia caído na grama; estava parcialmente escondido. Onde o havia jogado com raiva.

Voltou a se sentar, ofegante.

Concentre-se novamente no triângulo de prata, disse a si próprio quando recuperou o fôlego. Examine-o com cuidado e conte. Quando chegar a dez, faça um ruído assustador. *Erwache*, por exemplo.

Fantasia idiota do tipo fuga, pensou. Emulação dos aspectos mais nocivos da adolescência, no lugar da pura inocência clarividente da verdadeira infância. Justo o que mereço, de qualquer maneira.

Tudo culpa minha. Não houve intenção por parte do sr. R. Childan ou dos artesãos; minha própria cobiça é a culpada. Não se pode forçar a compreensão a vir.

Contou devagar, em voz alta, e depois se levantou de um pulo.

– Maldita burrice – disse com rispidez.

As névoas estariam dissipadas?

Deu uma olhadela discreta ao redor. A difusão tinha todas as chances de ter diminuído. Agora podia apreciar a escolha incisiva das palavras de São Paulo: "agora vemos em espelho e de maneira confusa", não era uma metáfora, mas uma alusão perspicaz à distorção ótica. Nós realmente vemos astigmaticamente, no sentido fundamental da expressão: nosso espaço e nosso tempo são criações da nossa própria mente, e quando momentaneamente falham... é como uma perturbação aguda do ouvido médio.

Ocasionalmente, temos inclinações excêntricas, perdendo todo senso de equilíbrio.

Voltou a se sentar, guardou o fragmento de prata no bolso do casaco e ficou segurando a pasta no colo. O que preciso fazer agora, disse a si próprio, é ir ver aquela construção maligna – como foi que o homem a chamou? Rodovia Embarcadero. Se ainda estivesse palpável.

Mas teve medo.

E, no entanto, pensou, não posso simplesmente ficar aqui sentado. Tenho pesos a carregar, como diz a velha expressão popular dos EUA. Tarefas a cumprir.

Dilema.

Dois meninos chineses vieram pulando pelo caminho. Um bando de pombos levantou voo; os meninos pararam.

O sr. Tagomi gritou: – Ei, rapazinhos. – Meteu a mão no bolso. – Venham cá.

Os meninos se aproximaram desconfiados.

– Dez centavos para vocês. – O sr. Tagomi atirou a moeda e eles correram para apanhá-la. – Deem um pulo até a Rua Kearny e vejam se há algum bicitáxi. Voltem para me avisar.

– O senhor vai nos dar outra moeda? – perguntou um dos meninos. – Quando a gente voltar?

– Sim – disse o sr. Tagomi. – Mas me digam a verdade.

Os meninos dispararam pelo caminho.

Se não houver nenhum, pensou o sr. Tagomi, melhor será eu me retirar para algum lugar reservado e me matar. Segurou com força a pasta. Ainda tenho a arma; isso não será problema.

Os meninos vieram correndo de volta.

– Seis! – gritou um deles. – Eu contei seis!

– Eu contei cinco! – exclamou o outro menino, ofegante.

– Vocês têm certeza de que eram bicitáxis? – perguntou o sr. Tagomi. – Viram claramente os condutores pedalando?

– Sim, senhor – responderam os dois, em coro.

Ele deu uma moeda para cada um. Os meninos agradeceram e foram embora correndo.

Voltar ao escritório e ao trabalho, pensou o sr. Tagomi. Ficou de pé, agarrando a pasta pela alça. O dever me chama. Novamente um dia rotineiro.

Mais uma vez desceu o caminho, até a calçada.

– Táxi! – chamou.

Do meio do trânsito, apareceu um bicitáxi; o condutor parou junto à calçada, o rosto escuro brilhando, o peito ofegante. – Sim, senhor.

– Leve-me ao edifício Nippon Times – ordenou o sr. Tagomi. Subiu até o banco e se acomodou.

Pedalando furiosamente, o condutor mergulhou no trânsito, entre os outros táxis e carros.

Era um pouco antes do meio-dia quando o sr. Tagomi chegou ao edifício Nippon Times. Do vestíbulo principal, pediu à telefonista que o ligasse com o sr. Ramsey.

– Tagomi falando – disse, quando foi completada a ligação.

– Bom dia, senhor. Estou aliviado. Não o tendo visto, fiquei apreensivo e telefonei para sua casa às dez horas, mas sua esposa disse que o senhor saíra sem dizer para onde.

– A bagunça foi arrumada? – perguntou o sr. Tagomi.

– Não resta sinal algum.

– Com certeza?

– Dou minha palavra, senhor.

Satisfeito, o sr. Tagomi desligou e tomou o elevador. Lá em cima, entrando em seu escritório, deu uma olhada rápida. Até onde alcançava sua visão. Nem sinal, como lhe fora prometido. Ficou aliviado. Ninguém que não tivesse presenciado a cena saberia. A historicidade presa aos ladrilhos de nylon do chão...

O sr. Ramsey o encontrou no escritório. – Sua coragem foi objeto de um panegírico no Times – começou. – Um artigo descrevendo... – Reparando na expressão do sr. Tagomi, ele parou.

– Responda a estas perguntas urgentes – disse o sr. Tagomi. – O general Tedeki? Isto é, o sr. Yatabe?

– Em voo secretíssimo de volta a Tóquio. Pistas falsas semeadas aqui e ali. – O sr. Ramsey cruzou os dedos, simbolizando a esperança de ambos.

– Por favor, queira informar com relação ao sr. Baynes.

– Não sei. Durante sua ausência, ele fez uma aparição breve, até mesmo furtiva, mas não falou. – O sr. Ramsey hesitou. – Possivelmente voltou para a Alemanha.

– Muito melhor para ele seria ir para as Ihas Nipônicas – disse o sr. Tagomi, falando principalmente consigo mesmo. Em todo caso, era no general idoso que suas preocupações principais se concentravam. E isso está fora do meu alcance, pensou o sr. Tagomi. Eu, meu escritório; serviram-se de mim aqui, o que naturalmente era bom e adequado. Eu fui a... como se diz? A cobertura deles.

Eu sou uma máscara, ocultando o real. Atrás de mim, escondida, passa a realidade, ao abrigo dos olhares curiosos.

Estranho, pensou. É vital, às vezes, ser apenas uma frente de papelão, um anteparo. Há um pouco de satori ali, se eu pudesse apreendê-lo. Sua finalidade, num esquema geral de ilusão, não pode ser sondada por nós. Lei da economia: nada se perde. Mesmo o irreal. Quão sublime é esse processo.

A srta. Ephreikian apareceu, muito agitada: – Sr. Tagomi. A telefonista me mandou aqui.

– Fique calma, senhorita – disse o sr. Tagomi. A corrente do tempo nos impele para a frente, pensou.

– Senhor, o cônsul alemão está aqui. Quer falar com o senhor. – Seu olhar ia do sr. Ramsey para ele e vice-versa; seu rosto, de uma palidez pouco natural. – Dizem que esteve aqui antes, mas sabiam que o senhor...

O sr. Tagomi fez sinal para que se calasse.
– Sr. Ramsey. Por favor, recorde-me o nome do cônsul.
– Freiherr Hugo Reiss, senhor.
– Agora me recordo. – Bem, pensou, evidentemente o sr. Childan me fez um favor afinal. Ao se recusar a aceitar de volta a arma.

Carregando a pasta, deixou o escritório e saiu para o corredor.

Lá estava um branco de compleição forte e bem vestido. Cabelo alaranjado cortado rente, sapatos pretos de couro lustroso, europeus, tipo Oxford, postura ereta. Uma afeminada piteira de marfim. Sem dúvida, o próprio.

– Herr Hugo Reiss? – perguntou o sr. Tagomi.

O alemão se curvou.

– É fato – disse o sr. Tagomi – que temos mantido relações comerciais por correspondência, por telefone etc., mas nunca até agora face a face.

– Uma honra – disse Herr Reiss, aproximando-se dele. – Mesmo considerando as circunstâncias irritantemente aborrecidas.

– Será mesmo? – perguntou o sr. Tagomi.

O alemão ergueu uma sobrancelha.

– Perdão – disse Tagomi. – Meu pensamento está toldado devido a essas mesmas circunstâncias. É a fragilidade dessa argila de que fomos moldados, pode-se concluir.

– Terrível – disse Herr Reiss. Sacudiu negativamente a cabeça.
– Quando eu...

– Antes que comece suas lamentações, deixe-me falar – disse o sr. Tagomi.

– Pois não.

– Eu pessoalmente matei seus dois homens da SD – disse o sr. Tagomi.

– Estou aqui a pedido do Departamento de Polícia de San Francisco – disse Herr Reiss, soprando a ofensiva fumaça do seu cigarro em ambos. – Passei horas na delegacia da Rua Kearny e no necrotério, depois li o relatório que seu pessoal entregou aos investigadores policiais. Simplesmente pavoroso, do princípio ao fim.

O sr. Tagomi não disse nada.

— Entretanto — continuou Herr Reiss —, a alegação de que esses vagabundos estejam ligados ao Reich não foi provada. No que me diz respeito, a história toda é uma loucura. Tenho certeza de que o senhor agiu do modo mais adequado, sr. Tagori.

— Tagomi.

— Minha mão — disse o cônsul, oferecendo-a. — Vamos apertar nossas mãos, como pessoas civilizadas, e esquecer o caso. É indigno, especialmente nestes dias críticos, quando qualquer publicidade estúpida poderia inflamar a mente das massas em detrimento dos interesses de nossas nações.

— Não obstante, minha alma carrega o peso da culpa — disse o sr. Tagomi. — O sangue, Herr Reiss, não pode ser apagado como a tinta.

O cônsul parecia confuso.

— Desejo obter perdão — disse o sr. Tagomi. — Mas isso o senhor não pode me dar. Talvez não haja quem possa. Eu pretendo ler o famoso diário de um antigo teólogo de Massachusetts, Goodman C. Mather. Trata, segundo fui informado, de culpa, fogos do inferno etc.

O cônsul fumava seu cigarro rapidamente, estudando o sr. Tagomi com atenção.

— Permita-me informá-lo de que sua nação — disse o sr. Tagomi — está prestes a mergulhar numa abjeção mais profunda que nunca. Conhece o hexagrama O Abismal? Falando como indivíduo e não como representante oficial do Japão, eu lhe declaro: tenho o coração doente de horror. Está para haver um banho de sangue que ultrapassa tudo o que já conhecemos. E mesmo agora, os senhores lutam por um pequeno ganho ou meta egoísta. Colocar-se acima do grupo rival, a SD, hein? Ao mesmo tempo em que coloca Herr Kreuz von Meere em maus lençóis... — Não conseguia continuar. Seu peito estava oprimido. Como na infância, pensou. Ataque de asma quando ficava com raiva da velha. — Estou doente — disse a Herr Reiss, que apagara o cigarro. — É uma moléstia que vem se desenvolvendo há muitos anos mas que se intensificou desde o dia em que ouvi, sem poder fazer nada, as façanhas de seus líderes. Em todo caso, não tenho nenhuma possibilidade de cura. E o senhor também não. Na linguagem de Goodman C. Mather, se bem me recordo: Arrependei-vos!

— Citado corretamente — disse o cônsul alemão, em voz rouca. Assentiu e acendeu um novo cigarro, com dedos trêmulos.

O sr. Ramsey entrou, vindo do escritório. Trazia nas mãos um maço de formulários e papéis. Disse ao sr. Tagomi, que estava em silêncio tentando respirar normalmente: — Já que ele está aqui. Um assunto de rotina, de caráter funcional.

Pensativo, o sr. Tagomi apanhou os formulários apresentados. Passou os olhos por eles. Formulários 20-50. Pedido do Reich feito através de seu representante nos Estados Americanos do Pacífico, cônsul Freiherr Hugo Reiss, para entrega de um criminoso, detido pelo Departamento de Polícia de San Francisco, um judeu de nome Frank Fink, cidadão alemão, de acordo com a lei do Reich, retroativa de junho de 1960. Para detenção preventiva, segundo as leis do Reich etc. Leu o documento outra vez.

— Eis uma caneta, senhor — disse o sr. Ramsey. — Isto encerra nossos negócios com o governo alemão nesta data. — Observou o cônsul com nojo, enquanto oferecia a caneta ao sr. Tagomi.

— Não — o sr. Tagomi recusou.

Devolveu o formulário 20-50 ao sr. Ramsey. Depois agarrou-o de volta e rabiscou em baixo: *Soltar. Diretoria da Missão Comercial. Autoridade de San Francisco. Vide Protocolo Militar 1947. Tagomi.* Deu uma cópia ao cônsul alemão e as outras ao sr. Ramsey, juntamente com o original.

— Bom dia, Herr Reiss. — Curvou-se.

O cônsul alemão também se curvou. Mal olhou o papel.

— Por favor, no futuro trate dos assuntos oficiais por intermédio de correspondência, telefone, telegrama — disse o sr. Tagomi. — Não pessoalmente.

– O senhor está me responsabilizando por condições gerais que fogem à minha jurisdição – disse o cônsul.
– Conversa furada – disse o sr. Tagomi. – É o que tenho a dizer a isso o que disse.
– Não é assim que pessoas civilizadas tratam de negócios – afirmou o cônsul. – O senhor está dando a tudo isso um caráter amargo e vingativo. Onde deveria haver mera formalidade, sem nada de pessoal. – Jogou o cigarro no chão do corredor, depois deu as costas e foi embora.
– Leve esse cigarro fedorento consigo – disse o sr. Tagomi com voz fraca, mas o cônsul já havia virado o corredor. – Comportamento infantil da minha parte – disse o sr. Tagomi ao sr. Ramsey. – O senhor acaba de ser testemunha de uma repugnante manifestação de infantilidade.

Encaminhou-se, com passo inseguro, à sua sala. Agora não podia nem respirar. A dor descia por seu braço esquerdo e, ao mesmo tempo, uma enorme mão aberta achatou e esmagou suas costelas. Uff!, ele disse. Diante dele não havia mais tapete, mas apenas chuva de faíscas, subindo, vermelhas.

Socorro, sr. Ramsey, ele gritou. Mas não saía som. Por favor. Estendeu as mãos, tropeçou. Não havia nem onde se segurar.

Ao cair, agarrou dentro do casaco o triângulo de prata que o sr. Childan insistira que comprasse. Não me salvou, pensou. Não ajudou. Todo aquele esforço.

Seu corpo bateu no chão. De quatro, ofegante, com o nariz no tapete. O sr. Ramsey correndo, balindo. Mantenha a dignidade, o sr. Tagomi pensou.

– Estou tendo um pequeno ataque cardíaco – o sr. Tagomi conseguiu dizer.

Várias pessoas agora em volta, transportando-o para o sofá.
– Fique calmo, senhor – alguém lhe dizia.
– Avisem minha mulher, por favor – pediu o sr. Tagomi.

Então ouviu a sirene da ambulância. Um uivo vindo da rua. E muita agitação. Gente indo e vindo. Colocaram um cobertor em cima dele, cobrindo-o até às axilas. Tiraram-lhe a gravata. Afrouxaram o colarinho.

– Agora está melhor – disse o sr. Tagomi.

Ficou deitado confortavelmente, sem tentar se mexer. De qualquer maneira, sua carreira estava acabada, reconheceu. O cônsul alemão na certa fará um escândalo junto aos superiores. Reclamará da sua falta de educação. Com razão, talvez. Em todo caso, o trabalho estava feito. Pelo menos de minha parte, até onde pude. O resto depende de Tóquio e de grupos na Alemanha. A luta foi demais para mim, em todo caso.

Eu achava que se tratava simplesmente de plásticos, ele pensou. Que ele fosse um importante vendedor de moldes. O oráculo adivinhou e deu um aviso, mas...

– Tirem a camisa dele – disse uma voz. Sem dúvida, o médico do prédio. Um tom muito autoritário; o sr. Tagomi sorriu. Tom é tudo.

Poderia ser esta a resposta? perguntou-se o sr. Tagomi. O mistério do organismo é seu próprio conhecimento. Tempo de desistir. Ou de parar parcialmente. Um propósito ao qual devo obedecer.

O que foi que o oráculo dissera por último? A sua pergunta no escritório, quando os dois estavam ali morrendo ou mortos. Sessenta e Um. Verdade Interior. Os porcos e os peixes são os menos inteligentes de todos; difíceis de influenciar. Sou eu. O livro se refere a mim. Nunca compreenderei totalmente; é a natureza de tais criaturas. Ou isto que está acontecendo comigo agora é a Verdade Interior?

Esperarei. Verei. Qual das duas coisas será.

Talvez ambas.

Naquela noite, logo após o jantar, um policial veio à cela de Frank Frink, destrancou a porta e disse-lhe que apanhasse seus objetos pessoais na recepção.

Pouco depois, viu-se na calçada diante da delegacia da Rua Kearny, entre os inúmeros pedestres apressados, as buzinas dos ônibus e dos carros e os gritos dos condutores de bicitáxi. O ar estava frio. Sombras compridas se projetavam diante de cada edifício. Frank Frink ficou um momento parado e depois se juntou automaticamente a um grupo de pessoas atravessando no sinal verde.

Preso sem razão alguma, pensou. Sem motivo. E depois me soltam da mesma maneira.

Não lhe disseram nada; apenas entregaram seu saco de roupas, carteira, relógio, óculos, artigos pessoais e passaram para o caso seguinte, um velho bêbado trazido da rua.

Milagre, pensou. Terem me soltado. Um golpe de sorte. Eu devia estar num avião rumo à Alemanha, para ser exterminado.

Ainda não conseguia acreditar. Em nada, nem na prisão, nem naquilo agora. Irreal. Perambulou diante das lojas fechadas, pulando por cima dos detritos acumulados pelo vento.

Vida nova, pensou. Era como nascer de novo. Era o diabo. Era não: é.

A quem agradecer? Rezar, talvez?

Rezar para quem?

Eu queria entender, disse a si próprio, enquanto andava pela calçada noturna cheia de pedestres, passando pelos anúncios em néon e pelas entradas barulhentas dos bares da Avenida Grant. Quero compreender. Preciso.

Mas sabia que nunca conseguiria.

Apenas fique contente, pensou. E continue andando.

Uma parte de sua mente disse: volte para Ed. Preciso encontrar o caminho de volta à oficina, lá naquele porão. Recomeçar de onde parei, fazendo joias, usando minhas mãos. Trabalhando e não pensando, sem levantar os olhos nem tentar entender. Preciso me manter ocupado. Preciso produzir as peças.

Quarteirão por quarteirão, apressou-se pela cidade que anoitecia. Esforçando-se para voltar o mais depressa possível ao lugar fixo, compreensível, onde estivera antes.

Quando chegou lá, encontrou Ed McCarthy sentado na banca jantando. Dois sanduíches, uma garrafa térmica de chá, uma banana, vários biscoitos. Frank Frink ficou de pé na entrada, ofegante.

Por fim Ed ouviu-o e se virou. – Pensei que você tivesse morrido – disse. Mastigou, engoliu ritmicamente, deu outra mordida. Ao lado do banco, Ed ligara o pequeno aquecedor elétrico; Frank aproximou-se e se agachou, aquecendo as mãos.

– Bom ver você de volta – disse Ed. Deu dois tapinhas nas costas de Frank e voltou ao seu sanduíche. Não disse mais nada; os únicos sons eram o ronco do aquecedor e a mastigação de Ed.

Pendurando o casaco numa cadeira, Frank juntou um montinho de fragmentos de prata semiacabados e levou-os à cortadeira. Atarrachou uma roda de lã para polimento ao eixo e ligou o motor; revestiu a roda com um produto para acabamento, colocou a máscara protetora e depois se sentou numa banqueta e começou a limpar as marcas de fogo dos fragmentos, uma por uma.

15

O capitão Rudolf Wegener, que, no momento, viajava sob o falso nome de Conrad Goltz, negociante de equipamento médico por atacado, olhou pela janela do foguete da Lufthansa ME9-E. Europa à vista. Que rapidez, pensou. Pousaremos em Tempelhof Feld em, aproximadamente, sete minutos.

Gostaria de saber o que foi que realizei, pensou enquanto via a massa terrestre crescer. Agora, era com o general Tedeki. O que ele puder fazer nas Ilhas Nipônicas. Pelo menos fornecemos a informação a eles. Fizemos o que pudemos.

Mas não há motivo para ser otimista, pensou. Os japoneses provavelmente não poderão fazer nada para modificar o curso da política interna alemã. O governo Goebbels está no poder, e provavelmente ali permanecerá. Assim que ele se consolidar, voltará a estudar a ideia do Dente-de-Leão. E outra grande parte do planeta será destruída, com sua população, para a realização de um ideal fanático, alucinado.

E se eles, os nazistas, destruírem tudo? Não deixarem nada além de cinzas estéreis? Eles poderiam fazer isso; possuem a bomba de hidrogênio. E, na certa, o fariam; o pensamento deles tende para esse Götterdämmerung. Eles talvez o desejem, talvez estejam ativamente buscando esse holocausto final para todos.

E o que deixará, essa Terceira Loucura Mundial? Acabará com toda espécie de vida, em toda parte? Quando nosso planeta virar um planeta morto, morto por nossas próprias mãos?

Ele não conseguia acreditar nisso. Mesmo que toda a vida do nosso planeta seja destruída, deve haver vida em alguma outra parte, da qual nada sabemos. É impossível que o nosso mundo seja o único; deve haver outros mundos invisíveis para nós, em alguma região ou dimensão que simplesmente não percebemos.

Muito embora eu não possa provar isso, embora nem seja lógico... eu acredito, disse a si mesmo.

O alto-falante disse: *"Meine Damen und Herren. Achtung, bitte"*.

Está chegando o momento de pousar, pensou o capitão Wegener. É quase certo que eu seja recebido pelo Sicherheitsdienst. O problema é o seguinte: que facção política será representada? A de Goebbels? Ou a de Heydrich? Admitindo-se que o general ss Heydrich ainda esteja vivo. Durante minha permanência a bordo deste foguete podem tê-lo capturado e fuzilado. As coisas acontecem depressa no período de transição em uma sociedade totalitária. Na Alemanha nazista, houve esfarrapadas listas de nomes que os homens repetidamente consultavam.

Alguns minutos depois, quando o foguete pousou, ele se levantou e se dirigiu para a saída, com o sobretudo dobrado no braço. Atrás e à frente dele, passageiros ansiosos por chegar. Nenhum jovem artista nazista desta vez, refletiu. Nenhum Lotze para me importunar até o fim com sua visão de mundo imbecil.

Um funcionário uniformizado da companhia – vestido, reparou Wegener, como o marechal do Reich em pessoa – ajudou-os a descer a rampa, um por um, até a pista. Ali, ao lado da saída, um grupo de camisas-negras. Para mim? Wegener começou a se afastar lentamente do foguete. Um pouco mais longe, homens e mulheres esperando, acenando, chamando... até mesmo algumas crianças.

Um dos camisas-negras, um louro de cara achatada e impassível, usando a insígnia dos Waffens-SS, aproximou-se de Wegener, bateu os calcanhares de suas botas, que vinham até a coxa, e bateu continência. – *Ich bitte mich zu entschuldigen. Sind Sie nicht Kapitan Rudolf Wegener, von der Abwehr?*

– Desculpe – respondeu Wegener. – Sou Conrad Goltz. Representante da A. G. Chemikalien, fornecedor de equipamento médico. – E começou a se afastar.

Dois outros camisas-negras, também das Waffen-SS, se aproximaram. Os três cercaram-no de tal modo que, embora continuasse no seu passo normal, na direção que escolhera, estava abrupta e efetivamente sob prisão. Dois dos homens das Waffen–SS tinham metralhadoras debaixo dos sobretudos.

– Você é Wegener – disse um deles, no momento em que entravam no prédio.

Ele não respondeu.

– Temos um carro – continuou o homem das Waffen-SS. – Recebemos instruções para esperar seu foguete, contatá-lo e levá-lo imediatamente ao general Heydrich da SS, que está com Sepp Dietrich no OKW da Leibstandarte Division. Foi-nos recomendado especialmente não permitir que se aproxime de gente da Wehrmacht ou do *Partei*.

Então não serei liquidado, disse Wegener a si próprio. Heydrich está vivo, em lugar seguro e tentando fortalecer sua posição contra o governo Goebbels.

Talvez, afinal de contas, o governo Goebbels caia, pensou enquanto o colocaram dentro do Daimler do Estado-Maior da SS que os aguardava. Um destacamento das Waffen-SS de repente transferido à noite; guardas do Reichskanzlei trocados, substituídos. As delegacias policiais de Berlim subitamente cuspindo homens armados da SD em todas as direções – estações de rádio e energia elétrica cortadas. Tempelhofer fechado. Ruído de passagem de artilharia pesada, ao longo das ruas principais, na escuridão.

Mas o que importa? Mesmo que o doutor Goebbels seja deposto e a Operação Dente-de-Leão cancelada? Eles continuarão a existir, os camisas-negras, o *Partei* e seus planos, se não for no Oriente será, então, em alguma outra parte. Em Marte ou Vênus.

Não é de estranhar que o sr. Tagomi não tenha conseguido aguentar, pensou ele. O terrível dilema de nossas vidas. Aconteça o que acontecer, é incomparavelmente mau. Por que lutar, então? Por que escolher? Se todas as alternativas são as mesmas...

E, evidentemente, vamos em frente, como sempre fizemos. Dia a dia. Neste momento trabalhamos contra a Operação Dente-de-Leão. Mais tarde, em outro momento, trabalharemos para derrotar a polícia. Mas não podemos fazer tudo ao mesmo tempo; é uma sequência. Um processo que se desenrola. Só podemos controlar o fim fazendo uma escolha a cada passo.

Só podemos ter esperança, ele pensou. E tentar.

Em algum outro mundo, talvez seja diferente. Melhor. Existem claramente alternativas boas e ruins. Não essas obscuras justaposições, essas misturas, cujos componentes não conseguimos separar sem as ferramentas adequadas.

Não temos o mundo ideal, tal como gostaríamos, onde a moralidade é fácil porque a cognição é fácil. Onde se pode acertar sem esforço, porque o óbvio é perceptível.

O Daimler deu a partida, com o capitão Wegener sentado atrás, um camisa-negra de cada lado, de metralhadora ao colo. Um camisa-negra ao volante.

Suponhamos que, mesmo agora, estejam me enganando, pensou Wegener, enquanto o carro corria em grande velocidade pelo trânsito de Berlim. Não estão me levando ao general SS Heydrich, na OKW da Leibstandarte Division; estão me levando para uma prisão do *Partei,* para me torturarem e, por fim, me matarem. Mas eu escolhi; escolhi voltar para a Alemanha; escolhi arriscar ser capturado antes de ter conseguido chegar ao abrigo do pessoal da Abwehr.

A morte a cada momento, uma avenida sempre aberta, a qualquer altura da viagem. E, eventualmente, a escolhemos, quase sem querer. Ou então desistimos e a tomamos deliberadamente. Viu passarem as casas de Berlim. Meu próprio *Volk*, pensou; você e eu, juntos novamente.

– Como vão as coisas? – ele perguntou aos três homens da SS. – Há alguma novidade quanto ao desenrolar da situação política? Estou fora há várias semanas, desde antes da morte de Bormann, na verdade.

– Há, naturalmente, uma grande massa histérica que apoia o Pequeno Doutor – respondeu o homem à sua direita. – Foi a massa que o levou ao poder. Entretanto, é pouco provável que, quando elementos mais sóbrios se firmarem, eles desejem apoiar um aleijado e demagogo que só se mantém inflamando as massas com suas mentiras e feitiços.

– Compreendo – disse Wegener.

A coisa continua, pensou. Os ódios intestinos. Talvez as sementes estejam aí, no fim das contas. Vão comer uns aos outros e deixar o resto de nós aqui e ali pelo mundo, ainda vivos. Em número suficiente para novamente construir, esperar e fazer alguns planos simples.

A uma da tarde, Juliana Frink chegou a Cheyenne, Wyoming. No centro comercial da cidade, diante do velho e gigantesco depósito ferroviário, ela parou numa charutaria e comprou dois jornais vespertinos. Estacionada junto à calçada, procurou até finalmente encontrar a notícia.

FÉRIAS ACABAM EM NAVALHADA FATAL

Está sendo procurada para interrogatório, referente a ataque fatal à navalhada contra seu marido em seus elegantes aposentos do Hotel Presidente Garner, em Denver, a sra. Joe Cinadella, de Canon City. De acordo com os empregados do hotel, ela partiu imediatamente após o que deve ter sido o clímax trágico de uma discussão conjugal. Lâminas de gilete encontradas no quarto que, ironicamente, são fornecidas como cortesia aos hóspedes, foram aparentemente as armas usadas pela sra. Cinadella, descrita como sendo morena, atraente, elegante, esbelta, por volta dos trinta, para cortar a garganta de seu marido. O corpo foi encontrado por Theodore Ferris, empregado do hotel, que havia apanhado umas camisas de Cinadella para passar apenas meia hora antes e as estava devolvendo conforme solicitado, quando se deparou com a trágica cena. A suíte do hotel, disse a polícia, conservava sinais de luta, sugerindo uma briga violenta que...

Então ele está morto, pensou Juliana, dobrando o jornal. E não só: eles não sabem meu nome verdadeiro; não sabem quem eu sou nem nada sobre mim.

Muito menos ansiosa agora, continuou dirigindo até encontrar um motel adequado; alugou um quarto e tirou sua bagagem do carro. De agora em diante não preciso me apressar, disse a si própria. Posso, mesmo, esperar até a noite para ir à casa dos Abendsen; assim vou poder usar meu vestido novo. Não ficaria bem usá-lo durante o dia; não se usa um vestido formal desses antes do jantar.

E aí eu posso acabar de ler o livro.

Ela se instalou confortavelmente no quarto do motel, ligou o rádio, buscou café na lanchonete do motel e se enroscou na cama bem-feita, com o exemplar novo do *Gafanhoto* que comprara na livraria do hotel em Denver.

Às seis e quinze da tarde, ela acabou de ler o livro. Será que Joe leu até o fim?, ela se perguntou. Há muito mais coisas aí dentro do que ele entendeu. O que é que Abendsen quis dizer? Nada sobre seu mundo de faz-de-conta. Sou eu a única que sabe? Aposto que sim; ninguém mais entendeu realmente o sentido do *Gafanhoto*: os outros apenas imaginam que entenderam.

Ainda um pouco abalada, ela guardou o livro na mala, vestiu o casaco e deixou o quarto em busca de um lugar para jantar. O ar tinha um cheiro bom e os anúncios luminosos e luzes de Cheyenne pareceram-lhe particularmente estimulantes. Diante de um bar, duas bonitas prostitutas índias, de olhos negros, estavam discutindo e ela diminuiu o passo para assistir. Muitos carros, reluzentes, subiam e desciam as ruas; todo aquele espetáculo tinha um aspecto brilhante e de felicidade, de confiança no futuro, de expectativa de algum acontecimento importante e feliz, em vez de virar-se para o passado... pensou ela, para o velho e cansado, para o usado e jogado fora.

Num restaurante francês caro – onde um homem de casaco branco estacionava os carros dos clientes, e cada mesa tinha uma vela queimando num enorme copo de vinho, e a manteiga era servida não em quadrados mas em esferas que pareciam bolas de gude – ela saboreou um bom jantar e, depois, com tempo de sobra, foi passeando de volta ao seu motel. As notas do Reichsbank estavam quase acabando, o que não a preocupava; não tinha importância. Ele nos contou a respeito de nosso próprio mundo, ela pensou ao abrir a porta do seu quarto do motel. Deste que está ao nosso redor agora. No quarto, ela ligou o rádio outra vez. Ele quer que vejamos as coisas como elas realmente são. E eu vejo, cada vez mais, à medida que o tempo passa.

Tirando o vestido azul da caixa, ela o estendeu cuidadosamente na cama. Não tinha sofrido nenhum estrago; precisava, no máximo, de uma escova para tirar a poeira. Mas, quando abriu os outros pacotes, verificou que não trouxera nenhum dos novos sutiãs meia-taça comprados em Denver.

– Diabos! – disse, afundando numa cadeira. Acendeu um cigarro e ficou ali, fumando por algum tempo.

Talvez desse para usar um sutiã comum. Tirou a saia e a blusa e experimentou o vestido. Mas as alças ficavam aparecendo e também a parte superior de cada taça; portanto, não daria. Ou talvez, pensou, eu possa ir sem sutiã... Há anos que não tentava isso... lembrou-se de seus dias de ginásio, quando tinha busto muito pequeno; naquela época, isso a preocupava. Mas a maturidade e o judô a tinham levado ao tamanho 38. Mesmo assim, experimentou o vestido sem o sutiã, ficando de pé numa cadeira no banheiro para poder se ver no espelho do armarinho.

O vestido ficou deslumbrante, mas, meu Deus, era muito arriscado. Era só ela se debruçar para apagar um cigarro ou pegar um drinque... e desastre na certa.

Um broche! Podia usar o vestido sem sutiã e fechar um pouco na frente. Despejando o conteúdo de sua caixa de joias na cama, ela enfileirou os broches, relíquias que tinha há anos, presentes de Frank ou de outros homens de antes do seu casamento, e agora o novo que Joe lhe comprara em Denver. Sim, um pequeno broche de prata mexicana, em forma de cavalo, combinava bem; ela encontrou o ponto exato. Então, finalmente ela poderia usar o vestido.

Agora, qualquer coisa me satisfaz, ela pensou consigo mesma. Tanta coisa havia saído errado; restava tão pouco dos planos maravilhosos.

Deu uma boa escovada nos cabelos, que ficaram reluzentes, e então só faltava escolher sapatos e brincos. Depois, vestiu o casaco novo, apanhou a bolsa nova de couro feita à mão, e saiu.

Em vez de ir no velho Studebaker, pediu ao dono do motel que lhe chamasse um táxi. Enquanto esperava no escritório do motel, teve de repente a ideia de telefonar para Frank. Por que isso havia lhe ocorrido, ela não sabia dizer, mas a ideia havia surgido. Por que não?, ela se perguntou. Podia ser a cobrar: ele ficaria radiante por falar com ela e pagaria de boa vontade.

De pé, atrás da mesa do escritório, ela apertou o fone no ouvido, encantada com o diálogo das telefonistas interurbanas tentando conseguir sua ligação. Ouvia a telefonista de San Francisco, ao longe, que pedia informações para obter o número, depois mil barulhinhos em seu ouvido e, por fim, o ruído do telefone tocando.

Enquanto esperava, ficou olhando para ver se chegava o táxi; não vai demorar muito, pensou. Mas ele não se incomodará de esperar; estão acostumados.

– Seu número não responde – informou-lhe, por fim, a telefonista de Cheyenne. – Podemos fazer a ligação mais tarde e...

– Não – respondeu Juliana, balançando a cabeça. Tinha sido só um impulso. – Não estarei aqui. Obrigada. – Desligou. O dono do motel estava ali perto para evitar que fosse cobrado a ele algo por engano. Ela saiu rapidamente do escritório para a calçada fria e escura, ficando ali de pé, esperando.

Um táxi novinho e reluzente surgiu do trânsito, aproximou-se do meio-fio e parou; o motorista saltou para abrir-lhe a porta.

Um momento depois, Juliana estava a caminho, instalada com todo conforto no banco de trás do táxi, atravessando Cheyenne em direção à casa dos Abendsen.

A casa dos Abendsen estava toda iluminada, e ela ouviu música e vozes. Era uma casa de alvenaria de um andar só, cercada por muitos arbustos e por um grande jardim que consistia, em sua maior parte, de trepadeiras cobertas de rosas. Subindo o caminho de placas de ardósia, ela pensou: estarei realmente aqui? Este é o Castelo Alto? E os boatos e as histórias? Era uma casa comum, bem-cuidada e com o jardim tratado. Havia até um velocípede parado na entrada cimentada da garagem.

Seria outro Abendsen? Ela obteve o endereço na lista telefônica de Cheyenne, mas ele correspondia ao número para o qual ligara na noite anterior, de Greeley.

Entrou na varanda de grades de ferro forjado e tocou a campainha. Através da porta entreaberta via a sala, várias pessoas em pé, janelas com persianas, um piano, lareira, estantes... Casa bem mobiliada, pensou ela. Uma festa? Mas ninguém estava com roupa de festa.

Um menino descabelado, de cerca de treze anos, de camiseta e jeans, escancarou a porta. – Sim?

– O sr. Abendsen está? – ela perguntou. – Ele está ocupado?

Falando para alguém atrás dele, dentro de casa, o menino gritou: – Mãe, ela quer ver o papai.

Ao lado do menino, apareceu uma mulher de cabelo acastanhado, por volta dos trinta e cinco anos, com olhos cinzentos, firmes e fortes, e um sorriso tão competente e incapaz de qualquer remorso, que Juliana percebeu estar diante de Caroline Abendsen.

– Telefonei ontem à noite – disse Juliana.

– Ah, sim, naturalmente. – O sorriso dela aumentou. Tinha dentes brancos, perfeitamente regulares; irlandesa, concluiu Juliana. Só sangue irlandês pode dar tanta feminilidade a um maxilar daqueles. – Deixe eu pegar seu casaco e sua bolsa. Você veio numa hora ótima; estamos com alguns amigos. Que vestido lindo... é da Casa Cherubini, não é? – Levou Juliana até a sala de estar e de lá até um quarto, onde colocou as coisas dela junto com as outras que estavam em cima da cama. – Meu marido está por aí. Procure um homem alto, de óculos, bebendo um *old-fashioned*. – A luz inteligente em seus olhos transmitiu-se a Juliana; seus lábios estremeceram. Temos muita coisa em comum, percebeu Juliana. Não é incrível?

– Eu vim de muito longe – disse Juliana.

– Sim, é verdade. Ah, estou vendo ele. – Caroline Abendsen levou-a de volta à sala, em direção a um grupo de homens. – Querido – ela o chamou –, venha cá. Esta moça é uma leitora sua, que quer muito conversar um pouco com você.

Um dos homens se separou do grupo e aproximou-se, de copo na mão. Juliana viu um homem muito alto, de cabelo preto, crespo; sua pele também era escura e os olhos pareciam ser muito levemente violeta ou castanhos, por trás dos óculos. Vestia um terno feito sob medida, de uma fibra natural caríssima, talvez lã inglesa; o terno valorizava seus ombros largos e robustos, sem nada acrescentar. Em toda sua vida, nunca vira um terno assim; ficou inteiramente fascinada.

– A sra. Frink veio de Canon City, Colorado, para falar com você sobre o *Gafanhoto* – disse Caroline.

– Pensei que morasse numa fortaleza – comentou Juliana.
Inclinando-se para examiná-la, Hawthorne Abendsen esboçou um leve sorriso. – Sim, morávamos. Mas para chegar lá era preciso tomar um elevador e eu comecei a desenvolver uma fobia a isso. Estava meio de porre quando a fobia começou, mas, segundo me lembro e pelo que me disseram, eu me recusava a ficar de pé dentro do elevador porque disse que ele estava sendo puxado por Jesus Cristo e que íamos todos até o fim da linha. E eu estava decidido a não ficar de pé.

Ela não entendeu.

Caroline explicou: – Desde que conheço Hawth, ele diz que, quando encontrar Cristo, vai se sentar; não ficará de pé – explicou Caroline.

O hino, lembra Juliana. – Então você desistiu do Castelo Alto e voltou para a cidade – disse ela.

– Gostaria de lhe servir um drinque – disse Hawthorne.

– Aceito – respondeu ela. – Mas não um *old-fashioned*. – Ela já dera uma olhada no aparador, que tinha muitas garrafas de uísque, hors-d'oeuvres, copos, gelo, coqueteleira, cerejas e fatias de laranja. Ela se encaminhou para lá, acompanhada por Abendsen.

– Apenas um I. W. Harper com gelo – disse ela. – Sempre gostei disso. Você conhece o oráculo?

– Não – respondeu Hawthorne, enquanto preparava o drinque para ela.

Pasma, ela perguntou: – *O Livro das Mutações*?

– Não, não conheço – repetiu ele, e estendeu-lhe o drinque.

– Não brinque com ela – disse Caroline Abendsen.

– Eu li seu livro – disse Juliana. – Na verdade, terminei de lê-lo hoje à tarde. Como é que você sabe tudo aquilo sobre esse outro mundo que descreveu?

Hawthorne não respondeu; esfregou a junta dos dedos no lábio superior, atravessando-a com o olhar, a testa franzida.

– Você usou o oráculo? – perguntou Juliana.

Hawthorne olhou para ela.

– Eu não quero que você brinque ou deboche de mim – Juliana disse. – Me diga sem fazer nenhum comentário engraçadinho.

Mordendo o lábio, Hawthorne fixou o olhar no chão; abraçou o próprio corpo e balançou-se para a frente e para trás nos calcanhares. Os outros na sala pararam de falar e Juliana notou que os modos deles haviam mudado. Não estavam contentes com o que dissera. Ela não tentou se retratar nem disfarçar; não estava fingindo. Era importante demais. E viera de muito longe e fizera coisas demais para aceitar dele qualquer coisa que não fosse a verdade.

– É... uma pergunta difícil de responder – Abendsen disse finalmente.

– Não, não é – retrucou Juliana.

Agora, todos na sala estavam em silêncio; observavam Juliana de pé junto a Caroline e Hawthorne Abendsen.

– Sinto muito – disse Abendsen. – Não posso responder imediatamente. Terá de aceitar isso.

– Então, por que escreveu o livro? – perguntou Juliana.

Apontando com o copo, Abendsen respondeu: – O que faz esse broche no seu vestido? Afasta perigosos espíritos-anima que surgem do mundo imutável? Ou é só para prender as coisas no lugar?

– Por que você está mudando de assunto? – Juliana perguntou. – Por que se torna evasivo diante das perguntas e faz um comentário fora de propósito como esse? Que coisa infantil.

– Todos têm... segredos técnicos – disse Hawthorne Abendsen. – Você tem os seus, eu tenho os meus. Você devia ler meu livro e aceitá-lo pelo valor que aparenta, como eu aceito o que vejo... – Novamente apontou para ela com o copo. – Sem perguntar se é autêntico o que está por baixo, ali, ou coberto de arames, barbatanas de baleia e forros de espuma. Isso não faz parte da confiança que se deve ter na natureza humana e no que se vê em geral? – Ele parecia, pensou ela, irritável e agitado agora, não mais tão polido, não mais o anfitrião. E Caroline, ela reparou com o canto do olho, estava com uma expressão de exasperação tensa; seus lábios estavam comprimidos e ela deixara inteiramente de sorrir.

– Em seu livro – disse Juliana – você mostrou que há uma saída. Não era isso que queria dizer?

– Saída – ele repetiu com ironia.

– Você fez muito por mim – prosseguiu Juliana. – Agora posso ver que não há o que temer aqui, não há o que querer nem odiar, nem evitar, nem do que fugir. Ou perseguir.

Ele a encarou, balançando o copo, examinando-a.

– Há muita coisa neste mundo que vale a pena, na minha opinião.

– Eu compreendo o que se passa em sua mente – disse Juliana. O que via nele era a velha e conhecida expressão no rosto de um homem, e não a perturbava encontrá-la. Já não se sentia mais como antes. – A ficha da Gestapo diz que você se sente atraído por mulheres como eu.

Abendsen, com uma quase imperceptível mudança de expressão, disse:

– Não há mais Gestapo desde 1947.

– A SD então, ou o que for.

– Você pode explicar isso? – pediu Caroline, em voz breve.

– Posso – respondeu Juliana. – Eu vim a Denver com um deles. Eles vão acabar aparecendo aqui. Você devia se esconder, em vez de manter a casa aberta assim, deixando entrar quem quiser, como eu. O próximo que chegar aqui... Não vai haver ninguém como eu para impedir.

– Você diz "o próximo" – disse Abendsen, depois de um momento. – O que aconteceu com o que veio com você até Denver? Por que não vai aparecer aqui?

– Eu cortei a garganta dele – ela respondeu.

– Que coisa horrível – disse Hawthorne. – Ouvir uma moça dizer isso, uma moça que você nunca viu na vida.

– Não acredita em mim?

Ele assentiu. – Claro. – Deu-lhe um sorriso tímido, delicado, triste. Aparentemente nem lhe passara pela cabeça não acreditar nela. – Obrigado – disse.

– Por favor, esconda-se deles – pediu ela.

– Bem – ele disse –, nós tentamos, como você sabe. Como você leu na capa do livro... tudo aquilo sobre armas e arame eletrificado. E escrevemos aquilo para parecer que ainda estamos tomando grandes precauções. – Sua voz tinha um tom seco, cansado.

– Você podia ao menos andar armado – disse sua mulher. – Sei que um dia alguém que você convidar para entrar e conversar vai lhe dar um tiro; algum especialista nazista se vingando; e você vai ficar filosofando exatamente como está fazendo agora. Estou só vendo.

– Eles me apanham – disse Hawthorne – se quiserem. Com arame eletrificado e Castelo Alto ou não.

Você é tão fatalista, pensou Juliana. Conformado com a própria destruição. Também sabe disso, da mesma maneira como tomou conhecimento do mundo que está em seu livro?

– O oráculo escreveu seu livro. Não foi? – perguntou Juliana.

– Quer saber a verdade? – Hawthorne retrucou.

– Quero e tenho o direito – respondeu ela. – Pelo que fiz. Não é? Você sabe que sim.

– O oráculo – disse Abendsen – estava ferrado no sono durante todo o tempo em que escrevi o livro. Dormindo a sono solto no canto do escritório. – Seus olhos não demonstravam a menor alegria; ao contrário, seu rosto parecia mais longo, mais sombrio do que nunca.

– Conte – pediu Caroline. – Ela tem razão; ela tem o direito de saber, pelo que fez por você. – Virando-se para Juliana, ela disse: – Então conto eu, sra. Frink. Hawth fez as escolhas uma por uma. Milhares delas. Através das linhas. Período histórico. Assunto. Personagens. Enredo. Levou anos. Hawth até perguntou ao oráculo que sucesso teria. O oráculo respondeu-lhe que seria um grande sucesso, o primeiro realmente grande de sua carreira. Portanto, você tinha razão. Você deve usar muito o oráculo, para ter percebido isso.

– Por que será que o oráculo resolveu escrever um romance? – disse Juliana. – Já pensou em perguntar isso a ele? E por que um romance sobre a derrota dos alemães e japoneses na guerra? Por que especialmente esta história, e não uma outra? O que é que o oráculo não pode nos dizer diretamente, como sempre fez? Isto deve ser diferente, não acham?

Nem Hawthorne nem Caroline deram uma palavra.

– O oráculo e eu – disse finalmente Hawthorne – há muito tempo chegamos a um acordo quanto aos direitos autorais. Se eu perguntar a ele por que escreveu o *Gafanhoto*, vou acabar tendo de lhe dar a minha parte também. A pergunta insinua que eu não fiz mais do que bater à máquina, e isso não é verdadeiro nem decente.

– Eu perguntarei – disse Caroline – se você não quiser perguntar.

– Não é você quem deve perguntar – respondeu Hawthorne. – Deixe que ela o faça. – Depois, dirigindo-se a Juliana, disse: – Você tem uma... mente fora do comum. Tem consciência disso?

– Onde está seu exemplar? – perguntou Juliana. – O meu está no carro, lá no motel. Vou buscá-lo se não me deixar usar o seu.

Voltando-se, Hawthorne foi buscá-lo. Ela e Caroline o seguiram, passando pela sala cheia de gente, em direção a uma porta fechada. Diante da porta, ele as deixou. Quando voltou, viram os dois volumes pretos.

– Eu não uso as varetas de milefólio – ele disse a Juliana. – Não consigo segurá-las; elas ficam sempre caindo.

Juliana sentou-se junto a uma mesa baixa, no canto. – Preciso de papel e lápis para escrever.

Um dos convidados lhe entregou lápis e papel. As pessoas na sala formaram uma roda em torno dela e dos Abendsen, escutando e olhando.

– Pode fazer a pergunta em voz alta – disse Hawthorne. – Não temos segredos aqui.

– Oráculo – perguntou Juliana –, por que escreveu *O Gafanhoto Torna-se Pesado*? Que lição devemos tirar dele?

– Você tem uma maneira desconcertantemente supersticiosa de formular a pergunta – disse Hawthorne. Mas se agachou para vê-la atirar as moedas. – Vá em frente – ele disse; deu a ela três moedas chinesas de latão furadas no meio. – Eu costumo usar estas.

Ela começou a lançar as moedas; sentia-se calma e muito segura de si. Hawthorne anotou as linhas para ela. Quando ela atirou as moedas pela sexta vez, ele baixou os olhos e disse:

– Sun no alto. Tui embaixo. Vazio no meio.

– Sabe qual é o hexagrama? – perguntou ela. – Sem consultar a tabela?

– Sei – respondeu Hawthorne.

– É Chung Fu – disse Juliana. – Verdade Interior. Eu também sei sem usar a tabela. E sei o que significa.

Levantando a cabeça, Hawthorne examinou-a atentamente. Tinha agora uma expressão quase selvagem. – Isso quer dizer que meu livro é verdade, não é?

– Sim – ela disse.

Com raiva, ele disse: – Alemanha e Japão perderam a guerra.

– Sim.

Então, Hawthorne fechou os dois volumes e se levantou; não disse nada.

– Nem mesmo você quer aceitar isso – disse Juliana.

Por um instante, ele levou isso em consideração. Seu olhar ficara vazio, notou Juliana. Virado para dentro. Preocupado, interiorizado... e, depois, seus olhos ficaram novamente claros; resmungou:

– Não tenho certeza de nada.

– Acredite – disse Juliana.

Ele fez que não com a cabeça.

– Não consegue? – perguntou ela. – Tem certeza?

Hawthorne Abendsen perguntou:

– Quer que eu autografe um exemplar do *Gafanhoto* para você?

Ela também se levantou. – Acho que vou embora – disse. – Muito obrigada. Desculpe se atrapalhei sua noite. Foi gentil de sua parte ter-me recebido. – Passando por ele e Caroline, atravessou a roda de gente para ir da sala ao quarto onde estavam seu casaco e bolsa.

Enquanto vestia o casaco, Hawthorne apareceu atrás dela e perguntou: – Sabe o que você é? – Voltou-se para Caroline, que estava ao seu lado. – Esta menina é um daimon. Um espírito ctônico que... – levantou a mão e esfregou uma sobrancelha, deslocando os óculos ao fazê-lo... – que vaga incansavelmente pela face da Terra. – Recolocou os óculos no lugar. – Ela faz o que o instinto lhe inspira, simplesmente exprimindo seu ser. Ela não queria vir aqui e fazer mal; apenas aconteceu, como acontecem as intempéries. Estou contente por você ter vindo. Não lamento descobrir isso, esta revelação que ela teve por intermédio do livro. Ela não sabia o que ia fazer ou encontrar aqui. Acho que temos todos muita sorte. Então não vamos brigar; tudo bem?

– Ela é muito, muito perturbadora – disse Caroline.

– A realidade também é – respondeu Hawthorne. Ele estendeu a mão a Juliana. – Obrigado pelo que fez em Denver.

Ela apertou a mão dele. – Boa noite – disse. – Faça como sua mulher disse. Passe a usar uma arma.

– Não – disse ele. – Eu resolvi há muito tempo. Não vou deixar que isso me preocupe. Posso contar com o oráculo de vez em quando, e ficar nervoso, especialmente à noite. Não é ruim numa situação dessas. – Sorriu um pouco. – Na verdade, a única coisa que me incomoda hoje em dia é saber que todos esses vagabundos que nos rodeiam, ouvindo e registrando tudo, estão bebendo todo o álcool que temos em casa, enquanto nós ficamos aqui falando. – Virando-se, ele se afastou a passos largos em direção ao aparador para arranjar mais gelo para seu drinque.

– Para onde você vai, agora que já fez o que tinha que fazer aqui? – perguntou Caroline.

– Não sei. – Esse problema não a preocupava. Devo ser um pouco igual a ele, pensou; não deixo que certas coisas me incomodem, por mais importantes que sejam. – Talvez volte para meu marido, Frank. Tentei ligar para ele hoje; preciso tentar de novo. Depois, verei como me sinto.

– Apesar do que você fez por nós, ou diz que fez...

– Você gostaria que eu nunca tivesse vindo a esta casa... – afirmou Juliana.

– Se você salvou a vida de Hawthorne, isto é horrível de minha parte, mas estou tão transtornada; não consigo engolir tudo o que você e Hawthorne acabam de dizer.

– Que estranho – comentou Juliana. – Eu nunca teria pensado que a verdade a deixasse zangada. – A verdade, pensou. Terrível como a morte. Só que mais difícil de encontrar. Eu tenho sorte. – Pensei que você ficaria tão alegre e animada quanto eu. É um mal-entendido, não é? – Ela sorriu e, após um instante, a sra. Abendsen conseguiu retribuir o sorriso. – Bom, de qualquer maneira, boa noite.

Logo em seguida, Juliana já pisava novamente o caminho de ardósia pelo qual viera, passando por focos de luz da sala e depois pelas sombras além do gramado da casa, até chegar à calçada mergulhada na escuridão.

Seguiu andando, sem voltar a olhar para a casa dos Abendsen, olhando para os lados à procura de um táxi ou um carro, brilhante e vivo, que a levasse de volta ao seu motel.

PHILIP K. DICK
HOMEM, VISÃO E OBRA

Fábio Fernandes

O Homem

E se um dia descobríssemos que o mundo em que vivemos não passa de uma ilusão? Em quem poderíamos confiar para saber o que é real ou não? O que é a realidade, afinal?
Philip Kindred Dick teve duas grandes questões em mente durante a sua vida, e as tratou com obsessão em praticamente todas as histórias que escreveu: O que é ser humano? O que é a realidade? Questões bastante profundas, que escritores como o argentino Jorge Luis Borges já haviam explorado em obras clássicas como *O Aleph* e *Ficções*. Não é por acaso que a ficcionista norte-americana Ursula K. LeGuin chamava-o carinhosamente de "nosso próprio Borges".
Nascido nos Estados Unidos em 1928, Philip K. Dick viveu numa época privilegiada para a literatura fantástica. Contemporâneo de luminares da ficção científica como Isaac Asimov e Arthur C. Clarke, Dick participou ativamente dessa corrente literária na década de 1950, um movimento que, com o advento da bomba atô-

mica e o começo da corrida espacial, tinha tudo para florescer – e floresceu, pelo menos nos Estados Unidos.

Começou a escrever profissionalmente em 1952, produzindo, ao longo de sua carreira, 36 romances e cinco coletâneas de contos. Em 1962 recebeu o Prêmio Hugo de melhor romance de ficção científica com *O Homem do Castelo Alto*. Várias de suas histórias seriam posteriormente adaptadas para o cinema, como *Blade Runner*, *O Vingador do Futuro*, *Minority Report*, *O Pagamento* e *A Scanner Darkly*.

Mas as obsessões de Dick o perseguiam já nos seus primeiros trabalhos. A edição das *Collected Stories* (cinco volumes reunindo toda a produção de contos de Dick, publicados em 1987) inclui uma história nunca antes publicada em revistas ou livros: trata-se de *Stability*, de 1947. Escrito por Dick quando ainda estava no segundo grau, esse conto, ambientado num futuro em que as pessoas usam asas mecânicas como principal meio de transporte, narra a história de um homem que subitamente descobre que sua vida não é aquilo que ele imaginava, mas uma farsa criada para ocultar o fato de que suas memórias foram apagadas.

Isso soa familiar ao leitor? Na verdade, esse é o embrião de várias das histórias mais importantes de Dick; e talvez a mais famosa desse conjunto temático seja *Lembramos para Você a Preço de Atacado,* adaptada para o cinema por Paul Verhoeven em 1990 sob o título de *Total Recall* (*O Vingador do Futuro*, no Brasil).

Em nosso país, Dick é até hoje reverenciado mais pelo consumo de drogas alucinógenas do que propriamente por sua obra, entrando para uma galeria de autores infames-chic como Charles Bukowski, Jack Kerouac, John Fante, William Burroughs e Hunter Thompson. Nada mais distante da verdade. Dick havia parado de consumir drogas alguns anos antes de escrever seus últimos três livros, conhecidos hoje como a Trilogia VALIS: *VALIS*, *The Divine Invasion* e *The Transmigration of Timothy Archer*. Esses trabalhos estabelecem uma ruptura com a chamada ficção científica tradicional e entram numa esfera teológica sem ser institucional, ou seja, desta vez pesquisam a natureza do ser dentro de um universo onde a existência de Deus é tida como certa. A natureza ou os propósitos desse Deus é que continuam (como em toda a obra de Dick) insondáveis.

Em *VALIS*, Dick deixa clara a sua opinião a respeito de drogas. Elas não servem de nada, nem mesmo para abrir as famosas portas para a percepção, tão exploradas por Aldous Huxley – e das quais Jim Morrison se apropriou para batizar seu grupo de rock, The Doors. No entanto, não se enganem os leitores: isso não reflete qualquer atitude reacionária. Dick usou e abusou de drogas nos anos 1960 e em parte dos anos 1970. Apenas achava que, a partir de determinado ponto de sua trajetória, isso não tinha mais nada a ver com ele. Dick havia encontrado uma coisa muito mais importante: Deus.

A Visão

Entre fevereiro e março de 1974 (Dick sempre se referia a esse período de sua vida usando o código 2-3-74), Philip K. Dick passou por uma experiência que classificou como epifania ou teofania: uma visão divina. Em *VALIS*, seu alter ego, Horselover Fat, conta ao narrador que essa visão revelou-se como um raio de um impossível tom de rosa, um matiz inexistente em qualquer guia de cores, projetado (não se sabe de onde) em seu cérebro e que lhe transmitiu uma quantidade imensa de informações e capacidades – entre elas, a de prever (com limitações) o futuro.

Em nosso mundo (é sempre temeroso usar a palavra *realidade* quando falamos de Dick), ele descreveu uma série de complexas sensações visuais e auditivas que lhe diziam não ser verdadeira a realidade que o cercava, o que acabou por retirá-lo da – expressão sua – "matriz do espaço-tempo". "Eu soube que o mundo ao meu redor era de papelão, era falso." Essa foi uma das inúmeras anotações que passaram a fazer parte de uma obra magna jamais publicada em sua totalidade, a *Exegese*. Sob o subtítulo de *Apologia pro Vita Mia* (num latim literal, *Justificativa de Minha Vida**), Dick escreveu cerca de oito mil páginas numa tentativa de explicar e dar sentido às suas experiências – que considerava profundamente religiosas, embora não no sentido institucional.

Mesmo sem compreender totalmente o que havia vivenciado, Dick não tinha dúvidas de que *alguma coisa* havia acontecido com ele, embora (conforme confidenciado a amigos como o escritor K. W. Jeter) não descartasse a "hipótese mínima" de que, no fundo, no fundo, tudo não tivesse passado de autoilusão.

Toda essa experiência está escrita em fragmentos que até hoje não foram publicados em sua totalidade. Parte deles pode ser lida em *VALIS*. Outra parte foi publicada em 1991, com o título *In Pursuit of VALIS: selections from the Exegesis*. O restante vem sendo disponibilizado em doses (muito) homeopáticas pela família de Dick em seu site oficial. Não há, neste momento, previsão para novas publicações de fragmentos da *Exegese*.

A Obra

Dick escreveu muito e bem. Mesmo suas histórias mais antigas, como *Solar Lottery* e o perturbador *Beyond Lies the Wub*, embora ambientadas nos confins do espaço e envolvessem espaçonaves e armas de raios, sempre tiveram seu foco muito mais voltado para o humano, ou, para sermos mais precisos, para a natureza do ser.

Segundo seu biógrafo, Lawrence Sutin, autor de *Divine Invasions: a life of Philip K. Dick*, a obsessão de Dick pela questão do duplo (real/não real, humano/não humano) pode estar ligada a um

---

* A palavra latina *apologia* tem pelo menos dois significados em português: *elogio* e *justificativa*. Pelo contexto, achamos mais adequado utilizar a segunda acepção do termo.

episódio traumático de sua infância: a morte de sua irmã gêmea, Jane. Dick nunca conheceu a irmã, que morreu com poucos dias de vida, devido a uma sucessão de erros médicos hoje atribuídos ao fato de ambos terem nascido prematuros. Mas Dick passou grande parte de sua vida culpando (injustamente) a inexperiência da mãe. Como a maioria das crianças, Dick teve amiguinhos imaginários: todos eram meninas de sua idade. Com o passar do tempo, essas criaturas desapareceriam desse "território de playground" para ingressar, sem pedir licença, no mundo que lhe era mais caro: sua ficção. Não especificamente por intermédio de personagens femininos fortes (que, aliás, com raras e honrosas exceções, como Juliana Frink em O Homem do Castelo Alto, são difíceis de encontrar na obra de Dick – homens em crise são a sua especialidade), mas metamorfoseadas no conceito de duplicidade: androides ou seres humanos que não eram exatamente aquilo que pensávamos. Máscaras, enfim. Entidades que escondem a verdadeira face das coisas. Dick era obcecado pelo falso porque queria chegar ao núcleo do real.

Para tanto, não buscou inspiração somente na ficção científica. Suas influências eram as mais diversas: *Finnegans Wake* era um de seus livros prediletos. Leu e releu o clássico romance de James Joyce antes dos 30 anos. Seus interesses literários eram praticamente ilimitados. Dick era daqueles indivíduos que liam até bula de remédio: de textos técnicos a pensadores como Kant e Jung, da literatura beat de William Burroughs a textos sagrados como os Manuscritos do Mar Morto, a Bíblia e o Bhagavad Gita. Entre os autores clássicos, gostava de citar Stendhal, Flaubert e Maupassant como grandes influências em sua literatura, principalmente nos contos.

Quem era Dick, afinal? A melhor resposta a essa pergunta pode ser dada pelo próprio autor:

> Sou um filósofo que faz ficção, não um romancista; minha capacidade de escrever histórias e romances é empregada como um meio para for-

mular minha percepção. O núcleo de minha escrita não é a arte, mas a verdade. Logo, o que digo é a verdade, e não posso fazer nada para aliviá-la, nem por atitude nem por explicação.

Em fevereiro de 1982, foi encontrado por vizinhos caído em seu apartamento. Ao contrário do que rezou a lenda por anos, Dick não havia sofrido uma overdose de drogas, mas um acidente vascular cerebral. Foi hospitalizado e permaneceu duas semanas internado. Recebeu visitas, com as quais interagiu com sorrisos e olhares. Mas havia perdido a capacidade de falar e de escrever.

Morreu em 2 de março do mesmo ano. Tinha 53 anos. Foi sepultado em Fort Morgan, Colorado, num jazigo comprado por seu pai. Ao lado da irmã.

O Homem do castelo alto

TÍTULO ORIGINAL:
The man in the high castle

COPIDESQUE:
Adriano Fromer Piazzi

REVISÃO:
Alessandra Costa
Hebe Ester Lucas

ILUSTRAÇÃO:
Rafael Coutinho

CAPA E PROJETO GRÁFICO:
Giovanna Cianelli

DIAGRAMAÇÃO:
Join Bureau

DIREÇÃO EXECUTIVA:
Betty Fromer

DIREÇÃO EDITORIAL:
Adriano Fromer Piazzi

DIREÇÃO DE CONTEÚDO:
Luciana Fracchetta

EDITORIAL:
Daniel Lameira
Andréa Bergamaschi
Débora Dutra Vieira
Luiza Araujo
Renato Ritto*

COMUNICAÇÃO:
Nathália Bergocce

COMERCIAL:
Giovani das Graças
Lidiana Pessoa
Roberta Saraiva
Gustavo Mendonça
Pâmela Ferreira

FINANCEIRO:
Roberta Martins
Sandro Hannes

*Equipe original à época do lançamento

DADOS INTERNACIONAIS DE CATALOGAÇÃO NA PUBLICAÇÃO
(CIP) – VAGNER RODOLFO DA SILVA CRB 8/9410

Dick, Philip K.   D547h
O homem do castelo alto / Philip K. Dick ; traduzido por
Fábio Fernandes. - 4. ed. - São Paulo : Aleph, 2019.
312 p.

Tradução de: The man in the high castle
ISBN 978-85-7657-441-5

1. Literatura americana. 2. Ficção científica.
I. Fernandes, Fábio. II. Título.

2019-560   CDD-813.0876 / CDU 821.111(73)-3

ÍNDICES PARA CATÁLOGO SISTEMÁTICO:
1. Literatura : Ficção Norte-Americana 813.0876
2. Literatura norte-americana : Ficção 821.111(73)-3

COPYRIGHT © PHILIP K. DICK, 1968
COPYRIGHT © LAURA COELHO,
CHRISTOPHER DICK E
ISOLDE HACKETT, 2003
COPYRIGHT © EDITORA ALEPH, 2006

(EDIÇÃO EM LÍNGUA PORTUGUESA
PARA O BRASIL)

TODOS OS DIREITOS RESERVADOS.
PROIBIDA A REPRODUÇÃO, NO
TODO OU EM PARTE, ATRAVÉS DE
QUAISQUER MEIOS SEM A DEVIDA
AUTORIZAÇÃO.

N EDITORA ALEPH
Rua Tabapuã, 81, cj. 134
04533-010 – São Paulo – SP – Brasil
Tel.: [55 11] 3743-3202
www.editoraaleph.com.br

TIPOLOGIA:	Versailles – 55 Roman [texto]
	DIN Schrift – [entretítulos]
PAPEL:	Pólen Soft 80 g/m² [miolo]
	Ningbo Fold 250 g/m² [capa]
IMPRESSÃO:	Rettec Artes Gráficas e Editora Ltda. [outubro de 2020]
1ª EDIÇÃO:	agosto de 2006
2ª EDIÇÃO:	novembro de 2006
3ª EDIÇÃO:	junho de 2009 [2 reimpressões]
4ª EDIÇÃO:	maio de 2019 [6 reimpressões]